生活不曾辜负我

梁实秋精选集

梁实秋 著

贵州出版集团
贵州人民出版社

只 为 优 质 阅 读

好
读

Goodreads

目录

㊀ 为人何以乖戾至此

把人当作“感情的动物”，便时常足以发生一种影响，其结果足以使人露出人的本来面目来。

㊁ 美食者不必是饕餮客

以言美食，则鸡鱼肉自是正味，青菜豆腐亦有其香，何必龙肝凤髓方得快意？苟烹调得法，日常食物均可令人满足。

㊂ 我们是永远不知足的

苦痛乃实在的东西，幸福快乐乃消极的不存在的东西。快乐幸福乃是解除苦痛之谓。没有苦痛便是幸福。

肆 残酷的习性深植在人性里

一个人若是大德既不逾闲，小德复不出入，那就可以说是一个完全的人了。然而谁肯这样地委曲求全？

⑤ 真实的自我在理性的生活中

人生的路途，你说它是蔷薇之路也好，你说它是荆棘之路也好，反正你得乖乖地把它走完。

⑥ 上帝和野兽才喜欢孤独

在这寂寞中我意识到了自己的存在——片刻的孤立的存在。这种境界不易得，与环境有关，更与心境有关。

㊆ 礼貌岂可因时而异

自己把时间观念看得认真，这是傻瓜；希望别人心里也存有时间观念，那是双料傻瓜。

捌 不要以为人只有一张脸

大家所豢养的乃是善伺人意的哈巴狗，那“任重而道远”的家伙，恐怕只好由它从舞台上退下去罢！

玖 沉默是最后的自由

世界上就没有人懂得一点儿宾主之谊，客客气气，好来好散的么？有。不过那是在“君子国”里。

拾 做人何必厚此薄彼

幸灾乐祸不一定是某个人品行上的缺点，实在是人性某方面的通性之一。人在内心上很少不幸灾乐祸的。

壹 为人何以乖戾至此

把人当作“感情的动物”，便时常足以发生一种影响，其结果足以使人露出人的本来面目来。

骂人的艺术

古今中外没有一个不骂人的人。骂人就是有道德观念的意思，因为在骂人的时候，至少在骂人者自己总觉得那人有该骂的地方。何者该骂，何者不该骂，这个抉择的标准，是极道德的。所以根本不骂人，大可不必。骂人是一种发泄感情的方法，尤其是那一种怨怒的感情。想骂人的时候而不骂，时常在身体上弄出毛病，所以想骂人时，骂骂何妨。

但是，骂人是一种高深的学问，不是人人都可以随便试的。有因为骂人挨嘴巴的，有因为骂人吃官司的，有因为骂人反被人骂的，这都是不会骂人的原故。今以研究所得，公诸同好，或可为骂人时之一助乎？

一、知己知彼

骂人是和动手打架一样的，你如其敢打人一拳，你先要自己忖度下，你吃得起别人的一拳否。这叫作知己知彼。骂人也是一样。譬如你骂他是"屈死"，你先要反省，自己和"屈死"有无分别。

你骂别人荒唐，你自己想想曾否吃喝嫖赌。否则别人回敬你一二句，你就受不了。所以别人有着某种短处，而足下也正有同病，那么你在骂他的时候只得割爱。

二、无骂不如己者

要骂人须要挑比你大一点的人物，比你漂亮一点的或者比你坏得万倍而比你得势的人物，总之，你要骂人，那人无论在好的一方面或坏的一方面都要能胜过你，你才不吃亏的。你骂大人物，就怕他不理你，他一回骂，你就算骂着了。在坏的一方面胜过你的，你骂他就如教训一般，他即便回骂，一般人仍不会理会他的。假如你骂一个无关痛痒的人，你越骂他他越得意，时常可以把一个无名小卒骂出名了，你看冤与不冤?

三、适可而止

骂大人物骂到他回骂的时候，便不可再骂；再骂则一般人对你必无同情，以为你是无理取闹。骂小人物骂到他不能回骂的时候，便不可再骂；再骂下去则一般人对你也必无同情，以为你是欺负弱者。

四、旁敲侧击

他偷东西，你骂他是贼；他抢东西，你骂他是盗，这是笨伯。骂人必须先明虚实掩映之法，须要烘托旁衬，旁敲侧击，于要紧处只一语便得，所谓杀人于咽喉处着刀。越要骂他你越要原谅他，即便说些恭维话亦不为过，这样的骂法才能显得你所骂的句句是真实确凿，让旁人看起来也可见得你的度量。

五、态度镇定

骂人最忌浮躁。一语不合，面红筋跳，暴躁如雷，此灌夫骂座，泼妇骂街之术，不足以骂人。善骂者必须态度镇静，行若无事。普通一般骂人，谁的声音高便算谁占理，谁来得势猛便算谁骂赢，唯真善骂人者，乃能避其锋而击其懈。你等他骂得疲倦的时候，你只消轻轻地回敬他一句，让他再狂吼一阵。在他暴躁不堪的时候，你不妨对他冷笑几声，包管你不费力气，把他气得死去活来，骂得他针针见血。

六、言典雅

骂人要骂得微妙含蓄，你骂他一句要使他不甚觉得是骂，等到想过一遍才慢慢觉悟这句话不是好话，让他笑着的面孔由白而红，由红而紫，由紫而灰，这才是骂人的上乘。欲达到此种目的，深刻之用词故不可少，而典雅之言词尤为重要。言词典雅则可使听者不致刺耳。如要骂人骂得典雅，则首先要在骂时万万别提起女人身上的某一部分，万万不要涉及生理学范围。骂人一骂到生理学范围以内，底下再有什么话都不好说了。譬如你骂某甲，千万别提起他的令堂令妹。因为那样一来，便无是非可言，并且你自己也不免有令堂令妹，他若回敬起来，岂非势均力敌，半斤八两？再者骂人的时候，最好不要加入以种种难堪的名词，称呼起来总要客气，即使他是极卑鄙的小人，你也不妨称他先生，越客气，越骂得有力量。骂的时节最好引用他自己的词句，这不但可以使他难堪，还可以减轻他对你骂的力量。俗话少用，因为俗话一览无遗，不若典雅古文曲折含蓄。

七、以退为进

两人对骂，而自己亦有理屈之处，则处于开骂伊始，特宜注意，最好是毅然将自己理屈之处完全承认下来，即使道歉认错均不妨事。先把自己理屈之处轻轻遮掩过去，然后你再重整旗鼓，着着逼人，方可无后顾之忧。即使自己没有理屈的地方，也绝不可自行夸张，务必要谦逊不遑，把自己的位置降到一个不可再降的位置，然后骂起人来，自有一种公正光明的态度。否则你骂他一两句，他便以你个人的事反唇相讥，一场对骂，会变成两人私下口角，是非曲直，无从判断。所以骂人者自己要低声下气，此所谓以退为进。

八、预设埋伏

你把这句话骂过去，你便要想想看，他将用什么话骂回来。有眼光的骂人者，便处处留神，或是先将他要骂你的话替他说出来，或是预先安设埋伏，令他骂回来的话失去效力。他骂你的话，你替他说出来，这便等于缴了他的械一般。预设埋伏，便是在要攻击你的地方，你先轻轻地安下话根，然后他骂过来就等于枪弹打在沙包上，不能中伤。

九、小题大做

如对方有该骂之处，而题目身小，不值一骂，或你所知不多，不足一骂，那时节你便可用小题大做的方法，来扩大题目。先用诚恳而怀疑的态度引申对方的意思，由不紧要之点引到大题目上去，处处用严谨的逻辑逼他说出不逻辑的话来，或是逼他说出合于逻辑但不合乎理的话来，然后你再大举骂他，骂到体无完肤为止，而原来惹动你的小题目，轻轻一提便了。

十、远交近攻

一个时候，只能骂一个人，或一种人，或一派人。绝不宜多树敌。所以骂人的时候，万勿连累旁人，即使必须牵涉多人，你也要表示好意，否则回骂之声纷至沓来，使你无从应付。

骂人的艺术，一时所能想起来的有上面十条，信手拈来，并无条理。我做此文的用意，是助人骂人。同时也是想把骂人的技术揭破一点，供爱骂人者参考。挨骂的人看看，骂人的心理原来是这样的，也算是揭破一张黑幕给你瞧瞧！

打架

我们江浙的下等社会的人，打架是有一定的方式的。譬如说，张三得罪了李四，在两人不在一处的时候，张三可以起誓要杀李四，李四也可以赌咒要杀张三。等到两人遇到，也不见得闹出什么命案来。顶多打一架。

打架就要有打架的方式。两方先怒目相视，然后口出秽言，双方由妹妹骂起，骂到外祖母为上，声音越来越高，小脸越来越红，最后，双方同时卷袖口，同时摘眼镜，同时向后退，距离愈来愈远。这时节，和解的人应运而生。劝架的人越热心，打架的人越凶猛，结果是双方距离太远，无结果而散。

听说在夷狄之邦，打起架来是没有人劝的，总要你死我活，见个高低。由这一端看来，也就可见我们中国人的确是文明多了，虽在打架的时候，也以人命为重，绝不轻易流血。所以善于打架的人，总是按照我上面所说的方式，危险比较少些。至于一言既出，拳头随之，闹到头破血出，在聪明人眼里看来那是笨伯！

脸谱

我要说的脸谱不是旧剧里的所谓“整脸”“碎脸”“三块瓦”之类，也不是《麻衣相法》里所谓观人八法“威、厚、清、古、孤、薄、恶、俗”之类。我要谈的脸谱乃是每天都要映入我们眼帘的形形色色的活人的脸。旧戏脸谱和《麻衣相法》的脸谱，那乃是一些聪明人从无数活人脸中归纳出来的几个类型公式，都是第二手的资料，可以不管。

古人云“人心不同，各如其面”，那意思承认人面不同是不成问题的。我们不能不叹服人类创造者的技巧的神奇，差不多的五官七窍，但是部位配合，变化无穷，比七巧板复杂多了。对于什么事都讲究“统一”“标准化”的人，看见人的脸如此复杂离奇，恐怕也无法训练改造，只好由它自然发展吧？假使每一个人的脸都像是从一个模子里翻出来的，一律的浓眉大眼，一律的虎额隆准，在排起队来检阅的时候固然甚为壮观整齐，但不便之处必定太多，那是不可想象的。

人的脸究竟是同中有异，异中有同，否则也就无所谓谱。就粗浅的经验说，人的脸大致为两种，一种是令人愉快的，一种是令人不愉快的。凡是常态的、健康的、活泼的脸，都是令人愉快的，这样的脸并不多见。令人不愉快的脸，心里有一点或很多不痛快的事，很自然地把脸拉长一尺，或是罩上一层阴霾，但是这张脸立刻形成人与人之间的隔阂，立刻把这周围的气氛变得阴沉。假如，在可能范围之内，努力把脸上的筋肉松弛一下，嘴角上挂出一个微笑，自己费力不多，而给予人的快感甚大，可以使得这人生更值得留恋一些。我永不能忘记那永长不大的孩子潘彼得，他嘴角上永远挂着一丝微笑，那是永恒的象征。一个成年人若是完全保持一张孩子脸，那也并不是理想的事，除了给“婴儿自己药片”做商标之外，也不见得有什么用处。不过赤子之天真，如在脸上还保留一点痕迹，这张脸对于人类的幸福是有贡献的。令人愉快的脸，其本身是愉快的，这与老幼妍媸无关。丑一点，黑一点，下巴长一点，鼻梁塌一点，都没有关系，只要上面漾着充沛的活力，便能辐射出神奇的光彩，不但有光，还有热，这样的脸能使满室生春，带给人们兴奋、光明、调谐、希望、欢欣。一张眉清目秀的脸，如果恹恹无生气，我们也只好当作石膏像来看待了。

我觉得那是一个很好的游戏：早起出门，留心观察眼前活动的脸，看看其中有多少类型，有几张使你看了一眼之后还想再看？

不要以为一个人只有一张脸。女人不必说，常常“上帝给她一张脸，她自己另造一张”。不涂脂粉的男人的脸，也有“卷帘”一格，外面摆着一副面孔，在适当的时候呱嗒一声如帘子一般卷起，另露出一副面孔。“杰克博士与海德先生”（*Dr. Jekyll and Mr. Hyde*）[①]那不是寓言。误入仕途的人往往养成这一套本领。对下司道貌岸然，或是面部无表情，像一张白纸似的，使你无从观色，莫测高深，或是面皮绷得像一张皮鼓，脸拉得驴般长，使你在他面前觉得矮好几尺！但是他一旦见到上司，驴脸得立刻缩短，再往瘪里一缩，马上变成柿饼脸，堆下笑容，直线条全变成曲线条，如果见到更高的上司，连笑容都凝结得堆不下来，未开言嘴唇要抖上好大一阵，脸上做出十足的诚惶诚恐之状。帘子脸是傲下媚上的主要工具，对于某一种人是少不得的。

不要以为脸和身体其他部分一样地受之父母，自己负不得责。不，在相当范围内，自己可以负责的，大概人的脸生来都是和善的，因为从婴儿的脸看来，不必一定都是颜如渥丹，但是大概都是天真无邪，令人看了喜欢的。我还没见过一个孩子带着一副不得善终的脸，脸都是后来自己作践坏了的，人们多半不体会自己的脸对于别人发生多大的影响。脸是到处都有的。在送殡的行列中偶然发现的哭丧脸，作讣闻纸色，眼睛肿得桃儿似的，固然难看。一行行的囚首垢面的人，如稻草人，如丧家犬，脸上作黄蜡色，像是才从牢狱里出来，又像是要到牢狱里去，凸着两只没有神的大眼睛，看

---

① 指苏格兰小说家罗伯特·路易斯·史蒂文森创作的小说《化身博士》（*The Strange Case of Dr. Jekyll and Mr. Hyde*）。主角杰克博士发明了一种药水，服用之后化身成为海德先生。平时的杰克博士是一个善良的医生，而变身后的海德先生则被赋予了杰克自己心中隐藏的种种恶念。最终杰克博士只能通过自杀的方式来摆脱海德。

着也令人心酸。还有一大群心地不够薄脸皮不够厚的人，满脸泛着平价米色，嘴角上也许还沾着一点平价油，身穿着一件平价布，一脸的愁苦，没有一丝的笑容，这样的脸是颇令人不快的。但是这些贫病愁苦的脸还不算是最令人不愉快，因为只是消极得令人心里堵得慌，而且稍微增加一些营养（如肉糜之类）或改善一些环境，脸上的神情还可以渐渐恢复常态。最令人不快的是一些本来吃得饱，睡得着，红光满面的脸，偏偏带着一股肃杀之气，冷森森地拒人千里之外，看你的时候眼皮都不抬，嘴撇得瓢儿似的，冷不防抬起眼皮给你一个白眼，黑眼球不知翻到哪里去了，脖梗子发硬，脑壳朝天，眉头皱出好几道熨斗都熨不平的深沟——这样的神情最容易在官办的业务机关的柜台后面出现。遇见这样的人，我就觉得惶惑：这个人是不是昨天赌了一夜以致睡眠不足，或是接连着腹泻了三天，或是新近遭遇了什么冥凶，否则何以乖戾至此，连一张脸的常态都不能维持了呢?

感情的动物

也不知是谁，说过一句：“人是感情的动物。”说人是动物，我倒不恼，因为人的确是近乎动物的一类，无论他的血是凉的还是热的，在动物的范围以内人总有他应得的位置。不过把人当作“感情的动物”，便时常足以发生一种影响，其结果足以使人露出人的本来面目来。

人的本来面目，不大好看。假如今有四五个于此，把衣服剥了去，把体面礼法惯例通通破除，然后再有人把一块带肉的骨头抛到他们中间，你看吧，是一出全武行！再譬如，一个人浑身都是感情，你不触动他倒也罢了，你万一误碰了一根毫发，他能疯了似的回过头来给你一口。“人是感情的动物”，这句话，没有说错。

可是我们总是希望人能从“感情的动物”进化到“理性的动物”，由感情从事进化到诉诸理性。有人告诉我说：“你不觉得吗？我们是正在进化着呢。”

排队

《民权初步》讲的是一般开会的法则，如果有人撰一续编，应该是讲排队。

如果你起个大早，赶到邮局烧头炷香，柜台前即使只有你一个人，你也休想能从容办事，因为柜台里面的先生小姐忙着开柜子、取邮票文件、调整邮戳，这时候就有顾客陆续进来，说不定一位站在你左边，一位站在你右边，也许是衣冠楚楚的，也许是破衣邋遢的，总之是会把你夹在中间。夹在中间的人未必有优先权，所以，三个人就挤得很紧，胳膊粗、个子大、脚跟稳的占便宜。夹在中间的人也未必轮到第二名，因为说不定又有人附在你的背上，像长臂猿似的伸出一只胳膊，越过你的头部拿着钱要买邮票。人越聚越多，最后像是橄榄球赛似的挤成一团，你想钻出来也不容易。

三人曰众，古有明训。所以三个人聚在一起就要挤成一堆。排队是洋玩意儿，我们所谓“鱼贯而行”都是在极不得已的情形之下所做的动作。《晋书·范汪传》：“玄冬之月，沔汉干涸，皆当鱼贯而行，排推而进。”水不干涸谁肯循序而进，虽然鱼贯，仍不免于推排。我小时候，在北平有过一段经验，过年父亲常带我逛厂甸，进入海王村，里面有旧书铺、古玩铺、玉器摊，以及临时搭起的几个茶座儿。我父亲如入宝山，图书、古董都是他所爱好的，盘旋许久，乐此不疲，可是人潮汹涌，越聚越多。等到我们兴尽欲返的时候，大门口已经壅塞了。门口只有一个，进也是它，出也是它，而且谁也不理会应靠左边行，于是大门变成瓶颈，人人自由行动，卡成一团。也有不少人故意起哄，哪里人多往哪里挤，因为里面有的是大姑娘、小媳妇。父亲手里抱了好几包书，顾不了我。为了免于被人践踏，我由一位身材高大的警察抱着挤了出来。我从此没再去过厂甸，直到我自己长大有资格抱着我自己的孩子冲出杀进。

中国地方大，按说用不着挤，可是挤也有挤的趣味。逛隆福寺、护国寺，若是冷清清的凄凄惨惨觅觅，那多没有味儿！不过时代变了，人几乎天天到处要像是逛庙赶集。长年挤下去实在受不了，于是排队这洋玩意儿应运而兴。奇怪的是，这洋玩意儿兴了这么多年，至今还没有蔚成风气。长一辈的人在人多的地方横冲直撞，孩子们当然认为这是生存技能之一。学校不能负起教导的责任，因为教师就有许多是不守秩序的好手。法律无排队之明文规定，警察管不了这么多。大家自由活动，也能活下去。

不要以为不守秩序、不排队是我们民族性，生活习惯是可以改的。抗战胜利后我回到北平，家人告诉我许多敌伪横行霸道的事迹，其中之一是在前门火车站票房前面常有一名日本警察手持竹鞭来回巡视，遇到不排队就抢先买票的人，就一声不响高高举起竹鞭“嗖”的一声着着实实地抽在他的背上。挨了一鞭之后，他一声不响地排在队尾了。前门车站的秩序从此改良许多。我对此事的感想很复杂。不排队的人是应该挨一鞭子，只是不应该由日本人来执行。拿着鞭子打我们的人，我真想抽他十鞭子！但是，我们自己人就没有人肯对不排队的人下那个毒手！好像是基于同胞爱，开始是劝，继而还是劝，不听劝也就算了，大家不伤和气。谁也不肯扬起鞭子去取缔，觍颜说是“于法无据”。一条街定为单行道、一个路口不准向左转，又何所据？法是人定的，要什么样的生活方式便应该有什么样的法。

洋人排队另有一套，他们是不拘什么地方都要排队。邮局、银行、剧院无论矣，就是到餐厅进膳，也常要排队听候指引——入座。人多了要排队，两三个人也要排队。有一次要吃比萨饼，看门口队伍很长，只好另觅食处。为了看古物展览，我参加过一次二千人左右的长龙，我到场的时候才有千把人，顺着龙头往下走，拐弯抹角，走了半天才找到龙尾，立定脚跟，不久回头一看，龙尾又不知伸展到何处去了。我仔细观察发现了一个秘密：洋人排队，浪费空间，他们排队占用一里，由我们来排队大概半里就足够。因为他们每个人与另一个人之间通常保持相当距离，没有肌肤之亲，也没有摩肩接踵之事。我们排队就亲热得多，紧迫盯人，唯恐脱节，前面人的胳膊肘会戳你的肋骨，后面人喷出的热气会轻拂你的脖梗。其缘故之一，大概是我们的人丁太旺而场地太窄。以我们的超级市场而论，实在不够超级，往往近于迷你，遇上八折的日子，付款处的长龙摆到货架里面去，行不得也。洋人的税捐处很会优待主顾，设备充分，偶然有七八个人排队，排得松松的，龙头走到柜台也有五步六步之遥。办起事来无左右受夹之烦，也无后顾催迫之感，从从容容，可以减少纳税人胸中许多戾气。

我们是礼仪之邦，君子无所争，从来没有鼓励人争先恐后之说。很多地方我们都讲究揖让，尤其是几个朋友走出门口的时候，常不免于拉拉扯扯礼让了半天，其实鱼贯而行也就够了。我不太明白为什么到了陌生人聚集在一起的时候，便不肯排队，而一定要奋不顾身。

我小时候只知道上兵操时才排队。曾路过大栅栏同仁堂，柜台占两间门面，顾客经常是里三层外三层挤得水泄不通，多半是仰慕同仁堂丸散膏丹的大名而来办货的乡巴佬。他们不知排队犹可说也。奈何数十年后，工业已经起飞，都市人还不懂得这生活方式中极为重要的一个项目？难道真需要那一条鞭子才行吗？

男人

男人令人首先感到的印象是脏！当然，男人当中亦不乏刷洗干净洁身自好的，甚至还有油头粉面衣冠楚楚的，但大体讲来，男人消耗肥皂和水的数量要比较少些。某一男校，对于学生洗澡是强迫的，入浴签名，每周计核，对于不曾入浴的初步惩罚是宣布姓名，最后的断然处置是定期强迫入浴，并派员监视，然而日久玩生，签名簿中尚不无浮冒情事。有些男人，西装裤尽管挺直，他的耳后脖根，土壤肥沃，常常宜于种麦！袜子手绢不知随时洗涤，常常日积月累，到处塞藏，等到无可使用时，再从那一堆污垢存货当中拣选比较干净的去应急。有些男人的手绢，拿出来硬像是土灰面制的百果糕，黑糊糊黏成一团，而且内容丰富。男人的一双脚，多半好像是天然的具有泡菜霉干菜再加糖蒜的味道，所谓“濯足万里流”是有道理的，小小的一盆水确是无济于事，然而多少男人却连这一盆水都吝而不用，怕伤元气。两脚既然如此之脏，偏偏有些“逐臭之夫”喜于脚上藏垢纳污之处往复挖掘，然后嗅其手指，引以为乐！多少男人洗脸都是专洗本部，边疆一概不理，洗脸完毕，手背可以不湿，有的男人是在结婚后才开始刷牙。“扪虱而谈”的是男人。

还有更甚于此者，曾有人当众搔背，结果是从袖口里面摔出一只老鼠！除了不可挽救的脏相之外，男人的脏大概是由于懒。

对了！男人懒。他可以懒洋洋坐在旋椅上，五官四肢，连同他的脑筋（假如有），一概停止活动，像呆鸟一般；“不闻夫博弈者乎……”那段话是专对男人说的，他若是上街买东西，很少时候能令他的妻子满意，他总是不肯多问几家，怕跑腿，怕费话，怕讲价钱。什么事他都嫌麻烦，除了指使别人替他做的事之外，他像残废人一样，对于什么事都愿坐享其成，而名之曰“室家之乐”。他提前养老，至少提前三二十年。

紧毗连着“懒”的是“馋”。男人大概有好胃口的居多。他的嘴，用在吃的方面的时候多，他吃饭时总要在菜碟里发现至少一英寸见方半英寸厚的肉，才能算是没有吃素。几天不见肉，他就喊“嘴里要淡出鸟儿来！”若真个三月不知肉味，怕不要淡出毒蛇猛兽来！有一个人半年没有吃鸡，看见了鸡毛帚就流涎三尺。一餐盛馔之后，他的人生观都能改变，对于什么都乐观起来。一个男人在吃一顿好饭的时候，他脸上的表情硬是在感谢上天待人不薄；他饭后衔着一根牙签，红光满面，硬是觉得可以骄人。主中馈的是女人，修食谱的是男人。

男人多半自私。他的人生观中有一基本认识，即宇宙一切均是为了他的舒适而安排下来的。除了在做事赚钱的时候不得不忍气吞声地向人奴膝婢颜外，他总是要做出一副老爷相。他的家便是他的国度，他在家里称王。他除了为赚钱而吃苦努力外，他是一个“伊壁鸠鲁派”，他要享受。他高兴的时候，孩子可以骑在他的颈上，他引颈受骑，他可以像狗似的满地爬；他不高兴时，他看着谁都不顺眼，在外面受了闷气，回到家里来加倍地发作。他不知道女人的苦处。女人对于他的殷勤委曲，在他看来，就如同犬守户鸡司晨一样的稀松平常，都是自然现象。他说他爱女人，其实他不爱，是享受女人。他不问他给了别人多少，但是他要在别人身上尽量榨取。他觉得他对女人最大的恩惠，便是把赚来的钱全部或一部拿回家来，但是当他把一卷卷的钞票从衣袋里掏出来的时候，他的脸上的表情是骄傲的成分多，亲爱的成分少，好像是在说："看我！你行吗？我这样待你，你多幸运！"他若是感觉到这家不复是他的乐园，他便有多样的借口不回到家里来。他到处云游，他另辟乐园。他有聚餐会，他有酒会，他有桥会，他有书会、画会、棋会，他有夜会，最不济的还有个茶馆。他的享乐的方法太多。假如轮回之说不假，下世侥幸依然投胎为人，很少男人情愿下世做女人的。他总觉得这一世生为男身，而享受未足，下一世要继续努力。

"群居终日，言不及义"，原是人的通病，但是言谈的内容，却男女有别。女人谈的往往是："我们家的小妹又病了！""你们家每月开销多少？"之类。男人谈的是另一套，普通的方式，男人的谈话，最后不谈到女人身上便不会散场。这一个题目对男人最有兴味。如果有一个桃色案他们唯恐其和解得太快。他们好议论人家的隐私，好批评别人的妻子的性格相貌。"长舌男"是到处有的，不知为什么这名词尚不甚流行。

女人

有人说女人喜欢说谎。假如女人所捏撰的故事都能抽取版税，便很容易致富。这问题在什么叫作说谎。若是运用小小的机智，打破眼前小小的窘僵，获取精神上小小的胜利，因而牺牲一点点真理，这也可以算是说谎，那么，女人确是比较的富于说谎的天才。有具体的例证。你没有陪过女人买东西吗？尤其是买衣料，她从不干干脆脆地说要做什么衣，要买什么料，准备出多少钱。她必定要东挑西拣，翻天覆地，同时口中念念有词，不是嫌这匹料子太薄，就是怪那匹料子花样太旧，这个不禁洗，那个不禁晒，这个缩头大，那个门面窄，批评得人家一文不值。其实，满不是这么一回事，她只是嫌价码太贵而已！如果价钱便宜，其他的缺点全都不成问题，而且本来不要买的也要购储起来。一个女人若是因为炭贵而不生炭盆，她必定对人解释说："冬天生炭盆最不卫生，到春天容易喉咙痛！"屋顶渗漏，塌下盆大的灰泥，在未修补之前，女人便会向人这样解释："我预备在这地方安装电灯。"自己上街买菜的女人，常常只承认散步和呼吸新鲜空气是她上市的唯一理由。艳羡汽车的女人常常表示她最厌恶汽油的臭味。坐在中排看戏的女人常常说前排的头等座位最不舒适。一个女人馈赠别人，必说："实在买不到什么好的……"其实这东西根本不是她买的，是别人送给她的。一个女人表示愿意陪你去上街走走，其实是她顺便要买东西。总之，女人总欢喜拐弯抹角的，放一个小小的烟幕，无伤大雅，颇占体面。这也是艺术，王尔德不是说过"艺术即是说谎"么？这些例证还只是一些并无版权的谎话而已。

女人善变，多少总有些哈姆雷特式，拿不定主意；问题大者如离婚结婚，问题小者如换衣换鞋，都往往在心中经过一读二读三读，决议之后再复议，复议之后再否决，女人决定一件事之后，还能随时做一百八十度的大转弯，做出那与决定完全相反的事，使人无法追随。因为变得急速所以容易给人以"脆弱"的印象。莎士比亚有一名句："'脆弱'呀，你的名字叫作'女人'！"但这脆弱，并不永远使女人吃亏。越是柔韧的东西越不易摧折。女人不仅在决断上善变，即便是一个小小的别针位置也常变，午前在领扣上，午后也许移到了头发上。三张沙发，能摆出若干阵势；几根头发，能梳出无数花头。讲到服装，其变化之多，常达到荒谬的程度。外国女子的帽子，可以是一根鸡毛，可以是半只铁锅，或是一个畚箕。中国女人的袍子，变化也就够多，领子高的时候可以使她像一只长颈鹿，袖子短的时候恨不得使两腋生风，至于纽扣盘花，滚边镶绣，则更加是变幻莫测。"上帝给她一张脸，她能另造一张出来""女人是水做的"，是活水，不是止水。

女人善哭，从一方面看，哭常是女人的武器，很少人能抵抗她这泪的洗礼。俗语说"一哭二闹三上吊"，这一哭确实其势难挡。

但从另一面看，哭也常是女人内心的“安全瓣”。女人的忍耐的力量是伟大的，她为了男人，为了小孩，能忍受难堪的委屈。女人对于自己的享受方面，总是属于“斯多亚派”的居多。男人不在家时，她能立刻变成为素食主义者，火炉里能爬出老鼠，开电灯怕费电，再关上又怕费开关。平素既已极端刻苦，一旦精神上再受刺激，便忍无可忍，一腔悲怨天然地化作一把把的鼻涕眼泪，从“安全瓣”中汩汩而出，腾出空虚的心房，再来接受更多的委屈。女人很少破口骂人（骂街便成泼妇，其实甚少），很少揎袖挥拳，但泪腺就比较发达。善哭的也就常常善笑，眯眯地笑，哧哧地笑，咯咯地笑，哈哈地笑，笑是常驻在女人脸上的，这笑脸常常成为最有效的护照。女人最像小孩，她能为了一个滑稽的姿态而笑得前仰后合，肚皮痛，淌眼泪，以至于翻筋斗！哀与乐都像是常川有备，一触即发。

女人的嘴，大概是用在说话方面的时候多。女孩子从小就往往口齿伶俐，就是学外国语也容易朗朗上口，不像嘴里含着一个大舌头。等到长大之后，三五成群，说长道短，声音脆，嗓门高，如蝉噪，如蛙鸣，真当得好几部鼓吹！等到年事再长，万一堕入“长舌”型，则东家长，西家短，飞短流长，搬弄多少是非，惹出无数口舌；万一堕入“喷壶嘴”型，则琐碎繁杂，絮聒唠叨，一件事要说多少回，一句话要说多少遍，如喷壶下注，万流齐发，当者披靡，不可向迩！一个人给他的妻子买一件皮大衣，朋友问他“你是为使她舒适吗？”那人回答说：“不是，为使她少说些话！”

女人胆小，看见一只老鼠而当场昏厥，在外国不算是奇闻。中国女人胆小不致如此，但是一声霹雷使得她拉紧两个老妈子的手而仍战栗不止，倒是确有其事。这并不是做作，并不是故意在男人面前作态，使他有机会挺起胸脯说：“不要怕，有我在！”她是真怕。在黑暗中或荒僻处，没有人，她怕；万一有人，她更怕！屠牛宰羊，固然不是女人的事，杀鸡宰鱼，也不是不费手脚。胆小的缘故，大概主要的是体力不济。女人的体温似乎较低一些，有许多女人怕发胖而食无求饱，营养不足，再加上怕臃肿而衣裳单薄，到冬天瑟瑟打战，袜薄如蝉翼，把小腿冻得作“浆米藕”色，两只脚放在被里一夜也暖不过来，双手捧热水袋，从八月捧起，捧到明年五月，还不忍释手。抵抗饥寒之不暇，焉能望其胆大。

女人的聪明，有许多不可及处，一根棉线，一下子就能穿入针孔，然后一下子就能在线的尽头处打上一个结子，然后扯直了线在牙齿上砰砰两声，针尖在头发上擦抹两下，便能开始解决许多在人生中并不算小的苦恼，例如缝上衬衣的扣子，补上袜子的破洞之类。至于几根篾棍，一上一下地编出多少样物事，更是令人叫绝。有学问的女人，创辟“沙龙”，对任何问题能继续谈论至半小时以上，不但不令人入睡，而且令人疑心她是内行。

撒网

我们通常有婚丧大事，不敢自秘，总是要印许多帖子，分送亲友。这也是一种很正大的举动。但是分送帖子，与施舍粥食略有不同，绝不可抱多多益善的决心。否则你这一张帖子送到一个不相干的人的手里，他的心里不免要生出一种非常的感想，有时竟把你的婚帖当作丧帖看，或是把你的丧帖当作婚帖看。

北京人把乱送请帖这件事唤作“撒网”，那意思是说：送帖的人不分畛域，到处送帖，是希望多收几份礼物，如同撒网捞鱼一般。其实如今的鱼，比撒网的人要聪明些，有时候他们会从网缝里钻出去，让你白撒一网；有时候你只捞起一点点的东西，倒赔上许多撒网的费用。

有些撒网的人，并不是从经济方面着眼，他们是想多请几位客人，撑撑场面。于是乎赵大娶媳妇，赵大的亲戚的朋友邻居李四也接着请帖了。于是乎王二平常认为最没有人格的孙五，也接着王二的结婚帖子了。掉在网里的人，有时费了许多周折，才能知道究竟谁是撒网的人。

但是天道好还，你这回撒一个大网，不久你就要掉在许多人的网里。

老憨看跳舞

听说世界上有跳舞这么一回事。我不但没跳过，看还不曾看过。人家说我是老憨，我也不觉得十分冤枉。

有一天晚上八爷实在看不下去了。他说："你看看跳舞去吧，你不敢去，我领你去。"

我同八爷二人浩浩荡荡地从北四川路往南走。我心里又惊又喜，惊的是破题儿第一遭不知怎样办法，喜的是见见世面，也不枉到上海了一场。

行行重行行，到了一个不三不四的去处，招牌上写着Mascot Cafe，据说这是一个带跳舞的咖啡店。招牌上是洋字，我心里就先着慌。我望望八爷，八爷望望我。他说："进去吧。"我说："进去啵！"

"这道儿真黑！"

"可不是吗，八爷，这道儿是真真黑！"

街上没有一盏灯，天上没有一颗星。

弯弯曲曲地走进去了。八爷想在我后面走，但是我也不想在他前面走。结果是，两人并着肩走。然而我心里还是慌。

走进一个酒吧间，所谓Bar者，有两个白衣白裙的侍者向我狞笑，做吃人状。我心想，这大概是凶多吉少了。八爷不语，我只见他的牙齿咬紧了嘴唇，两手握着拳头。

又一转弯，又一拐角，又向右数步，又向左一转，哎哟天啊！我已走到了那间挤满了人的、堆满了肉的跳舞厅。东是一块肉，西也是一块肉，这里是一根擦粉的胳臂，那里是一条擦粉的大腿！还有一张一张的血渍似的嘴，一股一股醉熏死人的奇香奇臭。还有宰猪似的琴声歌声。我敬告不敏，我已昏了！

伸手摸了一下，八爷还在我的身旁，稍微放心一些，我定了一定神，举目四望，迷迷糊糊地看出些人形了，似乎全是外国人，并且男的都是洋兵。

我顿然觉察，只我们两个是中国人。想到此处，打了一个冷战，再举目看时，只见有几十上百条视线全集中在我们两个身上，觉得这些视线刺得有点痛起来！

“我们走吧！”

“走吧！”

我们像被猎人追着似的走了出来，三步并两步地走出街上。“这就叫跳舞吗？”我喘着问。

八爷说：“哪里，我们去太早了，他们还没跳呢！”我说：“够了够了。今天领教不少，真正的跳舞，等到我休养几天以后再说吧。”我回家去了，做了一夜的噩梦，梦见的只是嘴、胳臂、大腿，等等。

应酬话

两位素未谋面的人，一旦遇到了，经人略一介绍，或竟未经介绍，马上就要攀谈起来，并且要做出十分亲热的样儿，这不是一件容易事。非善于应酬者不办。

初出茅庐的后生小子，会到生人，面红耳赤，手忙脚乱，一句人话也说不出，假如旁边有一座钟，恐怕只有钟声嘀嘀嗒嗒地响着。善于应酬者，则不然了，他能于请教“尊姓”“大名”“台甫”“府上”之后，额外寻出一套趣味浓厚的应酬话。其中的精粹，可以略举一二如下：

“今天的天气热啊！”

“是的，这两天热得难过。”

“下一阵雨就好了。”

“可不是，下一阵雨至少要凉快好几天呢。”

这样地谈下去，可以延长到半点多钟，而讨论的范围不出“天气”一端。旁边的人看着将不禁啧啧称叹曰：这两位士兄多么漂亮！多么健谈！多么会应酬！应酬至此，真可以出而问世矣！

但是除了天气之外，还有可谈的事物没有？凡是自己能辨明天气之冷热的人，常常感觉到，语言无味，还不如免开尊口，比较的可以令人不致笑出声来。

让座

男女向例是不平等的，电车里只有男子让女子座，而没有女子让男子座的事。但是这一句话，语病也就不小。听说在日本国，有时候女子就让座给男子；在我们这个上海，有很多的时候男子并不让座给女子，这不单是听说，我并且曾经目睹了。

据说让座一举，创自欧西，我曾潜心考察，恐系不诬。因为电车上让座的先生们，从举止言谈方面观察，似乎都是出洋游历过的，至少也是有一点“未出先洋”的光景。所以电车上让座，乃欧风东渐以后的一点现象。又据说，让座之风在欧西现已不甚时髦，而在我们上海反倒时兴，盖亦“礼失而求诸野”乎？

一个年逾半百而其外表又介乎老妈子与太太之间的女人，和一个豆蔻年华而其装束又介乎电影明星与大家闺秀的女人，这在男子的眼里，是有分别的。对于前者，大半是不让座，即使是让，也只限于让座，在心灵上不起变化。

我们若把让座当作完全是礼貌，这便无谓；若把让座当作心灵上的慰藉，这便无聊。最好是看看有无让座的必要。譬如说，一位女郎上车了，她的小腿的粗细和你的肚子的粗细差不很多，你让座做甚？叫她站一会儿好了。又一位女郎上车了，足部占面积甚小，腰部占空间甚多，左手拉着孩子，右手提着一瓶酱油，你还不赶快让座？

好容易过了端午节

好容易过了端午节！我昨天一天之内，因为受了精神上压迫，头部和背部流出来的汗，聚在一起，恐怕要在一加仑以上。为什么要在端午节那天出这些汗呢？这就一言难尽了，容我分作许多言来说吧。

过端午节，吃粽子，喝雄黄酒，悬菖蒲，这些事都很足以令人乐观，做起来也无须出汗，但是除此以外，还有一件极重大的事，先生小姐们，这件事在你们也许不大理会，但是在我就是一件性命交关的事，这件事便是还账！柴、米，两项大宗的账，不能不还的。但是店铺也真太不原谅人，还账只准用钱还，而我所缺乏的只是钱。

一清早，叩门声甚急。我战战兢兢地开了门，只见一位着短衣的人，手里拿着一个字条，问我："这里是姓王吗？"我登时面无人色，吞吞吐吐地从喉咙深处哼出一声："是的！"我伸手把字条接过来，心里想着也不必看了，一定是来要钱的。我懒洋洋地走上楼，像是小孩子上学似的，一步一步地挨着走，心里真有一点悲哀。前天到当铺里当得五块钱，这一笔账还可以付，第二笔便无法付了。我把钱拿在手里，低头一看账单，咦！哪里是一个账单，上面分明写着：“王兄：兹送上枇杷一筐，诸希哂纳是幸。弟李思缘拜。”原来李先生送节礼来了。我笑了。

“喂，你把那筐枇杷拿进来吧……这是给你的酒力钱……回去谢谢李先生啊！……”

那个人笑嘻嘻的，我也笑嘻嘻的。那个人看了我一眼，我可是没有敢望他。他走了。我也上了楼，把那五块宝贝钱重新收起，把一颗枇杷塞进口内。

嗒！嗒！嗒！又有人叫门了。我自己明白，这一回恐怕逃不过去。我怕吓破了胆子，力求我的太太下楼去开门，她倒胆大，把门开了，只见挤进了半个戴绿帽穿绿衣的人。因为我的太太只开了半尺来宽的门缝，所以只挤进了半个人，还有半个在门外。“你有什么事？”

那半个人说：“我来拜节。”

一角钱从我的太太的衣袋里走了出去；那半个人从大门缝退了出去。

平平安安的又过了半点钟。忽地又有人叩门了！大门开处，只见又有半个戴绿帽穿绿衣的人挤了进来。他说他也是来拜节的。我心里猜想，一定是方才没有挤进来的那半个人。经我严重质问之后，才知道他是送快信的，与方才来的那半个人不是一回事。于是乎我又付了一角钱的拜节账。

我的太太曰：“讨账的虽尚未来，而拜节者则纷至不已，呜呼，此地岂可久居？”

我曰：“然则走乎？”

我们走了。走到一个顶远的地方，走出了许多的时候，天黑了，我们回来，娘姨表示热烈的欢迎，她说：“哎哟哟！柴店和米店的伙计自从你们走后就来了，守候了一天，饿不过才走的……”

我就这样战胜了端午节。

贰 美食者不必是饕餮客

以言美食，则鸡鱼肉自是正味，青菜豆腐亦有其香，何必龙肝凤髓方得快意？苟烹调得法，日常食物均可令人满足。

吃

据说饮食男女是人之大欲，所以我们既生而为人，也就不能免俗。然而讲究起吃来，这其中有艺术，又有科学，要天才，还要经验，尽毕生之力恐怕未必能穷其奥妙。听说美国哥伦比亚大学师范院（就是杜威、克伯屈的讲学之所），就有好几门专研究吃的学科。甚笑哉，吃之难也！

我们中国人讲究吃，是世界第一。此非一人之言也，天下人之言也。随便哪位厨师，手艺都不在杜威、克伯屈的高足之下。然而一般中国人之最善于吃者，莫过于北京的破旗人。从前旗人，坐享钱粮，整天闲着，便在吃上用功，现在旗人虽多中落，而吃风尚未尽泯。四个铜板的肉，两个铜板的油，在这小小的范围之内，他能设法调度，吃出一个道理来。富庶的人，更不必说了。

单讲究吃得精，不算本事。我们中国人外带着肚量大。一桌酒席，可以连上一二十道菜，甜的、咸的、酸的、辣的，吃在肚里，五味调和。饱餐之后，一个个的吃得头部发沉，步履维艰。不吃到这个程度，便算是没有吃饱。

荀子曰："无廉耻而嗜乎饮食，则可谓恶少者也。"我们中国人，迹近恶少者恐怕就不在少数。

馋

馋，在英文里找不到一个十分适当的字。罗马暴君尼禄，以至于英国的亨利八世，在大宴群臣的时候，常见其撕下一根根又粗又壮的鸡腿，举起来大嚼，旁若无人，好一副饕餮相！但那不是馋。埃及废王法鲁克，据说每天早餐一口气吃二十个荷包蛋，也不是馋，只是放肆，只是没有吃相。对有某一种食物有所偏好，于是大量的吃，这是贪得无厌。馋，则着重在食物的质，最需要满足的是品味。上天生人，在他嘴里安放一条舌，舌上还有无数的味蕾，教人焉得不馋？馋，基于生理的要求；也可以发展成为近于艺术的趣味。

也许我们中国人特别馋一些。馋字从食，毚声。“毚”音“馋”，本义是狡兔，善于奔走，人为了口腹之欲，不惜多方奔走以膏馋吻，所谓“为了一张嘴，跑断两条腿”。真正的馋人，为了吃，绝不懒。我有一位亲戚，属汉军旗，又穷又馋。一日傍晚，大风雪，老头子缩头缩脑偎着小煤炉子取暖。他的儿子下班回家，顺路市得四只鸭梨，以一只奉其父，父得梨，大喜，当即啃了半只，随后就披衣戴帽，拿着一只小碗，冲出门外，在风雪交加中不见了人影。他的儿子只听得大门哐啷一声响，追已无及。越一小时，老头子托着小碗回来了，原来他是要吃榅桲拌梨丝！从前酒席，一上来就是四干、四鲜、四蜜饯，榅桲、鸭梨是现成的，饭后一盘榅桲拌梨丝别有风味（没有鸭梨的时候白菜心也能代替）。这老头子吃剩半个梨，突然想起此味，乃不惜于风雪之中奔走一小时。这就是馋。

人之最馋的时候是在想吃一样东西而又不可得的那一段期间。希腊神话中之谭塔勒斯①，水深及颔而不得饮，果实当前而不得食，饿火中烧，痛苦万状，他的感觉不是馋，是求生不成求死不得。馋没有这样的严重。人之犯馋，是在饱暖之余，眼看着、回想起或是谈论到某一美味，喉头像是有馋虫搔抓作痒，只好干咽唾沫。一旦得遂所愿，恣情享受，浑身通泰。抗战七八年，我在后方，真想吃古都的食物，人就是这个样子，对于家乡风味总是念念不忘，其实“千里莼羹，末下盐豉”也不见得像传说的那样迷人。我曾痴想北平羊头肉的风味，想了七八年；胜利还乡之后，一个冬夜，听得深巷卖羊头肉小贩的吆喝声，立即从被窝里爬出来，把小贩唤进门洞，我坐在懒椅上看着他于暗淡的油灯照明之下，抽出一把雪亮的薄刀，横着刀刃片羊脸子，片得飞薄，然后取出一只蒙着纱布的羊角，撒上一些椒盐。我托着一盘羊头肉，重复钻进被窝，在枕上一片一片的羊头肉放进嘴里，不知不觉地进入了睡乡，

---

① 今译“坦塔罗斯”（Tantalus），希腊神话中宙斯之子，因得罪神祇而被打入地狱，备受折磨。

十分满足地解了馋瘾。但是，老实讲，滋味虽好，总不及在痴想时所想象的香。我小时候，早晨跟我哥哥步行到大鹁鸽市陶氏学堂上学，校门口有个小吃摊贩，切下一片片的东西放在碟子上，洒上红糖汁、玫瑰木樨，淡紫色，样子实在令人馋涎欲滴。走近看，知道是糯米藕。一问价钱，要四个铜板，而我们早点费每天只有两个铜板。我们当下决定，饿一天，明天就可以一尝异味。所付代价太大，所以也不能常吃。糯米藕一直在我心中留下了不可磨灭的印象。后来成家立业，想吃糯米藕不费吹灰之力，餐馆里有时也有供应，不过浅尝辄止，不复有当年之馋。

馋与阶级无关。豪富人家，日食万钱，犹云无下箸处，是因为他这种所谓饮食之人放纵过度，连馋的本能和机会都被剥夺了，他不是馋，也不是太馋，他麻木了，所以他就要千方百计地在食物方面寻求新的材料、新的刺激。我有一位朋友，湖南桂东县人，他那偏僻小县却因乳猪而著名，他告我说每年某巨公派人前去采购乳猪，搭飞机运走，充实他的郇厨。烤乳猪，何地无之？何必远求？我还记得有人治寿筵，客有专诚献“烤方”者，选尺余见方的细皮嫩肉的猪臂一整块，用铁钩挂在架上，以炭火燔炙，时而武火，时而文火，烤数小时而皮焦肉熟。上桌时，先是一盘脆皮，随后是大薄片的白肉，其味绝美，与广东的烤猪或北平的炉肉风味不同，使得一桌的珍馐相形见绌。可见天下之口有同嗜，普通的一块上好的猪肉，苟处理得法，即快朵颐。像《世说》所谓，王武子家的蒸豚，乃是以人乳喂养的，实在觉得多此一举，怪不得魏武未终席而去。人是肉食动物，不必等到“七十者可以食肉矣”，平夙有一些肉类佐餐，也就可以满足了。

北平人馋，可是也没听说与谁真个馋死，或是为了馋而倾家荡产。大抵好吃的东西都有个季节，逢时按节地享受一番，会因自然调节而不逾矩。开春吃春饼，随后黄花鱼上市，紧接着大头鱼也来了。恰巧这时候后院花椒树发芽，正好掐下来烹鱼。鱼季过后，青蛤当令。紫藤花开，吃藤萝饼，玫瑰花开，吃玫瑰饼；还有枣泥大花糕。到了夏季，“老鸡头才上河哟”，紧接着是菱角、莲蓬、藕、豌豆糕、驴打滚、艾窝窝，一起出现。席上常见水晶肘，坊间唱卖烧羊肉，这时候嫩黄瓜，新蒜头应时而至。秋风一起，先闻到糖炒栗子的气味，然后就是炰烤涮羊肉，还有七尖八团的大螃蟹。“老婆老婆你别馋，过了腊八就是年。”过年前后，食物的丰盛就更不必细说了。一年四季地馋，周而复始地吃。

馋非罪，反而是胃口好、健康的现象，比食而不知其味要好得多。

吃相

我是学生出身，十几年间同桌吃饭的不知凡几，可说是阅人多矣！现在谈谈吃相中之最杰出的人才之最拿手的好戏。

一、中学时代

这时候大家的身体都在发达的时候，所以在吃的时候，不注重“相”，而注重在“吃得多”，并且“吃得好”。学校的饭食，只有一样好处——管饱。讲到菜数的味道，大约比喂猪的东西胜过一点。四个碗四个碟子，八个人吃。照规矩要等人齐了才能正式用武。所以快到吃饭的时候，食堂门口挤得水泄不通，一股菜香从窗口荡漾出来，人人涎流万丈，说句时髦话，空气是非常的紧张。钟点一到，食堂门开，大队人马，浩浩荡荡，长驱直入，唯恐或后。八个人到齐，说时迟，那时快，双手并用，匙箸齐举。用筷的方法，是先用“骑马式”，两箸直用，后来碗底渐渐发白，便改用“抬轿式”，用两箸横扫。稍微带几根肉毛的菜，无一幸免。再后来，天下事大定矣的时候，大家改换工具，弃箸而用匙焉！最后，大家已有九分饱，碗里留些剩水残羹，这时节便有年长一点德高一点的人，从容不迫地从头上拔下一根轻易不肯拔的毛来，放在碗里。照例碗里有毛，厨房要受罚的，所以厨房情愿私了，另赔一满碗菜。结果是大家一人添一碗饭。有时厨役也晓得个中情形，所以在学生装模作样喊叫“有毛！”的时候，便说：“这大概是狗毛罢？”学生面面相觑。

二、大学时代

年纪大了，学业进了，吃相也跟着改良。这时代吃起来讲究不动声色，而收更大之实惠。所以大家公同研究，发明了四个字的诀窍，曰：狠，准，稳，忍。遇见好吃的菜，讲究当仁不让，引为己任，旁若无人，是之谓狠。一碗的肉，块头有大有小有厚有薄有肥有瘦，要不假翻动而看得准确，何者最佳，何者次之。是之谓准。既已狠心，而又眼快，第三步工作在用筷子夹的时候要夹得稳，否则半途落下，费时耗力，有碍吃相。是之谓稳。最后食既到嘴，便不论其是否坚硬热烫，须于最短时间之内通通咽下。是之谓忍。言忍痛忍烫也。吃相到这个地步，可以说是没有挑剔了。

窝头

窝窝头，简称窝头，北方平民较贫苦者的一种主食。贫苦出身者，常被称为啃窝头长大的。一个缩头缩脑、满脸穷酸相的人，常被人奚落，“瞧他那个窝头脑袋！”戏法的卖关子，在紧要关头停止表演向围观者讨钱，好多观众便哄然逃散，变戏法的急得跳着脚大叫：“快回家去吧，窝头煳啦！”（煳是烧焦的意思）坐人力车如果提前未讲价钱，下车付钱，有些车夫会伸出朝上的手掌。大汗淋漓地喘吁吁地说：“请您回回手，再赏几个窝头钱吧！”

总而言之，窝头是穷苦的象征。

到北平观光过的客人，也许在北海仿膳吃过小窝头。请不要误会，那是噱头。那小窝头只有一英寸高的样子，一口可以吃一个。据说那小窝头虽说是玉米面做的，可是羼了栗子粉，所以松软容易下咽。我觉得这是拿穷人开心。

真正的窝头是玉米做的。玉米磨得不够细，粗糙得刺嗓子，所以通常羼黄豆粉或小米面，称之为杂和面。杂和面窝头是比较常见的。制法简单，面和好，抓起一团，跷起右手大拇指伸进面团，然后用其余的九个手指围绕着那个大拇指搓搓捏捏使成为一个中空的塔，所以窝头又名黄金塔。因为捏制时是一个大拇指在内九个手指在外，所以又称“里一外九”。

窝头是要上笼屉蒸的，蒸熟了黄澄澄的，喷香。有人吃一个窝头，要赔上一个酱肘子，让那白汪汪的脂肪陪送窝头下肚。困难在吃窝头的人通常买不起酱肘子，他们经常吃的下饭菜是号称为“棺材板”的大腌萝卜。

据营养学家说，纯粹就经济实惠而言，最值得吃的食物盖无过于窝头。玉米面虽非高蛋白食物，但是纤维素甚为丰富，而且其胚芽玉米糁的营养价值极高，富有维他命B多种，比白米白面不知高出多少。难怪北方的劳苦大众几乎个个长得比较高大粗壮。吃粗粮反倒得福了。杜甫诗：“百年粗粝腐儒餐。”现在粗粝已不再仅是腐儒餐了，餍膏粱者也要吃糙粮。

我不是啃窝头长大的，可是我祖父母为了不忘当年贫苦的出身，在后院避风的一个角落里砌了一个一尺多高的大灶，放一只头号的铁锅，春暖花开的时候便烧起柴火，在笼屉里蒸窝头。这一天全家上下的晚饭就是窝头、棺材板、白开水。除了蒸窝头之外，也贴饼子，把和好的玉米粉抓一把弄成舌形的一块，往干锅上一贴，加盖烘干，一面焦。再不然就顺便蒸一屉榆钱糕，后院现成的一棵大榆树，新生出一簇簇的榆钱，取下洗净和玉米面拌在一起蒸，蒸熟之后人各一碗，浇上一大勺酱油麻油汤子拌葱花，别有风味。我当时年纪小，没能懂得其中的意义，只觉得好玩。现在我晓得，大概是相当于美国人感恩节之吃火鸡，我们要感谢上苍赐给穷人像玉米这样的珍品。不过人光吃窝头是不行的，还是需要相当数量的蛋白质和脂肪。

自从宣统年间我祖父母相继去世，直到如今，已有七十多年没尝到窝头的滋味。我不想念窝头，可是窝头的形象却不时地在我心上涌现。我怀念那些啃窝头的人。不知道他们是否仍像从前一样地啃窝头，抑是连窝头都没得啃。前些日子，友人贻我窝头数枚，形色滋味与我所知道的完全相符，大有类似“他乡遇故人”感。

贫不足耻。贫乃士之常，何况劳苦大众？不过打肿脸充胖子是人之常情，谁也不愿在人前暴露自己的贫穷。贫贱骄人乃是反常的激愤表示，不是常情。原先穷，他承认穷，不承认病，其实就整个社会而言，贫是病。我知道有一人家，主人是小公务员，食者众多，每餐吃窝头，于套间进食，严扃其门户，不使人知。一日，忘记锁门，有熟客来排闼直入，发现全家每人捧着一座金字塔，主客大窘，几至无地自容。这个人家的子弟，个个发愤图强，皆能卓然自立，很快地就脱了窝头的户籍。

北方每到严冬，就有好心的人士发起窝窝头会，是赈济穷人的慈善组织。仁者用心，有足多者。但是嗟来之食，人所难堪。如果窝窝头会，能够改个名称，别在穷人面前提起窝头，岂不更妙？

饭前祈祷

读过查尔斯·兰姆[①]那篇《饭前祈祷》小品文的人，一定会有许多感触。六十年前我在美国科罗拉多泉念书的时候，和闻一多在瓦萨赤街一个美国人家各赁一间房屋。房东太太密契尔夫人是典型的美国主妇，肥胖、笑容满面、一团和气，大约有六十岁，但是很硬朗，整天操作家务，主要的是主中馈，好像身上永远系着一条围裙，头戴一顶荷叶边的纱帽。房东先生是报馆排字工人，昼伏夜出，我在圣诞节才得和他首次晤面。他们有三个女儿，大女儿陶乐赛已进大学，二女儿葛楚德念高中，小女儿卡赛尚在小学，他们一家五口加上我们两个房客，七个嘴巴都要由密契尔夫人负责喂饱，而且一日三餐，一顿也少不得。房东先生因为作息时间和我们不同，永不在饭桌上和我们同时出现。每顿饭由三个女孩摆桌上菜，房东太太在厨房掌勺，看看大家都已就位，她就急忙由厨房溜出来，抓下那顶纱帽，坐在主妇位上，低下头做饭前祈祷。

---

① 查尔斯·兰姆，英国著名随笔散文作家。主要代表作有散文集《伊利亚随笔》《伊利亚随笔续集》。同时兰姆也致力于为少年儿童改写经典读本，其中包括《莎士比亚戏剧故事集》《奥德赛》等。

我起初对这种祈祷不大习惯。心想我每月付你四五十元房租，包括膳食在内，我每月公费八十元，多半付给你了，吃饭的时候还要做什么祈祷？感恩吗？感谁的恩？感上帝赐面包的恩吗？谁说面包是他所赐？……后来我想想，入乡随俗，好在那祈祷很短，嘟嘟囔囔地说几句话，也听不清楚说什么。有时候好像是背诵那滚瓜烂熟的《主祷文》，但是其中只有一句与吃有关："赐给我们每天所需的面包。"如果这"每天"是指今天，则今天的吃食已经摆在桌上了，还祈祷什么？如果"每天"是指明天，则吃了这顿想那顿，未免想得远了些。若是表示感恩，则其中又没有感激的话语。尤其是，这饭前祈祷没有多少宗教气息，好像具文。我偷眼看去，房东太太闭着眼低着头，口中念念有词，大女儿陶乐赛也还能聚精会神，卡赛则常扮鬼脸逗葛楚德，葛楚德用肘撞卡赛。我和一多面面相觑，不知所措。

兰姆说得不错。珍馐罗列案上，令人流涎三尺，食欲大振，只想一番饕餮，全无宗教情绪，此时最不宜祈祷。倒是维持生存的简单食物，得来不易，于庆幸之余不由得要感谢上苍。我另有一种想法，尤其是在密契尔夫人家吃饭的那一阵子，我们的胃习惯于大碗饭、大碗面，对于那轻描淡写的西餐只能感到六七分饱。家常便饭没有又厚又大的煎牛排。早餐是以半个横剖的橘柑或葡萄柚开始，用茶匙挖食其果肉，再不就是薄薄一片西瓜，然后是一面焦的煎蛋一枚。外国人吃煎蛋不像我们吸溜一声一口吞下那个嫩蛋黄，而是用刀叉在盘里切，切得蛋黄乱流，又不好用舌去舔。两片烤面包，抹一点牛油。一杯咖啡灌下去，完了。午饭是简易便餐，两片冷面包，一点点肉菜之类。晚饭比较丰盛，可能有一盂热汤，然后不是爱尔兰炖肉，就是肉末炒番薯泥，再加上一道点心如西米布丁之类，咖啡管够。倒不是菜色不好，密契尔夫人的手艺不弱，只是数量不多，不够果腹。星期日午饭有烤鸡一只，当场切割，每人分得一两片，大匙大匙的番薯泥浇上鸡油、酱汁。晚饭就只有鸡骨架剥下来的碎肉烩成稠糊糊的酱，放在一片烤面包上，名曰鸡派，其他一概全免。若是到了感恩节或是圣诞节，则卡赛出出进进地报喜：“今天有火鸡大餐！”所谓火鸡，肉粗味淡，火鸡肚子里面塞的一坨一坨黏糊糊的也不知是什么东西。一多和我时常踱到街上补充一个汉堡肉饼或热狗之类。在这种情形下，饭前祈祷对于我没有什么太大的意义，就是饭后祈祷恐也不免带有怨声，而不可能完全是谢主的恩典。

我小时候，母亲告诉我，碗里不可留剩饭粒，饭粒也不可落在桌上、地上，否则将来会娶麻脸媳妇。这个威吓很能生效，真怕将来床头人是麻子。稍长，父亲教我们读李绅《悯农》诗：“锄禾日当午，汗滴禾下土。谁知盘中餐，粒粒皆辛苦。”因此更不敢糟蹋粮食。对于农民老早地就起了感激之意。养猪养鸡的、捕鱼捕虾的，也同样地为我服务，我凭什么白白地受人供养？吃得越好，越惶恐，如果我在举箸之前要做祈祷，我要为那些胼手胝足为大家生产食粮、供应食物的人祈福。

如今我每逢有美味的饮食可以享受的时候，首先令我怀想的是我的双亲。我父亲对于饮膳非常注意，尤嗜冷饮，酸梅汤要冰镇得透心凉，山里红汤微带冰碴儿，酸枣汤、樱桃水……都要冰得入口打哆嗦。可惜我没来得及置备电冰箱，先君就弃养了。我母亲爱吃火腿、香蕈、蚶子、蛏干、笋尖、山核桃之类的所谓南货，我好后悔没有尽力供养。美食当前，辄兴风木之思，也许这些感受可以代替所谓饭前祈祷了吧？

狗肉

我没吃过狗肉，也从来不想吃。

有人戏言，吃了狗肉之后，见了电线杆子就想跷起腿来。这当然不足信，不过狗有改不了的一种习惯，想起来令人恶心。经过训练的和经常喂得饱饱的那种狗，大概不至于有那种饥不择食的恶习。普通的狗就难说。记得抗战初年，我有一段时间赁居重庆上清寺一个土丘上的一间房屋，屋门外是一间堂屋，房东三餐都在堂屋举行，八仙桌子挤满了人，大大小小祖孙三代，桌下还有一条不大不小的癞皮狗，名叫“汪子”，大概是它爱汪汪叫的缘故。房东一家吃东西很洒脱，嚼不碎的骨头之类，全都随口喷吐，汪子忙得不可开交。几乎没有例外，小孩子一面吃一面就在洋灰地面上遗矢，汪子会把东一摊西一摊像“熘黄菜”似的东西舔得一干二净！主人无须打扫，狗已代劳。像这样的狗，其肉岂足食乎？人称狗肉为香肉，不知香从何来？

天下之口有同嗜，是真理的一面，另一面是口嗜不同各如其面。秋风起矣，及时进补。基于吃什么补什么的原理，吃猪脑、吃牛鞭、吃羊肝、吃鸳鸯肉……都各有所补。唯独吃狗肉不知是补的哪一门子？古书上不是没有说明，例如，元朝的一位太医忽思慧作《饮膳正要》就说：“犬肉味咸温，无毒，安五脏，补绝伤，益阳道，补血脉，厚肠胃，实下焦，填精髓。”这许是对皇帝说的，谅他不敢乱扯。安五脏，心、肝、肺、脾、肾都管得着，又益阳又补血又滋肠胃，狗肉之益大矣哉！《本草纲目》也说，犬之用有三，其一为“食犬，体肥供馔”。狗是给人吃的，六畜里有它，五畜里也有它。而且自古以来，“月令言食犬，燕礼言烹狗”，狗肉上得台面。就是屠狗养母也不失为事亲之一道，《史记·刺客传》，客劝聂政“为狗屠，可以旦夕得甘毳以养亲”。孟子说：“鸡豚狗彘之畜，无失其时，七十者可以食肉矣。”好像是老年人非肉不饱，才有资格吃狗肉。总之，狗肉和猪肉、羊肉一样，吃狗肉是我们的传统习惯。

不知什么时候起，吃狗肉之风渐不流行。《史记》记载樊哙“以屠狗为事”，言其为市井无赖之辈。《后汉书·二十八将传》论谓屠狗者为“轻猾之徒”。屠狗不是体面的事，吃狗肉当然也就不是高雅的事。传说郑板桥嗜狗肉，飨以狗肉则求字求画皆不拒。这究竟是文人怪癖，可资谈助。“挂羊头卖狗肉”之语正足说明狗肉之贱不能与羊肉比。

士各有志。爱吃狗肉者由他吃去，不干别人的事。西方人以为狗乃人类最好的朋友，一听说中国人吃狗肉，便立刻汗毛倒竖，斥中国人为野蛮。其实中国人祭宗庙，奉“羹献”的时候，西方人尚在茹毛饮血，羹献即是犬牲。我们并不是见了狗就嘴馋的民族。狗和人一样地可以分门别类，《本草纲目》于“食犬，体肥供馔”之外，还列有“甲犬，长喙善猎；吠犬，短喙善守”。行猎守门乃犬的能事，犬当然是人类的朋友，谁也不忍吃它。“狡兔死，走狗烹”是譬喻，猎人从来不会那样的短见，捉完兔子烹狗。不过“体肥供馔”的狗，就另当别论了。三十多年前，我道出广州，在菜市中看到一群群小黄狗用绳系在屠户摊位旁边，毛茸茸的、肥嘟嘟的，有人告我这是菜狗，犹如牛中所谓的菜牛，是专供食用的。可见吃狗肉的人至近不绝。

杀肥狗与宰肥猪、宰肥羊无异。我看不出其间有什么文明与野蛮之别。有人不吃猪肉，有人不吃羊肉，有人不吃狗肉，各随其便，犯不着横眉怒目。此间香肉摊贩甚多，肉的来历大概不明。常于昏夜被群狗叫嗥之声惊醒，想来是有人在街头行猎。如果是捕杀野犬，应该是有益社会之事，杀而食之也未尝不可。如果被捕之犬是系出名门，则犬主人该负一大部分责任，不该纵犬流连户外。管理狗的办法，西方较为合理，狗要纳税领照，狗要打预防针，狗外出要有皮带系颈，狗颈下要牌示号码。不过有一点西方人还是够野蛮的，人行道上狗屎星罗棋布，没有人管。

街头打狗之事，历来就有，不自今日始。若干年前，我路过浙江嘉善，宿一亲戚家。入门，见椅上、榻上到处都铺设毛皮垫子，黑的、白的、黄的都有，时值隆冬，有此设备亦不足异，夜深人静，主人持巨梃提灯笼，款步而出，小巷萧索，遥闻犬吠。不知主人何时归来，只听得厨房里刀俎之声盈耳。午餐时，一甑热腾腾的红烧香肉上桌了。主人经常地食其肉而寝其皮。我面对羹献不知所措。

据说金华火腿之所以含有异香，缘有狗腿一只腌于缸内。我的舅父在金华高院任职甚久，查证其事不虚。名之为戌腿，为非卖品。曾取得一只见贻，家君以其难得，设觞大宴宾客。席间以清蒸戌腿一方上，而未言其所以。客人品尝之余，亦未言有异味，有人嫌其太瘦而已。事后家君宣告此名肴之所自来，客有欲呕而不得者。我当时躬逢胜饯，未敢下箸。

圆桌与筷子

我听人说起一个笑话，一个中国人向外国人夸说中国的伟大，圆餐桌的直径可以大到几乎一丈开外。外国人说："那么你们的筷子有多长呢？""六七尺长。""那样长的筷子，如何能夹起菜来送到自己嘴里呢？""我们最重礼让，是用筷子夹菜给坐在对面的人吃。"

大圆桌我是看见过的，不是加盖上去的圆桌面，是定制的大型圆餐桌，周遭至少可以坐二十四个人，宽宽绰绰的一点也不挤，绝无"菜碗常需头上过，酒壶频向耳边洒"的现象。桌面上有个大转盘（英语名为"懒苏珊"），转盘有自动旋转的装置，主人按钮就会不疾不徐地转。转盘上每菜两大盘，客人不需等待旋转一周即可伸手取食。这样大的圆桌有一个缺点，除了左右邻座之外，彼此相隔甚远，不便攀谈，但是这缺点也许正是优点，不必没话找话，大可埋头猛吃，做食不语状。

我们的传统餐桌本是方的，所谓八仙桌，往日喜庆宴都是用方桌，通常一席六个座位，有时下手添个长凳打横，只有在特殊情形下才加上一个圆桌面。炕上餐桌也是方的。方桌折角打开变成圆桌

（英语所谓“信封桌”），好像是比较晚近的事了。

许多人团聚在一起吃饭，尤其是讲究吃的东西要烫嘴热，当然以圆桌为宜，把食物放在桌中央，由中央到圆周的半径是一样长，各人伸箸取食，有如辐辏于毂。因为圆桌可能嫌大，现在几乎凡是圆桌必有转盘，可恼的是直眉瞪眼的餐厅侍者多半是把菜盘往转盘中央一丢，并不放在转盘的边缘上，然后掉头而去，转盘等于虚设。

西方也不是没有圆桌。亚瑟王的圆桌骑士是赫赫有名的，那圆桌据说当初可以容一百五十名骑士就座，真不懂那样大的圆桌能放在什么地方，也许是里三层外三层围绕着吧。近代外交坛坫之上常有所谓圆桌会议，也许是微带椭圆之形，其用意在于宾主座位不分上下。这都不能和我们中国的圆桌相提并论，我们的圆桌是普遍应用的，家庭聚餐时，祖孙三代团团坐，有说有笑，融融洽洽；友朋宴饮时，敬酒、划拳、打通关都方便。吃火锅，更非圆桌不可。

筷子是我们的一大发明。原始人吃东西用手抓，比不会用手抓的禽兽已经进步很多，而两根筷子则等于是手指的伸展，比猿猴使用树枝拨东西又进一步。筷子运用起来可以灵活无比，能夹、能戳、能撮、能挑、能扒、能掰、能剥，凡是手指能做的动作，筷子都能。没人知道筷子是何时何人发明的。如果《史记》所载不虚，“纣为象箸，而箕子唏”，纣王使用象牙筷子而箕子忍气吞声地叹气，象牙筷子的历史可说是很久远了。箸原是筴，竹子做的筷子；又作筞，木头做的筷子。象牙筷子并没有什么好，怕烫，容易变色。假象牙筷子颜色不对，没有纹理，更容易变色，而且在吃香酥鸭的时候，拉扯用力稍猛就会咔嚓一声断为两截。倒是竹筷子最好，湘妃竹固然好，普通竹也不错，髹油漆固然好，本色尤佳。做祖父母的往往喜欢使用银箸，通常是短短细细的，怕分量过重，这只为了表示其地位之尊崇。金箸我尚未见过，恐怕未必中用。箸之长短不等，湖南的筷子特长，盘子也特大，但是没有长到烤肉的筷子那样。

西方人学习用筷子那副笨相可笑，可是我们幼时开始用筷子的时候，又何尝不是像狗熊要扁担？稍长，我们使筷子的伎俩都精了——都太精了。相传少林绝技之一是举箸能夹住迎面飞来的弹丸，据说是先从用筷子捕捉苍蝇练成的一种功夫。一般人当然没有这种本领，可是在餐桌之上我们也常有机会看到某些人使用筷子的一些招数。一盘菜上桌，有人挥动筷子如舞长矛，如野火烧天、横扫全境，有人胆大心细彻底翻腾如拨草寻蛇，更有人在汤菜碗里拣起一块肉，掂掂之后又放下了，再拣一块再掂掂再放下，最后才选得比较中意的一块，夹起来送进血盆大口之后，还要把筷子横在嘴里吮一下，于是有人在心里嘀咕：这样做岂不是把你的口水都污染了食物，岂不是让大家都于无意中吃了你的口水？

其实口水未必脏。我们自己吃东西都是伴着口水吃下去的，不吃东西的时候也常咽口水的。不过那是自己的口水，不嫌脏。别人的口水也未必脏。我不相信谁在热恋中没有大口大口咽过难分彼此的一些口水。怕的是口水中带有病菌，传染给别人和被人传染给自己都不大好。毛病不是出在筷子，是出在我们吃的方式上。

六十多年前，我的学校里来了一位教英语的老师，我只记得他姓钟，外号人称“钟善人”，他在学校及附近乡村里狂热地提倡两件事，一是植树，一是进餐时每人用两副筷子，一副用于取食，一副用于夹食入口。植树容易，一年只有一度，两副筷子则窒碍难行。谁有那样的耐心，每餐两副筷子此起彼落地交换使用？如今许多人家，以及若干餐馆，筷子仍是人各一双，但是菜盘、汤碗各附一个公用的大匙，这个办法比较简便，解决了互吃口水的问题。东洋御料理老早就使用木质短小的筷子，用毕即丢弃。人家能，为什么我们不能？我愿象牙筷子、乌木筷子以及种种珍奇贵重的筷子都保存起来，将来作为古董赏玩。

由熊掌说起

《中国语文》206期（第三十五卷第二期）刘厚醇先生《动物借用词》一文：

> “鱼，我所欲也；熊掌，亦我所欲也。二者不可得兼，舍鱼而取熊掌者也。”这是孟子的话。我怀疑孟子是否真吃过熊掌，我确信本刊的读者里没有人吃过熊掌。孟子这句话的意思是：假如不可能两个目标同时达到，应该放弃比较差一点的一个，而选择比较好一点的一个目标。熊掌和猩唇、驼峰全属于“八珍”，孟子用它来代表珍贵的东西；鱼是普通食物，代表平凡的东西。“鱼与熊掌”现在已经成为广泛通用的一句话，因为这个譬喻又简单又确切。（虽然，差不多所有的人全没吃过熊掌；如果当真的叫一般人去选择的话，恐怕全要“舍熊掌而取鱼也”！）

我也不知道孟子是否真吃过熊掌。若说“本刊的读者里没有人吃过熊掌”，则我不敢“确信”，因为我是“本刊的读者”之一，我吃过。

民国十一二年间，有一天侍先君到北京东兴楼小酌。我们平常到饭馆去是有固定的房间的，这一天堂倌抱歉地说：“上房一排五间都被王正廷先生预订了，要委屈二位在南房左边一间将就一下。”这无所谓。不久，只见上房灯火辉煌，衣冠济济，场面果然很大。堂倌给我们上菜之后，小声私语：“今天实在对不起，等一下我有一点外敬。”随后他端上了一盘热腾腾的黏糊糊的东西。他说今天王正廷宴客，有熊掌一味，他偷偷地匀出来一小盘，请我们尝尝。这虽然近似贼赃，但他一番雅意却之不恭，而且这东西的来历如何也正难言。一饮一啄，莫非前定。我们也就接受了。

熊掌吃在嘴里，像是一块肥肉，像是“寿司”，又像是鱼唇，又软又黏又烂又腻。高汤煨炖，味自不恶，但在触觉方面并不感觉愉快，不但不愉快，而且好像难以下咽。我们没有下第二箸，真是辜负了堂倌为我们做贼的好意。如果我有选择的自由，我宁舍熊掌而取鱼。

事有凑巧，初尝异味之后不久，过年的时候，厚德福饭庄黑龙江分号执事送来一大包东西，大概是年礼罢，打开一看，赫然熊掌，黑不溜秋的，上面还附带着一些棕色的硬毛。据说熊掌须用水发，发好久好久，然后洗净切片下锅煨煮，又要煮好久好久。而且煨煮之时还要放进许多美味的东西以为佐料。谁有闲工夫搞这个劳什子！熊掌既为八珍之一，干脆，转送他人。

所谓八珍，历来的说法不尽相同，《礼记·内则》提到的“淳熬、淳母、炮豚、炮牂、捣珍、渍、熬、肝膋”，描述制作之法，其原料不外“牛、羊、麋、鹿、麞、豕、狗、狼”，近代的说法好像是包括“龙肝、凤髓、豹胎、鲤尾、鹗炙、猩唇、熊掌、酥酪蝉”。其中一部分好像近于神奇，一部分听起来就怪吓人的。所谓珍，全是动物性的。我常想，上天虽然待人不薄，口腹之欲究竟有个限度，天下之口有同嗜，真正的美食不过是一般色香味的享受，不必邪魔外道的去搜求珍异。偶阅明人徐树丕《识小录》，有《居服食三等语》一则：

> 汤东谷语人曰：“学者须居中等屋，服下等衣，食上等食。何者？茅茨土阶，非今所宜。瓦屋八九间，仅藏图书足矣。故曰中等屋。衣不必绫罗锦绣也，夏葛冬布，适寒暑足矣。故曰下等衣。至于饮食，则当远求名胜之物，山珍海错，名茶法酒，色色俱备，庶不为凡流俗士，故曰上等食也。”

中等屋、下等衣，吾无闲言。唯所谓上等食，乃指山珍海错而言，则所见甚陋。以言美食，则鸡鸭鱼肉自是正味，青菜豆腐亦有其香，何必龙肝凤髓方得快意？苟烹调得法，日常食物均可令人满足。以言营养，则蛋白质、碳水化合物、菜蔬瓜果，匀配平衡，饮食之道能事尽矣。我当以为吃在中国，非西方所能望其项背，寻思恐未必然，传统八珍之说徒见其荒诞不经耳。

炸活鱼

报载一段新闻：新加坡禁止餐厅制卖一道中国佳肴“炸活鱼”。据云：“这道用‘北平秘方’烹调出来的佳肴，是一位前来访问的中国大陆厨师引进新加坡的。即把一条活鲤，去鳞后，把两鳃以下部分放到油锅中去炸。炸好的鱼在盘中上桌时，鱼还会喘气。”

我不知道北平有这样的秘方。在北平吃“炝活虾”的人也不多。杭州西湖楼外楼的一道名菜“炝活虾”，我是看见过的，我没敢下箸。从前北平没有多少像样的江浙餐馆，小小的五芳斋大鸿楼之类，偶尔有炝活虾应市，北方人多半不敢领教。但是我见过正阳楼的伙计表演吃活蟹，活生生的一只大蟹从缸里取出，硬把蟹壳揭开，吮吸其中的蟹黄蟹白。蟹的八足两螯乱挓挲！举起一条欢蹦乱跳的黄河鲤，当着顾客面前往地上一摔，摔得至少半死，这是河南馆子的作风，在北平我没见过这种场面。至于炸活鱼，我听都没有听说过。鱼的下半截已经炸熟，鳃部犹在一鼓一鼓地喘气，如果有此可能，看了令人心悸。

我有一次看一家“东洋御料理”的厨师准备一盘龙虾。从水柜中捞起一只懒洋洋的龙虾，并不“生猛”，略加拂拭之后，咔嚓一下把虾头切下来了，然后剥身上的皮，把肉切成一片片，再把虾头虾尾拼放在盘子里，虾头上的须子仍在舞动。这是东洋御料理。他们“切腹”都干得出来，切一条活龙虾算得什么！

日本人爱吃生鱼，我觉得吃在嘴里，软趴趴的，黏糊糊的，烂糟糟的，不是滋味。我们有时也吃生鱼。西湖楼外楼就有“鱼生”一道菜，取活鱼，切薄片，平铺在盘子上，浇上少许酱油麻油料酒，嗜之者觉得其味无穷。云南馆子的过桥面线，少不了一盘生鱼片，广东茶楼的鱼生粥，都是把生鱼片烫熟了吃。君子远庖厨，闻其声不忍食其肉！今所谓“炸活鱼”，乃于吃鱼肉之外还要欣赏其死亡喘息的痛苦表情，诚不知其是何居心。禁之固宜。不过要说这是北平秘方，如果属实，也是最近几十年的新发明。从前的北平人没有这样的残忍。

残酷，野蛮，不是新鲜事。人性的一部分本来是残酷野蛮的。我们好几千年的历史就记载着许多残暴不仁的事，诸如汉朝的吕后把戚夫人“断手足，去眼，煇耳，饮喑药，使居厕中，命曰人彘”，更早的纣王时之“膏铜柱，下加之炭，令有罪者行焉，辄堕炭中，妲己笑，名曰炮烙之刑”。杀人不过头点地，不行，要让他慢慢死，要他供人一笑，这就是人的穷凶极恶的野蛮。人对人尚且如此，对水族的鱼虾还能手下留情？“北平秘方炸活鱼”这种事我宁信其有。生吃活猴脑，有例在前。

西方人的野蛮残酷一点也不后人。古罗马圆形戏场之纵狮食人，是万千观众的娱乐节目。天主教会之审判异端火烧活人，认为是顺从天意。西班牙人的斗牛，一把把的利剑刺上牛背直到它倒地而死为止，是举国若狂的盛大节目。兽食人，人屠兽，同样的血腥气十足，相形之下炸活鱼又不算怎样特别残酷了。

野蛮残酷的习性深植在人性里面，经过多年文化陶冶，有时尚不免暴露出来。荀子主性恶，有他一面的道理。他说："纵性情，安恣睢，而违礼义者为小人。"炸活鱼者，小人哉!

厨房

从前有教养的人家子弟，永远不走进下房或是厨房，下房是仆人起居之地，厨房是庖人治理膳馐之所，湫隘卑污，故不宜厕身其间。厨房多半是在什么小跨院里，或是什么不显眼的角落（旮旯儿），而且常常是邻近溷厕。孟子有“君子远庖厨”之说，也是基于“眼不见为净”的道理。在没有屠宰场的时候，杀牛宰羊均须在厨中举行，否则远庖厨作甚？尽管席上的重珍兼味美不胜收，而那调和鼎鼐的厨房却是龌龊脏乱，见不得人。试想，煎炒烹炸，油烟弥漾而无法宣泄，烟熏火燎，煤渣炭属经常地月累日积，再加上老鼠横行，蚊蝇乱舞，蚂蚁蟑螂之无孔不入，厨房焉得不脏？当然厨房也有干净的，想郇公厨香味错杂，一定不会令人望而却步，不过我们的传统厨房多少年来留下的形象，大家心里有数。

埃及废王法鲁克，当年在位时，曾经游历美国，看到美国的物质文明，光怪陆离，目不暇给，对于美国家庭的厨房之种种设备，尤其欢喜赞叹。临归去时，他便订购了最豪华的厨房设备全套，运回国去。他的眼光是很可佩服的，他选购的确是美国文化精粹的一部分。虽然那一套设备运回去之后，曾否利用，是否适用，因为没有情报追踪，我们不得而知，但是我们知道埃王陛下一顿早点要吃二十个油煎荷包蛋，想来御膳的规模必不在小，美国式家庭厨房的设备是否能胜负荷，就很难说。

美式厨房是以主妇为中心而设计的。所占空间不大，刚好容主持中馈的人站在中间有回旋的余地。炉灶用电，不冒烟，无气味，下面的空箱放置大大小小煮锅和平底煎锅，俯拾即是。抬头有电烤箱或是微波烤箱，烤鸡、烤鸭、烤盆菜，烘糕、烘点、烘面包，自动控制，不虞烧焦。左手有沿墙一般长的料理台，上下都是储柜抽屉，用以收藏盘碗餐具，墙上有电插头，供电锅、烤面包器、绞肉机、打蛋器之类使用。台面不怕刀切不怕烫。右边是电冰箱，一个不够可以有两个。转过身来是洗涤槽，洗菜、洗锅、洗碗，渣渣末末的东西（除了金属之外）全都顺着冷热水往下冲，开动电钮就可以听见呼噜呼噜的响，底下一具绞碎机（disposal）发动了，把一刀的渣滓弃物绞成了碎泥冲进下水道里。下水道因此无阻塞之虞。左手有个洗碗机，冲干净了的碟碗插列其间，装上肥皂粉，关上机门开动电钮，盘碗便自动洗净而且吹干。在厨房做饭的人真是有左右逢源、进退自如之感。

美式厨房也非尽善尽美。至少寓居美国而坚持不忘唐餐的人就觉得不大方便。唐餐讲究炒菜，这个“炒”字是美国人所不能领略的。炒菜要用锅，尖底的铁锅（英文为wok，大概是粤语译音），西式平底锅只宜烙饼煎蛋，要想吃葱爆牛肉片、榨菜炒肉丝什么的，非尖底锅不办，否则翻翻搅搅掂掂那几下子无从施展。而尖底锅放在平平的炉灶上，摇摇晃晃，又非有类似“支锅碗”的东西不可，炒菜有时需要旺油大火，不如此炒出来的东西不嫩。过去有些中国餐馆大师傅，嫌火不够大，不惜舀起大勺猪油往灶口里倒，使得火苗骤旺，电灶火力较差，中国人用电灶容易把电盘烧坏，也就是因为烧得太旺太久之故。火大油旺，则油烟必多。灶上的抽烟机所起作用有限，一顿饭做下来，满屋子是油烟，寝室、客厅都不能免。还有外国式的厨房不备蒸笼，所谓双层锅，具体而微，可以蒸一碗蛋羹而已。若想做小笼包，非从国内购运柳木制的蒸笼不可，一层屉不够要两三层，摆在电灶上格格不入。铝制的蒸锅，有干净相，但是不对劲。

人在国外而顿顿唐餐，则其厨房必定走样。我有一位朋友，高尚士也，旅居美国多年，贤伉俪均善烹调，热爱我们的固有文化，蒸、炒、烹、煎，无一不佳。我曾叨扰郇厨，坐在客厅里，但见厨房门楣之上悬一木牌写着两行文字，初以为是什么格言之类，趋前视之，则是一句英文，曰："我们保留把我们自己的厨房弄得乱七八糟的权利。"当然这是给洋人看的。我推门而入，所谓乱七八糟是谦词，只是东西多些，大小铁锅蒸笼，油钵醋瓶，各式各样的作料器皿，纷然杂陈，随时待用。做中国菜就不能不有做中国菜的架势。现代化的中国厨房应该是怎个样子，尚有待专家设计。

我国自古以来，主中馈的是女人，虽然解牛的庖丁一定是男人。《易·家人》："无攸遂，在中馈，贞吉。"疏曰："妇人之道，巽顺为常，无所必遂，其所职主在于家中馈食供祭而已。"所以新妇三日便要入厨洗手做羹汤，多半是在那黑黝黝又脏又乱的厨房里打转一直到老。我知道一位缠足的妇人，在灶台前面一站就是几个钟头，数十年如一日，到了老年两足几告报废，寸步难移。谁说的男子可以不入厨房？假如他有时间、有体力、有健康的观念，应该没有阻止他进入厨房的理由。有一次我在厨房擀饺子皮，系着围裙，满手的面粉，一头大汗，这时候有客来访，看见我的这副样子大为吃惊，他说："我是从来不进厨房的，那是女人去的地方。"我听了报以微笑。不过他说的话不是没有事实根据，绝大多数的女人是被禁锢在厨房里，而男人不与焉。今天之某些职业妇女常得意忘形地嘲讽主持中馈的人为"在厨房上班"。其实在厨房上班亦非可耻之事，我们的母亲、祖母、曾祖母有几个不在厨房上班？在妇女运动如火如荼的美国，妇女依然不能完全从厨房里"解放"出来。记得某处妇女游行，有人高举木牌，上面写着："停止烧饭，饿死那些老鼠！""老鼠"饿不死的，真饿急了他会乖乖地自己去烧饭。

“啤酒”啤酒

两年前有一天我的女儿文蔷拿来三罐啤酒，分别注入三个酒杯，她不告诉我各个的牌名，要我品尝一下，何者为最优。我端起酒杯，先放在鼻下一嗅，轻轻浅尝一口，在舌端品味，然后含一大口在嘴里停留一下再咕噜一声下咽。好像我真懂品酒似的。三杯品尝过后，迟疑了一阵，下判断说：“这一杯比较最香最美。”她笑着记下我所投的一票。

然后她另换三个杯子，也各注入不同商标的啤酒，要我的外孙邱君达来品尝。他已成年，可以喝酒。他喝了之后，皱皱眉头，说：“我认为这一杯最好。”她又记下了他所投的一票。

她再换三杯，斟满了酒，要我的即将成年的外孙君迈参加评判。他一杯一大口，耸肩摊手，说：“差不太多，比较这一杯较佳。”她又记下他的一票。

她说：“现在我要宣布品评的结果了。我选的三种不同的啤酒，第一种是瑞尼尔啤酒，是有名的老牌子……”我证实她的话说：“不错，是老牌子，我在六十九年前就喝过瑞尼尔啤酒，那时候美国正在禁酒，但是啤酒不禁，所以我很喝过些瓶。那时候啤酒尚无罐装，只有大小两种玻璃瓶装。我喝惯了站人牌、太阳牌啤酒，初喝瑞尼尔牌觉得味淡而香，留有很好印象。透明的玻璃瓶，标签上印着西雅图附近山巅积雪的瑞尼尔山。”她接着说：“第二种是奥仑比克啤酒。”我立即忆起十年前参观过的西雅图南边的奥仑比克啤酒厂，厂房规模不小，参观者络绎不绝，分批由专人讲解招待，展示啤酒酿造过程，最后飨客啤酒一大杯。此后我常喝奥仑比克啤酒。酒罐上有一句标语：It's the water（是由于水好），这句话很传神。她最后介绍第三种，没有牌名，本地人称之为“啤酒”啤酒（“Beer”beer）。

这就怪了。什么叫作“啤酒”啤酒？

我们一致投票的结果认为最好的啤酒正是这个没有牌名的啤酒，正式的名称是generic beer（无牌名的啤酒）。罐头上糊一张白纸，没有任何色彩图样和宣传文字，只有一个粗笔大字Beer。看起来真不起眼，没有尝试过的人不敢轻易选用。本地人无以名之，名之为“啤酒”啤酒。

这个试验是有意义的，证明货的好坏不一定依赖牌名或厂家的名义，更不在于装潢，较可靠的方法是由消费者自己实际直接辨别。某一牌名或厂家的出品，能在市场建立信用，受人欢迎，当然有其理由，绝非幸致。但是老牌子的出品未必全能长久保持原来的品质，新牌子的出品亦未必全是后来居上。因此消费者要提高警觉。

货物的包装是一门学问。包装要结实，又要轻巧，要有图案，又要不讨厌，要有色彩，又要不庸俗。要有第一流的好手投入包装设计的工作里，要肯不惜工本地在包装上精益求精。佛要金装，人要衣装，货品要包装。

广告是推销术的一大重要项目。要使用各种技巧，抓住人的注意，引起人的好奇，诱发人的欲望，而时常以利用人的弱点为最厉害的手段，并且以连续不断的方式在大众面前出现，使人于不知不觉之中接受暗示，以达到销售的目的，广告的费用是成本的一部分。

无牌名货品在观念上是一项革新，亦可说是一种反动。为要达到物美价廉的目的，不要装潢，不做广告，赤裸裸地以本来面目在货架上与人相见。以“啤酒”啤酒来说，其价格仅约为其他名牌啤酒之一半。而其品质之高为众所公认。

无牌名货物之出现首先是在法国，时为一九七六年。有一系列的连锁超级市场名加瑞福（Carrefour）[①]者，推出几种无牌名的商品，立即从法国推展到美国的芝加哥，先是珍宝食物商品（Jewel Grocers）采用，随即蔓延到全美各超级市场。以塔科玛为根据地的西海岸食品商店（West Coast Grocers），是推销无牌名商品的一大重镇。西雅图东北区则以阿伯孙超级市场为主要推销处，在全部食物销售量中约占百分之二，但是前势看好。有些超级市场让出整行的货架陈列无牌物品，如花生酱、纸巾、啤酒之类。也有些超级市场拒售无牌商品，如Safeway及Thriftway是，他们推出本厂特产的商品，以与无牌商品抗衡。也有人指责无牌商品的品质欠佳，例

① 即家乐福。

如阿伯孙市场出售之无牌香草冰激凌，有人说气泡多而奶油少。但是一般而论，责难的情形很少。至少“啤酒”啤酒的声誉日隆。出产这种啤酒的是华盛顿州温哥华的大众酿造公司（General Brewing CO.），于一九七九年十一月开始上市，现已成为市场上的热门货品，在西部有六州发售。由于生产能力的限度，已无法再行扩展业务。

并不是人人都喜爱物美价廉的东西。也有人要于物美之外还要价昂，因为价昂可以满足另外一种欲望，显得自己是高人一等，属于富裕的阶级，所以“啤酒”啤酒尽管是物美价廉，仍有人不惜加以摒斥，私下里喝未尝不可，公开用以待客好像是有伤体面了。

我爱“啤酒”啤酒，不仅是因为物美价廉，实乃借此表示我对于一般夸张不实的广告之厌恶。我们为什么要受某些骗人的广告的愚弄？为什么要负担不必要的广告费用、装潢费用？

我的大女儿文茜远道来探亲，文蔷知道乃姊嗜饮，问我预备什么酒好，我不假思索，脱口而出地说：“啤酒”啤酒。

豆腐干风波

踏上美国本土的时候，海关人员就递过一张印刷品，标题是《致光临美国的诸位来宾》，开端是由美国总统写给各国旅客的一封公开信，内容如下：

各国来宾：

凡踏上美国国土的人，无须自居为客，因为美国本是由许多国家、肤色与信仰的人们所组成的一个国家。我们是崇信个人自由，所以我们共享来自许多国土无数人民的目标与理想。

美国欢迎诸位自海外光临，认为这是指向国际了解与世界和平之一重要步骤。诸位即将发现，吾人将热烈地向诸位展示本国种种，但亦同样热烈地谋求关于贵国的认识。无疑的，诸位对于美国必已稔知不少事物，大部分必已访问过本国。本国人民甚愿贵国有更多的人光临。我们均愿竭尽全力使诸位之访问愉快而且值得怀念。

美国总统

这一篇官样文章措辞立意均属平庸，没有骈四俪六，掷地不会作金石声，但是出语自然，词能达意，而且由一国元首出面，和你“忘形到尔汝”地交谈起来，这情形就不寻常了。这至少在形式上是一种礼貌的表现，礼多人不怪，可以稍稍抵消一些海关人员经常难免引起的不愉快。

我在今年四月廿一日在美国西部的西雅图办理入境手续，并没有什么大不愉快，除了检查太细、耗时太多以外。当年奥斯卡·王尔德初抵纽约，海关人员问他：“有什么应该上税的东西要申报么？”王尔德答道：“除了我的天才之外没有什么可申报的。”这是王尔德的作风，任何人都会一笑置之的。美国海关的规定，我早就略知一二。所以我一不带黄金，二不带白面（海洛因），三不带肉松、牛肉干。海关人员检查我的东西，我无所恐惧。检视护照的时候，一位高高大大的美国佬在我手提包里翻出一盒官燕，他眉毛竖起，愣住了。

“这是什么东西？”他问。

我据实告诉他：“这是‘鸟窝’，燕子的窝，可以吃的。”

他好像是忽然想起来了：东部瀛洲是有一种古怪的人，喜欢吃鸟窝，煨为燕窝汤，还认为有清痰开胃之功。显然的他以前没有看见过这个东西。他立刻高举燕窝，呼朋引伴大声喊叫：“喂，你们来看，这家伙带了一盒燕窝！”登时有三五人围拢了来，其中有一个年轻小伙子伸长了橡皮脖子，斜着脑袋问我：“你爱吃燕窝汤么？”我为省事起见，点点头。其实我才不爱吃这劳什子。看见这东西我就回忆起六十多年前我祖母每天早晨吃那一盅冰糖燕窝的情形，燕窝是晚上就用水泡着，翌日黎明老张妈戴上花镜弓着背用一副镊子细吹细打地摘取燕窝上黏附着的茸毛，然后放在一只小薄铫儿里加冰糖文火细炖。燕子啖鱼吐沫累积成窝固然辛劳，由岛人冒险攀缘摘取以至煮成一盅燕窝汤也不是简单的事。而且其淡而无味和石花菜也相差不多。何苦来哉！

美国海关检查入境行李本来是例行公事，近年来人心不古，美国也壁垒森严了。在行李检查室旅客大摆长龙，我看着在我前面的人在翻箱倒箧之后的那副尴尬相，我也有一点心寒。我的行囊里有一大包豆腐干，这是我带给士耀、文蔷的礼物。住在国外的人没有不想吃家乡食品的，从海外归来的人往往以饱啖烧饼油条为最大的满足。所以我这一包豆腐干正是惠而不费的最受欢迎的珍品。但是只知道吃热狗、牛肉饼的美国人怎能知道这是什么东西呢？黑不溜秋的，软了吧唧的，放在鼻头一嗅，又香喷喷的。

“嘿，你这是什么东西？”海关人员发问了。

我据实告诉他：“这是豆腐，脱去水分而成豆腐干。”

“豆腐？”他惊疑地说，摇摇头，他心里大概是说：“你不用骗我，我知道豆腐是什么样子，这不是。”他终于忍耐不住表示了疑问：“这大概是肉做的罢？”如果这是肉做的，就要在被没收之列。所以我就坚决地否认。我无法详细地对他说明，豆腐是我们汉朝淮南王刘安所创始的，距今已有两千多年，豆腐加工而成为豆腐干，其历史也不会很短。我空口无凭，无法使他相信豆腐干与肉类风马牛不相及。最后他说：“你等一等，我请农业部专员来鉴定一下。”这一下，我比较放心，因为我知道近年来美国的知识分子已开始注意到豆腐的营养价值及其烹调方法。果然，那位专员来了，听我陈述一番之后，摸了摸，闻了闻，皱皱眉头，又想了想，一言未发地放我过关。

海关人员臊不搭地饶上这么一句：“你们中国人就是喜欢带些稀奇古怪的药品和食物！”

他的话不错，我确是带了不少药品和食物，不过是否稀奇古怪，却很难说。食物种类繁多，各民族有其独特的风俗习惯，少见则多怪。常有外国人说，我们中国人吃蛇、吃狗、吃蜢蚱、吃蚕蛹、吃鱼翅、吃鸟窝……好像是无所不吃，又好像有一些近于野蛮。这就是所谓少见多怪。最近有一位美国人James Trager写了一本大书*The Food Book*，讲述自伊甸园起以至今日各地食物的风俗习惯，当然也讲到中国，他说中国人吃猿猴的嘴唇，燕子的尾巴，鸟舌汤，炸狼肉。海外奇谈说得这样离谱，我只好自惭孤陋寡闻了。

美国海关人员的态度实在值得称道。他们检查得细致，但是始终和颜悦色，嘴角上不时地出现笑容，说话的声音以使我听见为度，而且不断地和我道几句家常，说几句笑话，最后还加一句客套：“祝你旅途愉快！”我在检查室耗费了一个多小时，要生气也没法生气。倒是来接我的家人们隔着玻璃窗在外面等候，有点急得像热锅上的蚂蚁。

我和季淑走出检查室，士耀、文蔷带着君达、君迈给我们献上两个花束。这两个孩子为了到机场接我们，在学校请了一天假，级任老师知道了他们请假缘由之后，特从她自己家园中摘取一大把鲜红的郁金香，交给他们作为花束的一部分。谁说美国人缺少人情味？

叁

我们是永远不知足的

苦痛乃实在的东西，幸福快乐乃消极的不存在的东西。快乐幸福乃是解除苦痛之谓。没有苦痛便是幸福。

司丹康

有一天我去理发，在将要理完的时候，理发匠向我说："阿要司丹康？"

我从鼻孔里发出一种怀疑的声音来。

他还是说："阿要司丹康？"

我没奈何，冒险点了一下头。他从很远的一张台子上取来一罐Stacomb，没头没脑地在我的头发上乱抹了一阵。

我出来和朋友说，朋友笑我没见过世面。他们说某某国货店早就出售，某某要人在演说对英美经济绝交时头上擦的就是司丹康，某某小姐也是用这个……我孤陋寡闻，望尘莫及了。然而我有感慨焉。

中国人用外国货，不稀奇；用外国货而给他一个中国译名，说的时候还十分顺口，这就有些奇了。当理发匠说"司丹康"三字时，他万没想到这三个字有解释的必要，更没想到年轻轻的一个人会不知道司丹康为何物。

司丹康是美国货，用用何妨？"美国货用用何妨"的哲学成立之后，于是美国橘子、美国苹果、美国冰激凌、美国的什么克尔伯屈克[①]……一齐都用用何妨。司丹康是否比广生行的油黏，美国橘子是否比福州橘子甜，美国冰激凌是否比上海冰激凌凉……你不必管，你只管买美国货就是。因为凡是美国货就是好的！

① 今译“克伯屈”，美国教育学者、教育家。一生致力于对杜威的教育哲学进行解释，提出了设计教学法。

照相

人的眼睛像一具照相机，不，应该说照相机略似人的眼睛。人的眼睛，眨巴眨巴的自动启闭，自动调整焦距，自动缩放光圈，自动分辨色光，一瞬间把眼前景物尽收眼底，而且不需计算曝光时间，不需冲洗，不需晒印，不需更换底片，印象长久保存在脑海里，随时可以在想象中涌现。照相机哪有这样方便？

但是照相机仍是一项了不起的发明。照相术可以把一些景象留在纸上，可以留待回忆，可以广为流传，实在是相当神妙，怪不得早先有人认为照相是洋鬼子的魔术，照相机是剜了死人的眼珠造成的，而且照相机底板上的人的映像是头朝下脚朝天，照一回相就要倒霉一次。

从前照相不是一件小事。谁家里大概都保有几张褪了色的迷迷糊糊的前辈照相，父母的、祖父母的、曾祖父母的。从前的喜神是请画师手绘的，多半是人咽了气之后就请画师来，揭开殓布着着实实地看几眼，把脸上特征牢记于心，回去慢慢细描，八九不离十。有了照相之后，就方便多了，照片上打了方格子，比照投影，照猫画虎，画出来神情毕肖。人老了，总要照几张相。照相之前必定盛装起来，袍衬齐整如见大宾，手里拿着半启的折扇，或是揉着两只铁球。如果夫人合照，则男左女右，各据太师椅一张，正襟危坐，一个是双腿八字开，一个是两脚齐并拢，中间小茶几一个，上置水烟袋、盖碗茶，前面一定有一只高大瓷痰桶，这是照相时必须摆出的标准架势。如果家里人丁旺，祖孙三代济济一堂，一幅合家欢是少不了的，二老坐当中，儿子、媳妇、孙男女按照辈分、年秩分列两旁，或是像兔儿爷摊子似的站在后排。有人忌讳照合家欢，说是照了之后该进祠堂的人可能很快地就进了祠堂；其实不照合家欢，结果也是一样，还是及时照了好。早先照相好像只是照相馆的事。杭州二我轩照的西湖十景和西湖一览的横幅，有许多人家挂在壁上作为卧游的对象，以为平添了什么“雷峰夕照”“三潭印月”“花港观鱼”“平湖秋月”之类的点缀便增加几分风雅。北平廊房头条的容光照相馆门口，永远有两幅当今显要的全身放大照片，多半是全副戎装，肩头两大撮丝穗，胸前挂满各色勋章。照相馆不仅技术高，能把一副叱咤风云踌躇满志的神情拍摄出来，而且手脚快，能于一夕之间随着政潮起落更换门前时势英雄的玉照。

我父执辈有一位蒙古王公，因为雄于资，以照相为消遣，开风气之先。风景人物一齐来。常是背着照相机拎着三脚架奔驰于玉泉山颐和园之间；意犹未足，在家里乘天气晴朗，关起屏门，呼妻唤妾，小院里春光荡漾，一一收入镜头，甚至召来男女演员裸体征逐，拍摄所得细腻处，胜过仇十洲[①]的春宫秘戏。后来这位先生患

① 即仇英，明代画家，以人物画见长，与沈周、文徵明及唐寅并称为“明四家”。

了丹毒，浑身浮肿，头大如斗，化为一摊脓血而亡，有人说他照相伤了阴德。

我在二十二岁开始玩照相。第一架柯达克，长方形厚厚的一个匣子，打开匣子就自动拉出打褶的箱身，软片一搭子十二张，用一张抽一张，虽然简陋，比照相师把头蒙在黑布下装玻璃版要方便多了。后来添置了三脚架、自动计时器，调整好光圈、距离、按下快门之后，三步并作两步地走到前面，咔嚓一声，把自己照进去了，好得意。照相而不能自己洗晒，究竟不能十分满足，可是看了人家躲在厕所里遮上窗户用自制的一盏红灯埋头冲洗，闷出一头大汗，洗出来未必像样，那份洋罪我不想受。照相机日新月异，看样子永远赶不上潮流，新器材的发明永无终止，谁愿意投资于无底洞，于是我把照相这一桩嗜好刚要形成的时候就戒掉了。如今视力茫茫，两手微颤，想再重拾旧趣亦不可得。若是有人要给我照相，只要不嫌老丑，我是来者不拒，而且不需特别要求，不需请我说一声Squeeze，我会不吝报以微笑。印出来送我一张，多谢盛情，不送也无妨，可能是根本没洗出来。

很多做父母的非常钟爱他们的孩子，孩子尚在襁褓，就要给他照相留念，然后每隔周岁再照一张，说是给孩子生长过程留下一点痕迹，以为他日追忆过去之资，实则是父母满足他们自己钟爱之情。看着自己的骨肉幼苗逐年茁大，自有一种不可言说的快感。孩子长大成人，男婚女嫁，自成一个单位，对于过去并不怎样眷恋，关心的是他的配偶、自己的儿女，感兴趣的是他自己的下一代。我曾亲见一个孩子长大，授室前夕，他的母亲把他从小到大的照片簿交付给他，他说：“你留着自己观赏吧，我不想要。”他的母亲好伤心。

结婚照大概是人人都很珍惜的，尤其是新娘子的照相，事前上装、美容、做发，然后经照相师的左摆布右摆布，非把观礼的亲友等得望穿秋水、神黯心焦不能露面。慢工出细活，结婚照相当然是俊俏美观，当事人看了扬扬得意，乐不可支，必定要彩色放大，供在案头、悬在壁上——“美的东西是永久的快乐。”乐还要别人分享，才能大乐特乐，于是加印多张，到处投赠，希望别人惠存留念。但是据我所知，凡是以结婚照片赠人者，那些美丽的照片之短期内的归宿大概是——字纸篓。

吸烟

烟，也就是菸，译音曰淡巴菰[①]。这种毒草，原产于中南美洲，遍传世界各地。到明朝，才传进中土，利马窦在明万历年间以鼻烟入贡，后来鼻烟就风靡了朝野。在欧洲，鼻烟是放在精美的小盒里，随身携带。吸时，以指端蘸鼻烟少许，向鼻孔一抹，猛吸之，怡然自得。我幼时常见我祖父辈的朋友不时地在鼻孔处抹鼻烟，抹得鼻孔和上唇都染上焦黄的颜色。据说能明目祛疾，谁知道？我祖父不吸鼻烟，可是备有“十三太保”，十二个小瓶环绕一个大瓶，瓶口紧包着一块黄褐色的布。各瓶品味不同，放在一个圆盘里，捧献在客人面前。我们中国人比欧人考究，随身携带鼻烟壶，玉的、翠的、玛瑙的、水晶的，精雕细镂，形状百出。有的山水图画是从透明的壶里面画的，真是鬼斧神工，不知是如何下笔的。壶有盖，盖下有小勺匙，以勺匙取鼻烟置一小玉垫上，然后用指端蘸而吸之。我家藏鼻烟壶数十，丧乱中只带出了一个翡翠盖的白玉壶，里面还存了小半壶鼻烟，百余年后，烈味未除，试嗅一小

① 英语中烟草（tobacco）一词的音译。

勺，立刻连打喷嚏不能止。

我祖父抽旱烟，一尺多长的烟管，翡翠的烟嘴，白铜的烟袋锅（烟袋锅子是塾师敲打学生脑壳的利器，有过经验的人不会忘记），著名的关东烟的烟叶子贮在一个绣花的红缎子葫芦形的荷包里。有些旱烟管四五尺长，若要点燃烟袋锅子里的烟草，则人非长臂猿，相当吃力，一时无人伺候则只好自己划一根火柴插在烟袋锅里，然后急速掉过头来抽吸。普通的旱烟管不那么长，那样长的不容易清洗。烟袋锅子里积的烟油，常用以塞进壁虎的嘴巴置之于死。

我祖母抽水烟。水烟袋仿自阿拉伯人的水烟筒（hookah），不过我们中国制造的白铜水烟袋，形状乖巧得多。每天需要上下抖动的冲洗，呱哒呱哒的响。有一种特制的烟丝，兰州产，比较柔软。用表心纸揉纸媒儿，常是动员大人孩子一齐动手，成为一种乐事。经常保持一两只水烟袋作敬客之用。我记得每逢家里有病人，延请名医周立桐来看病，这位飘着胡须的老者总是昂首登堂直就后炕的上座，这时候送上盖碗茶和水烟袋，老人拿起水烟袋，装上烟草，“突”的一声吹燃了纸媒儿，呼噜呼噜抽上三两口，然后抽出烟袋管，把里面烧过的烟烬吹落在他的手心里，再投入面前的痰盂，而且投得准。这一套手法干净利落。抽过三五袋之后，呷一口茶，才开始说话：“怎么？又是哪一位不舒服啦？”每次如此，活龙活现。

我父亲是饭后照例一支雪茄，随时补充纸烟，纸烟的铁罐打开来，“嘶”的一声响，先在里面的纸签上写启用的日期，借以察考每日消耗数量不使过高，雪茄形似飞艇，尖端上打个洞，叼在嘴里真不雅观，可是气味芬芳。纸烟中高级者都是舶来品，中下级者如强盗牌在民初左右风行一时，稍后如白锡包、粉包，国产的联珠、前门等，皆为一般人所乐用。就中以粉包为特受欢迎的一种，因其烟支之粗细松紧正合吸海洛因者打“高射炮”之用。儿童最喜欢收集纸烟包中附置的彩色画片。好像是前门牌吧，附置的画片是《水浒传》一百零八条好汉的画像，如有人能搜集全套，可得什么什么的奖品，一时儿童们趋之若鹜。可怜那些热心的收集者，枉费心机，等了多久多久，那位及时雨宋公明就是不肯亮相！是否有人集得全套，只有天知道了。

常言道，“烟酒不分家”，抽烟的人总是桌上放一罐烟，客来则敬烟，这是最起码的礼貌。可是到了抗战时期，这情形稍有改变。在后方，物资艰难，只有特殊人物才能从怀里掏出“幸运”“骆驼”“三五”“毛利斯”在侪辈面前炫耀一番，只有豪门仕女才能双指夹着一支细长的红嘴的“法蒂玛”忸怩作态。一般人吸的是“双喜”，等而下之的便要数“狗屁牌”（Cupid）[①]香烟了。这亵渎爱神名义的纸烟，气味如何自不待言，奇的是卷烟纸上有涂抹不匀的硝，吸的时候会像儿童玩的烟火“滴滴金”噼噼啪啪的作响、冒火星，令人吓一跳。饶是烟质不美，瘾君子还是不可一日无此君，而且通常是人各一包深藏在衣袋里面，不愿人知是何牌，要吸时便伸手入袋，暗中摸索，然后突地抽出一支，点燃之后

① Cupid 即丘比特，所以后文说这种香烟亵渎了爱神的名义。

自得其乐。一听烟放在桌上任人取吸，那种场面不可复见。直到如今，大家元气稍复，敬烟之事已很寻常，但是开放式的一罐香烟经常放在桌上，仍不多见。

我吸纸烟始自留学时期，独身在外，无人禁制，而天涯羁旅，心绪如麻，看见别人吞云吐雾，自己也就效颦起来。此后若干年，由一日一包，而一日两包，进而一日一听。约在二十年前，有一天心血来潮，我想试一试自己有多少克己的力量，不妨先从戒烟做起。马克·吐温说过："戒烟是很容易的事，我一生戒过好几十次了。"我没有选择黄道吉日，也没有诹访室人，闷声不响地把剩余的纸烟，一股脑儿丢在垃圾堆里，留下烟嘴、烟斗、烟包、打火机，以后分别赠给别人，只是烟灰缸没有抛弃。"冷火鸡"的戒烟法不大好受，一时间手足失措，六神无主，但是工作实在太忙，要发烟瘾没有工夫，实在熬不过就吃一块巧克力。巧克力尚未吃完一盒，又实在腻歪，于是把巧克力也戒掉了。说来惭愧，我戒烟只此一遭，以后一直没有再戒过。

吸烟无益，可是很多人都说"不为无益之事，何以遣有涯之生？"而且无益之事有很多是有甚于吸烟者，所以吸烟或不吸烟，应由各人自行权衡决定。有一个人吸烟，不知是为特技表演，还是为节省买烟钱，经常猛吸一口咽烟下肚，绝不污染体外的空气，过了几年此人染了肺癌。我吸了几十年的烟，最后才改吸不花钱的新鲜空气。如果在公共场所遇到有人口里冒烟，甚或直向我的面前喷射毒雾，我便退避三舍，心里暗自咒诅："我过去就是这副讨人嫌恶的样子！"

戒烟

戒烟的念头，起过好几次。第一次想戒烟，是在西历一九二三年十一月三十日下午五点多钟，那时候衣袋里只剩两只角子，一块面包要一角三分，实际上我只有七分钱的盈余。要买整盒的香烟，无论什么牌子的，都很为难。当时我便下了一个绝大的决心，在我的寝室里行宣誓礼，拿出烟盒里最后一支香烟，折为两段，誓曰："电灯在上，地板在下，我如再开烟禁，有如此烟！"

当晚口里便觉得油腻腻地难过，翻来覆去地睡不着觉。第二次清早起来，摸摸衣袋，还是那两只角子，不见多也不见少。我便打开衣橱，把我的几套破衣裳烂裤子捣翻出来，每一个口袋里伸手摸一次，探囊取物，居然凑集起来，摸出了两块多钱。可见我平常积蓄有素，此刻便可措置裕如。这两块多钱怎样用呢？除了吃一顿饱饭以外，我还买了一盒三角钱十支的"莎乐美"（"莎乐美"是一种麝香薰过的香烟名）。我便算是把烟禁开了。开禁的理由是：昨晚之戒烟，是因受经济的压迫，不是本愿，当然可以原谅。于是乎第一次戒烟失败。

一年过去了。屋角堆着的空烟盒子，堆到了三四尺高。一天清早，忽然发愿清理，统计之下，这一堆烟盒代表我已吸的烟有一百三四十元之谱。未免心里有点感慨，想起往常用钱，真好像是一块钱一块钱地挂在肋骨上似的，轻易不肯忍痛摘用。如今吸烟就费如许金钱，真对不起将来的子孙。于是又下决心，实行戒烟，每月积下十元，作为储蓄。这戒烟的时期延长到半个多月。有一次，坐火车，车里面除了几位太太、几个小孩子、一只小巴儿狗以外，几乎个个人抽烟，由雪茄以至关东，烟气冲天。这时候，我若不吸烟，可有什么旁的办法？凡事有经有权，我于是乎从权，开禁吸烟。我又于是乎一吸而不可复禁，饭后若不吸烟，喉咙里就好像有一只小手乱抓似的。没法子，第二次戒烟又失败了。

男大当娶，女大当嫁，我侥幸已经到了“大”的时期，而且也居然娶了。闺房之内，约法二章，一不吸烟二不饮酒。闺令森严，无从反抗。于是我又决计戒烟。但是怎样对朋友说呢？这是一个问题。

“老王，你还吸烟否？”

我说：“戒烟了。”

“为什么又戒了？”

我说：“这两天喉咙痛。”

过几天我到朋友家去，桌上香烟火柴都是现成的，我便顺手吸一支。久之，朋友都看出我在外面吸烟，在家就戒烟，议论纷纷。纸里包不住火，我索性宣布了。我当众声明，我现在已然娶了太太，因为要维持应享的娶后的利益起见，决计戒烟，但是为保持我娶前的既得权起见，决计不立刻完全戒烟。枕上会议，议决：实行戒烟，但分两个步骤，第一步是从不买烟入手，第二步才是不吸烟。我如今已经娶了三年，还在第一期戒烟状态之中。若有人把烟送上门来，我当然却之不恭，受之却也无愧。若叫我自己出钱买烟，则戒烟条例具在，碍难实行。所以现在我家里，为款待来宾起见，仅备火柴，纸烟则由来宾自备了。我这一次戒烟，第一步总算成功了。但是吸烟的朋友们，鉴于我目前的成功，和往昔的失败，都希望我快开烟禁！

是热了

我疑心我是得了什么病，身体里面的水分不从平常的途径发泄，而在周身皮肤的孔里不住地分泌。并且我不知是因为什么不喜欢在太阳光下走路，而喜欢在阴凉的地方坐着。我的家人告诉我，这是因为天热的缘故。后来我看见我家养的那条大黄狗，伸出半尺来长的红舌头，呼呼地喘，我这才有一点疑心，大概是热了。

但是真理就怕研究。一研究，真理就出来。我尝细心研究了，知道现今天气热，确是真的。并且证据很多，除了黄狗伸舌以外，还有许多旁的证明。

有一天我在晚上去看朋友，方要踏进弄堂口，似乎觉得鞋底与一块肉质的东西接触了。我当时心想，在这种时候在这种地方，除了野狗以外，或者没有别的肉质的东西。然而我竟错了。那一块肉忽然发出一种声音，我敢起誓，绝不是犬吠，并且我听上去有点耳熟。细一辨察，哎哟！真罪过，这块肉原来是和你和我一样的一个活人。既是活人，为什么铺块凉席，睡在弄堂口呢？这很简单，是热了！

我走到朋友家门口，敲了几下门，从门缝里漏出一声隐隐约约的“啥人？”紧接着又是好几嗓子的严厉的质问。我赶紧声明，一不是抢匪，二不是讨债，三不是收捐，那扇门才呀的一声开了半扇，我斜着肚子挤进去了。谈话不久，忽然间听见百代公司有人大声宣布：“约请什么什么老板唱卖马的二段！”我知道我这位朋友是不谙乐理的，为什么忽然发愤？再说这声音之大，迥非凡响，芳邻似乎也绝不至于把留声机搬到他家里来唱。我的朋友说：“李先生府上又放焰口了！”

我知道所谓放焰口者，大概就是留声机里的“卖马”。我说：“声音为何这样大？”

他说：“在晒台上唱呢，这焰口真不小，前后左右二三十家的邻居全都算是预约了死后的超度。”

我问：“为什么在晒台上唱？”

他说：“是热了！”

随后又听到清脆可听的洗牌声，就好像是他们正在改葬祖坟、收拾残碎骨头的声音。

我的朋友说：“晒台上又打起牌来了！”

我说：“是热了！”

我谈完了话，马上告辞，我的朋友送我到门口，我仔细地用慧眼观察，发现我的朋友并未穿起长衫，送客（尤其是在礼教之邦送客）为什么不穿长衫？我想：“是热了！”

有以上这些证据，我暂时相信，大概是热了。

雷

“风来喽，雨来喽，和尚背着鼓来喽。”这是我们家乡常听到的一个童谣，平常是在风雨欲来的时候唱的。那个“鼓”就是雷的意思吧。我小的时候就很怕雷，对于这个童谣也就觉得颇有一点儿恐惧的意味。雨是我所欢迎的，我喜欢那狂暴的骤雨，雨后院里的积水，雨后吹胰子泡，雨后吃咸豌豆，但是雷就令我困恼。隐隐的远雷还无伤大雅，怕的是那霹雷，咔嚓一声，不由得不心跳。

我小时候怕雷的缘故有二。一个是老早就灌输进来的迷信。有人告诉我说，雷有两种，看那雷声之前的电闪就可以知道，如是红的，那便是殛妖精的，如是白的，那便是殛人的。因此，每逢看见电火是白色的时候，心里就害怕。殛妖精与我无关我知道我不是妖精，但是殛人则我亦可能有份。而且据说有许多项罪过都是要天打雷劈的，不孝父母固不必说，琐细的事如遗落米粒在地上也可能难逃天诛的。被雷打的人，据说是被雷公（尖嘴猴腮的模样）一把揪到庭院里，双膝跪落，背上还要烧出一行黑字，写明罪状。我吃饭时有无米粒落地，我是一点儿把握也没有的。所以每逢电火在头上盘旋，心里就打鼓，极力反省吾身，希望未曾有干天怒。第二个怕雷的缘故是由于一点粗浅的科学常识。从小学课本更知道雷与电闪是一件东西，是阴阳电在天空中两朵云间吸引而中和，如果笔直的从天空戳到地面便要打死触着它的人或畜。不要立在大树下。这比迷信的说法还可怕。因为雷公究竟不是瞎眼的，而电火则并无选择，谁碰上谁倒霉。因此一遇雷雨，便觉得坐立不安，无所逃于天地之间。后院就有一棵大榆树，说不定我就许受连累。我头痒都不敢抓，怕摩擦生电而与雷电接连！

年事稍长，对于雷电也就司空见惯，而且心想这么多次打雷都没有打死我，以后也许不会打死我了。所以胆就渐壮起来，听到霹雳，顶多打个冷战，看见电闪来得急猛，顶多用手掌按住耳朵，为保护耳膜起见张开大嘴而已。像小时候想在脑袋顶上装置避雷针的幼稚念头，是不再有的了。

可是我到了四川，可真开了眼，才见到大规模的雷电。这地方的雷比别处的响，也许是山谷回音的缘故，也许是住的地方太高太旷的缘故，打起雷来如连珠炮一般，接连地围着你的房子转，窗户玻璃（假如有的话）都震得响颤，再加上风狂雨骤，雷闪一阵阵的照如白昼，令人无法能安心睡觉。有一位胆小的太太，吓得穿上了她的丈夫的两只胶鞋，立在屋中央，据说是因为胶鞋不传电。上床睡的时候，她给四只床腿穿上了四只胶鞋，两只手还要牵着两个女用人，这才稍觉放心。我虽觉得她太胆小一点儿，但是我很同情她，因为我自己也是很被那些响雷所困扰的。我现在想起四川的雷，还有余悸。

我读到《读者文摘》上一篇专谈雷的文章，恐怖的心情为之减却不少。他说：“你不用怕，一个人被雷打死的机会是极少的，比中头彩还难，那机会大概是一百万分之一都还不到。”我觉得有理。我彩票买过多少回，从没有中过头彩，对于倒霉的事焉见得就那么好运气呢？他还有一个更有力的安慰，他说：“雷和电闪既是一件东西，那么在你看见电火一闪的时候，问题便已经完全解决，该中和的早已中和了，该劈的早也就劈了，剩下来的雷声随后被你听见，并不能为害。如果你中头彩，雷电直落在你的脑瓜顶上，你根本就来不及看见那电闪，更来不及听那一声雷响，所以，你怕什么？”这话说得很有理。电光一闪，一切完事，那声音响就让它响去好了。如果电闪和雷声之间的距离有一两秒钟，那足可证明危险地区离你还有百八十里地，大可安心。万一，万一，一个雷霆正好打在头上，那也只好由它了。

话虽如此，有两点我仍未能释然。第一，那咔嚓的一声我还是怵。过年的时候顽皮的小孩子燃起一个小爆仗往我脚下一丢，我也要吓一跳。我自己放烟火，“太平花”还可以放着玩玩，“大麻雷子”我可不敢点，那一声响我受不了。我是觉得，凡是大声音都可怕，如果来得急猛则更可怕。原始的民族看见雷电总以为是天神发怒，虽说是迷信，其实那心情不难了解。猛古丁的天地间发生那样的巨响，如何能不惊怪？第二，被雷殛是最倒霉的死法。有一次报上登着，夫妻睡在床上，双双地被雷劈了。于是人们纷纷议论，都说这两个人没干好事。假使一个人走在街上被汽车撞死，一般人总会寄予同情，认为这是意外横祸，对于死者之所以致死必不再多作琢磨，唯独对于一个被雷殛的人，大家总怀疑他生前的行为必定有点儿暧昧，死是小事，身死而为天下笑，这未免太冤了。

垃圾

人吃五谷杂粮，就要排泄。渣滓不去，清虚不来。家庭也是一样，有了开门七件事，就要产生垃圾。看一堆垃圾的体积之大小，品质之精粗，就可以约略看出其阶级门第，是缙绅人家还是暴发户，是书香人家还是买卖人，是忠厚人家还是假洋鬼子。吞纳什么样的东西，不免即有什么样的排泄物。

如何处理垃圾，是一个问题。最简便的方法是把大门打开，四顾无人，把一筐垃圾往街上一丢，然后把大门关起，眼不见心不烦。垃圾在黄尘滚滚之中随风而去，不干我事。真有人把烧过的带窟窿的煤球平平正正地摆在路上，他的理由是等车过来就会碾碎，正好填上路面的坑洼，像这样好心肠的人到处皆有。事实上每一个墙角，每一块空地，都有人善加利用倾倒垃圾。多少人在此随意便溺，难道不可以丢些垃圾？行路人等有时也帮着生产垃圾，一堆堆的甘蔗渣，一条条的西瓜皮，一块块的橘子皮，随手抛来，潇洒自如。可怜老牛拉车，路上遗矢，尚有人随后铲除，而这些路上行人食用水果反倒没有人跟着打扫！

我的住处附近有一条小河，也可以说是臭水沟，据说是什么圳的一个支流，当年小桥流水，清可见底，可以游泳其中，年久失修，渐渐壅淤，水流愈来愈窄而且表面上常漂着五彩的浮渣。这是一个大好的倾倒垃圾之处，邻近人家焉有不知之理。于是穿着条纹睡衣的主妇清早端着便壶往河里倾注，蓬头跣足的下女提着畚箕往河里倒土，还有仪表堂堂的先生往里面倒字纸篓，多少信笺信封都缓缓地漂流而去，那位先生顾而乐之。手面最大的要算是修缮房屋的人家，把大批的灰泥砖瓦向河边倒，形成了河埔新生地。有时还从上流漂来一只木板鞋，半个烂文旦，死猫死狗死猪涨得鼓溜溜的！不知是受了哪一位大人先生的恩典，这一条臭水沟被改为地下水道，上面铺了柏油路，从此这条水沟不复发生承受垃圾的作用，使得附近居民多么不便！

在较为高度开发的区域，家门口多置垃圾箱。在应该有两个石狮子或上马蹬的地方站立着一个四四方方的乌灰色的水泥箱子，那样子也够腌臜的。这箱子有门有盖，设想周到，可是不久就会门盖全飞，里面的宝藏全部公开展览。不设垃圾箱的左右高邻大抵也都不分彼此惠然肯来，把一个垃圾箱经常弄得脑满肠肥。结果是谁安设垃圾箱，谁家门口臭气四溢。箱子虽说是钢骨水泥做的，经汽车三撞五撞，也就由酥而裂而破而碎而垮。

有人独出心裁，在墙根上留上一窦穴，装入铁门，门上加锁，墙里面砌垃圾箱，独家专门，谢绝来宾。但是亦不可乐观，不久那锁先被人取走，随后门上的扣环也不见了，终于是门户洞开，左右高邻仍然是以邻为壑。

对垃圾最感兴趣的是拾烂货的人。这一行夙兴夜寐，蛮辛苦的，每一堆垃圾都要加上一番爬梳的功夫，看有没有可以抢救出来的物资。人弃我取，而且取不伤廉。但是在那一爬一梳之下，原状不可恢复，堆变成了摊，狼藉满地，惨不忍睹。家门以内尽管保持清洁，家门以外不堪闻问。

世界上有许多问题永久无法解决，垃圾可能是其中之一，闻说有些国家有火化垃圾的设备，或使用化学品蚀化垃圾于无形，听来都像是天方夜谭的故事。我看了门口的垃圾，常常想到朝野上下异口同声的所谓起飞，所谓进步，天下物无全美，留下一点缺陷，以为异日起飞进步的张本不亦甚善？同时我又想，难以处理的岂止是门前的垃圾，社会上各阶层的垃圾滔滔皆是，又当如何处理？

小报

上海小报之多，已经使得很多的先生感而且叹了。我常觉得看小报就和娶姨太太差不多，不娶最好，娶了也怪有趣的，即使多娶几个也无关宏旨。我们平常看大报，像是和太太谈天，她老是板着脸，不是告诉你家里钱不够用，就是告诉你家里弟兄吵架，使你听得腻而且烦。偏是翻开小报看看，她会嬉皮笑脸地逗着你玩。

姨太太逗着你玩，使你笑眯眯的开心，我羡慕你；姨太太举止稍微不规矩一些，出言稍微欠庄重一点，我原谅她。但是一位姨太太若像现今上海的一般小报似的，开口“曲线美”，闭口“青筋美”，千方百计地引诱你到她身上去消遣，不消几天能使你神志委靡、肌骨消瘦，对于这样的姨太太，我便时常露出一种不很恭敬的态度。

天下可供消遣的事物，不止一端；但是真正能使雅俗共赏，并且使凡是动物都能发生兴趣，这种的消遣法也就不多。上海的一般小报，大部分从事于“性”的运动，把“曲线美”“青筋美”挂在嘴边上，戴在头顶上，在青天白日之下向青年男女的眼前摇晃，我认为这种行为非深通兽性心理者不办。

“上海小报太多了！”大家都这样嚷嚷。我觉得上海小报之病，不在多，而在于其太专门。

奖券

“人无横财不富，马无夜草不肥。”这道理谁不知道？靠了一点微薄的收入，维持一家的温饱，还要设法撙节，储备不时之需，那份为难不说也罢。可是各种形式的巧取豪夺，若是自己没有那种能耐，横财又从哪里来呢？馅饼会从天下掉下来吗？若真从天上掉下来，你敢接吗？说不定会烫手，吃不了兜着走。

有人想，也许赌博可以带来一笔小小的横财。“舍不得孩子套不着狼”，筹得一点赌资，碰碰运气，说不定就有斩获。打麻将吧，包括卫生的与不卫生的两种在内，长期地磨手指头，总会有时缔造佳绩，像清一色杠上开花什么的，还可能会令人兴奋得大叫一声而亡，或一声不响地溜到桌下。不过这种奇迹不常见。推牌九吧，一翻两瞪眼，没得说的，可是坐庄的时候若是翻出了“皇上”，通吃，而且可以吃十三道的注子，这笔小财就足够折腾好几天了。常言道，久赌无赢家，因为赌资只有那么多，赌来赌去总额不会多，只有越来越少，都被头家抽头拿去了。赌博不是办法，运气不好还可能被捉将官府里去。

无已，买彩票吧。彩票，今称奖券。买奖券也是撞大运，也是赌博的一种，花少量的钱，希冀获得大奖。奖，是劝勉的意思。

《左传·昭公二十二年》：“无亢不衷，以奖乱人。”买奖券的人不一定是乱人，但也绝不一定是善人。花几十块钱买彩票，何功何德，就会使老天爷（或财神爷）垂青于你？或者只能说那是靠坟地的风水，祖上的阴功。但是谁都愿试一试看，看坟地风水如何，祖上有无阴功。一试不成，再试，试之不已，也许有一天财气会逼人而来。若是始终不能邀天之幸，次次落空，则所失有限，也不必多所怨尤。

奖券既是赌的性质，赌是不合法的，难道不怕有人来抓赌？这又是过虑。奖券如公然发售，必然是合法的，究竟合的是什么法，民法、刑法、银行法，就不必问。奖券所得如果是为了拨作公益或充裕国帑，更不妨鼓励投机，投机又有何伤？从来没听说过什么人因买奖券而倾家荡产，也从来没听说过什么人因买了奖券就不务正业。

我没买过奖券，不是不想发财，是买了奖券之后，念兹在兹，神魂颠倒，一心以为大奖之将至，这一段悬宕焦急的时间不好过。若是臆想大奖到手之后，如何处分那笔横财，买房好还是置地好，左思右想地拿不定主意，更增苦痛。其实中奖的机会并不大，猫咬尿泡的结果不能免，所以奖券还是由别人去买，这笔财由别人去发，安分守己，比较妥当。人非横财不富，看着别人富，不也很好吗？

如今时尚是处处模仿西方国家，西方国家有专靠赌博维持命脉的，也有借赌博以广招徕的所谓赌城。各地人士趋之若鹜。我们的国家尚未沦落到这个地步，我们顶多在餐馆用膳的时候，常突然闯进不速之客，有男女老少，每个都低声下气地兜售奖券。他并不强销，他和颜悦色。他不受欢迎的时候多，偶尔也有拒绝买券而又慷慨解囊的人，那就像是施舍了。

统一发票是良好制度，而且月月开奖。除了观光饭店和书店之外，很少商家不费唇舌就开发票给我。我若索取，他会应我所求，但是脸上的颜色有时就不好看。所以我不强求，但是每月也积有若干张，开奖翌日报纸上揭露出来，核对号码的时候觉得心在跳。若干年来没有得过一次奖，最起码的尾字奖也不曾轮到过我，只怪自己命小福薄。后来经高人指点，我才知道统一发票的持有人需将发票的号码剪下来贴在明信片上寄交某处，然后才有资格参加摇奖，这是在发票的下端印得明明白白，然而那两行字体特别小，怪我自己昏聩没有注意。可是统一发票带给我无数次的希望，无数次的失望，我并没有从此厌恶统一发票。相反的，统一发票帮过我一次大忙。

我和菁清到一个饭店吃自助餐，餐毕付钱，侍者送来零头和发票。我们走到出口处就被人一把揪住了："怎么，没付账就走？"吃白食是我一辈子没想到要做的事。我没有辩白，拿出统一发票给他看。当场受窘的不是我。满脸通红的也不是我。奖券都不买，统一发票还兑什么奖？从此，发票一到手，一出商店门，便很快地把它投到应该投的地方去。

看样子，我是与奖无缘。

麻雀

听说美国闹过一阵子“麻雀狂”，三教九流以及似是而非的人，没有不打麻雀[①]的，有几位留而不学的留学生，还因着传授麻雀术，居然致富了呢。曾几何时，麻雀之风，已成过去，这就可见美国人做事，没有我们中国人这样的有恒心，我们的一副麻雀牌，自从曾祖高祖的时候打起，到现在那般曾孙玄孙就许还没有打完。中国之有悠远的历史，岂偶然哉！

有人说：时间即是金钱，不可虚掷在打牌上面。对于这种非议，有两种解释：上流的解释就是，我们大国的国民，自是雍容闲适，不把金钱放在心上；下流的解释就是，我们打牌，正是为钱，或输或赢，总不曾脱离钱的范围。由此观之，打麻雀是无可非议的了。好，再来八圈！

一个五官四肢头脑胸脏大致齐全的人，若不幸而没有秉受喜打麻雀的遗德，我们也无须十分惋惜了。因为他还可以把时间用在旁

---

① 此处指麻将。

的事业上去。一般的人我倒希望他们打一辈子的牌，虽无大益，亦无大害。设若麻雀制度，一旦废除，我们中国将凭空添出成千成万的无业游民。如何使得？

拳战

我现在所要谈的拳战，不是外国鬼子立在一个方坛上打得你死我活的那种拳战，乃是我们中国的文明人在喝酒的时候“五魁呀！”“七巧呀！”那种拳战。

我曾走进中国饭馆，里面的声音之大，有如万千士卒之鼓噪，我总以为里面至少也应该有一两位头破血流，才能与这么大的声音相称。俟我入座之后，金樽酒满，只见有人卷袖口，有人伸拳头，桌面上登时发生一种很剧烈的运动。并且种种的声音随与俱来，忽而声若洪钟，忽而不绝如缕，高下疾徐，不可究状，若用五线谱来记录下来，十五条线也未必够用。

深得人生之趣的人告诉我说：吃饭无酒，固然不乐，喝酒不猜拳，也还不能尽兴。我独不解者，是为什么一定要把嗓子喊得像破锣一般？有时候我看见上了年纪的人，手伸出来直哆嗦，并且从丹田（耻骨缝最高点）里弯弯曲曲地喊出一声公鸡叫似的音调。我就觉得危险。

拳战不能不喊，不过我们总该要顾虑到人的喉咙究竟是人的喉咙。

风水

何谓风水？相传郭璞所撰《葬书》说：“葬者乘生气也……经曰，气乘风则散，界水则止……古人聚之使不散，行之使有止，故谓之风水。”这话好像等于没说。揣摩其意，大概是说，丧葬之地须要注意其地势环境，尽可能地要找一块令人满意的地方。至于什么“气乘风则散，界水则止”，就有点近于玄虚，人死则气绝，还有什么气散气止之可说？

葬地最好是在比较高亢的地方，因为低隰的地方容易积水，对于死者骸骨不利；如果地势开廓爽朗，作为阴宅，子孙看着也会觉得心安。这都是可以理解的。不过一定要寻龙探脉，找什么“生龙口”，那就未免太难。堪舆家所谓的各种各样的穴形，诸如“七星伴月形”“双燕抱梁形”“游龙戏水形”“美女献花形”“金凤朝阳形”“乌鸦归巢形”“猛虎擒羊形”“骑马斩关形”……无穷无尽的藏风聚气的吉穴之形，堪舆家说得头头是道，美不可言。我们肉眼凡胎，不谙青乌之术，很难理解，只好姑妄听之。更有所谓“阴刀出鞘形”者，就似乎是想入非非了。

吉穴的形势何以能影响到后代子孙的发旺富贵，这道理不容易解释。历来学者有许多对于风水之说抱怀疑态度。《张子全书》：“葬法有风水山冈之说，此全无义理。”全无义理，就是胡说八道之意。司马光《葬论》：“孝经云：‘卜其宅兆。’……非若阴阳家相其山冈风水也。”他也是一口否定了风水的说法。可是多少年来一般民众卜葬尊亲，很少不请教堪舆家的，好像不是为死者求福，而是为后人的富贵着想。活人还想讨死人的便宜。死人有剩余价值，他的墓地风水还能给活人以福祉灾殃！“不得三尺土，子孙永代苦。”真有这种事么？

有人仕途得意，历经宦海风波，而保持官职如故，人讽之为五朝元老，彼亦欣然以长乐老为荣。或问其术安在，答曰：“祖坟风水佳耳。”后来失势，狼狈去官，则又曰：“听说祖坟上有一棵大树如盖，乃风水所系，被人砍去，遂至如此。”不曰富贵在天，乃云富贵在地！在一棵树！

人做了皇帝，都以为是子孙万世之业，并且也知道自古没有万岁天子，所以通常在位时就兴建陵寝。风水之佳，规模之大，当然不在话下。我曾路过咸阳，向导遥指一座高高大大的土丘说：“那就是秦始皇墓。”我当然看不出那地方风水有什么异样，我只知道他的帝祚不永，二世而斩。近年他的坟墓也被掘得七零八落了。陵寝有再好不过的风水，也自身难保，还管得了他的孝子贤孙变成为飘萍断梗？近如清朝的慈禧太后，活的时候营建颐和园，造孽还不够，陵寝也造得坚固异常，然而曾几何时禁不住孙殿英的火药炮轰，落得尸骨狼藉。或曰，这怪不得风水，这是气数已尽。既讲风水，又说气数，真是横说横有理，竖说竖有理。

阴宅讲风水，阳宅焉能不讲？民间最起码的风水常识是大门要开在左方。《礼记·曲礼上》：“行，前朱鸟而后玄武，左青龙而右白虎。”其实这是说行军时旌旗的位置。后来道家思想才以青龙为最贵之神，白虎为凶神。门开在右手则犯冲了太岁。迄今一般住宅的大门（如果有大门）都是开在左方的。大家既然尚左，成了习俗，我们也就不妨从众。我曾见有些人家，重建大门，改成斜的，是真所谓“斜门”！吉凶祸福，原因错综复杂，岂是两扇大门的位置方向所能左右？车靠左边走，车靠右边行，同样的会出车祸。

不知道为什么别人家的山墙房脊冲着我家就于我不利，普通的禳避之法是悬起一面镜子，把迎面而来的凶煞之气轻而易举地反照回去，让对方自己去受用。如果镜子上再画上八卦，则更有除邪厌胜的效力。太上老君、诸葛孔明和捉鬼的道士不都是穿八卦衣么？

据说都市和住宅的地形也事关风水，不可等闲视之。《朱子语录》：“古今建都之地，莫过于冀，所谓无风以散之，有水以界之也。”可是看看那些建都之地，所谓的王气也都没有能延长多久，徒令后人兴起铜驼荆棘之感。北平城墙不是完全方方正正的，西北角和东南角都各缺一块，据说是像“天塌西北地陷东南”，谁也不知道这究竟起了什么作用。只知道如今城墙被拆除了。住宅的地形如果是长方形，前面宽而后面窄，据说不仅是没有裕后之象，而且形似棺木，凶。前些年我就住过这样的一栋房子，住了七年，没事。先我居住此房者，和在我以后迁入者，均奄忽而殁，这有什么稀奇，人孰无死？有一位朋友，其家背山面水，风景奇佳，一日大雨山崩，人与屋俱埋于泥沙之中，死生有命，非关风水。

近来新官上任，纵不修衙，那张办公桌子却要摆来摆去，斟酌再三，总要摆出一个大吉大利的阵式。一般人家安设床铺也要考虑，大概面西就不大好，怕的是一路归西。西方本是极乐世界所在，并非恶地。床无论面向何方，人总是一路往西行的。

客有问于余者曰：“先生寓所，风水何如？”我告诉他，我住的地方前后左右都是高楼大厦，我好像是藏身谷底，终日面壁，罕见阳光，虽然台风吹来，亦不大有所感受，还说什么风水？出门则百尺以内，有理发馆六七处，餐厅二十多家，车龙马水，闹闹哄哄，还说什么风水？自求多福，如是而已。

肆

残酷的习性深植在人性里

一个人若是大德既不逾闲，小德复不出入，那就可以说是一个完全的人了。然而谁肯这样地委曲求全？

小声些

我觉得我们中国人的喉咙之大，在全世界，可称首屈一指。无论是开会发言，客座谈话，商店交易，或其他公众的地方，说话的声音时常是尖而且锐，声量是洪而且宽，耳膜脆弱一点的人，往往觉得支持不住。我们的华侨在外国，谈起话来，时常被外国人称作“吵闹的勾当”（noisy business），我以为是良有以也。

在你好梦正浓的时候，府上后门便发一声长吼，接着便是竹帚和木桶的声音。那一声长吼是从人喉咙里发出来的，然而这喉咙就不小，在外国就是做一个竞争选举时的演说员，也绰绰有余。

挑着担子的小贩，走进弄堂，扯开嗓子连叫带唱地喊一顿，我时常想象着他的面红筋突的样子。假如弄里有出天花的老太太，经他这一喊，就许一惊而绝。

坐在影戏院里，似乎大家都可以免开尊口了，然而也不尽然，你背后就许有两位太太叽叽咕咕地谈论影片里的悲欢离合，你越不爱听，她的声音越高。在火车里，在轮船里，听听那滔滔不断的谈话的声音，真足以令人后悔生了两只耳朵。

喉咙稍微大一点，不算丑事。且正可以表示我们的一点国民性——豪爽，直率，堂皇。不过有时为耳部卫生起见，希望这一点国民性不必十分地表现出来。朋友们，小声些！

孩子

兰姆是终身未娶的，他没有孩子，所以他有一篇《未婚者的怨言》收在他的《伊利亚随笔》里。他说孩子没有什么稀奇，等于阴沟里的老鼠一样，到处都有，所以有孩子的人不必在他面前炫耀。他的话无论是怎样中肯，但在骨子里有一点酸——葡萄酸。

我一向不信孩子是未来世界的主人翁，因为我亲见孩子到处在做现在的主人翁。孩子活动的主要范围是家庭，而现代家庭很少不是以孩子为中心的。一夫一妻不能成为家，没有孩子的家像是一株不结果实的树，总缺点什么；必定等到小宝贝呱呱坠地，家庭的柱石才算放稳，男人开始做父亲，女人开始做母亲，大家才算找到各自的岗位。我问过一个并非“神童”的孩子：“你妈妈是做什么的？”他说：“给我缝衣的。”“你爸爸呢？”小宝贝翻翻白眼：“爸爸是看报的！”但是他随即更正说：“是给我们挣钱的。”孩子的回答全对。爹妈全是在为孩子服务。母亲早晨喝稀饭，买鸡蛋给孩子吃；父亲早晨吃鸡蛋，买鱼肝油精给孩子吃。最好的东西都要献呈给孩子，否则，做父母的心里便起惶恐，像是做了什么大逆不道的事一般。孩子的健康及其舒适，成为家庭一切设施的一个主要先决问题。这种风气，自古已然，于今为烈。自有小家庭制以来，孩子的地位顿形提高。以前的“孝子”是孝顺其父母之子，今之所谓“孝子”乃是孝顺其孩子之父母。孩子是一家之主，父母都要孝他！

“孝子”之说，并不偏激。我看见过不少的孩子，鼓噪起来能像一营兵；动起武来能像械斗；吃起东西来能像饿虎扑食；对于尊长宾客有如生番；不如意时撒泼打滚有如羊痫；玩得高兴时能把家具什物狼藉满室，有如惨遭洗劫；……但是“孝子”式的父母则处之泰然，视若无睹，顶多皱起眉头，但皱不过三四秒钟仍复堆下笑容，危及父母的生存和体面的时候，也许要狠心咒骂几声，但那咒骂大部分是哀怨乞怜的性质，其中也许带一点威吓，但那威吓只能得到孩子的讪笑，因为那威吓是向来没有兑现过的。“孟懿子问孝，子曰：‘无违。’”今之“孝子”深韪是说。凡是孩子的意志，为父母者宜多方体贴，勿使稍受挫阻；近代儿童教育心理学者又有“发展个性”之说，与“无违”之说正相符合。

体罚之制早已被人唾弃，以其不合儿童心理健康之故。我想起一个外国的故事：

一个母亲带孩子到百货商店。经过玩具部，看见一匹木马，孩子一跃而上，前摇后摆，踌躇满志，再也不肯下来，那木马不是为出售的，是商店的陈设。店员们叫孩子下来，孩子不听；母亲叫他下来，加倍不听；母亲说带他吃冰激凌去，依然不听；买朱古力糖去，格外不听。任凭许下什么愿，总是还你一个不听；当时演成僵局，顿成胶着状态。最后一位聪明的店员建议说：“我们何妨把百货商店特聘的儿童心理学专家请来解围呢？”众谋佥同，于是把一位天生成有教授面孔的专家从八层楼请了下来。专家问明原委，轻轻走到孩子身边，附耳低声说了一句话，那孩子便像触电一般，滚鞍落马，牵着母亲的衣裙，仓皇遁去。事后有人问那专家到底对孩子说的是什么话，那专家说：“我说的是：‘你若不下马，我打碎你的脑壳！’”

这专家真不愧为专家，但是颇有不孝之嫌。这孩子假如平常受惯了不兑现的体罚、威吓，则这专家亦将无所施其技了。约翰孙博士[①]主张不废体罚，他以为体罚的妙处在于直截了当，然而约翰孙博士是十八世纪的人，不合时代潮流！

哈代有一首小诗，写孩子初生，大家誉为珍珠宝贝，稍长都夸做玉树临风，长成则为非作歹，终至于陈尸绞架。这老头子未免过于悲观。但是“幼有神童之誉，少怀大志，长而无闻，终乃与草木同朽”——这确是个可以普遍应用的公式。“小时聪明，大时未必了了。”究竟是知言，然而为父母者多属乐观。孩子才能骑木马，父母便幻想他将来指挥十万貔貅时之马上雄姿；孩子才把一曲抗战小歌哼得上口，父母便幻想着他将来喉声一啭彩声雷动时的光景；孩子偶然拨动算盘，父母便暗中揣想他将来或能掌握财政大权，同时兼营投机买卖……这种乐观往往形诸言语，成为炫耀，使旁观者有说不出的感想。曾见一幅漫画：一个孩子跪在他父亲的膝头用他

① 即塞缪尔·约翰逊（Samuel Johnson），英国文评家、诗人、散文家、传记家。其编写的《约翰逊字典》为其赢得了声誉及“博士”的头衔。

的玩具敲打他父亲的头，父亲眯着眼在笑，那表情像是在宣告："看看！我的孩子！多么活泼，多么可爱！"旁边坐着一位客人咧着大嘴做傻笑状，表示他在看着，而且感觉兴趣。这幅画的标题是"演剧术"。一个客人看着别人家的孩子而能表示感觉兴趣，这真确实需要良好的"演剧术"。兰姆显然是不欢喜演这样的戏。

孩子中之比较最蠢、最懒、最刁、最泼、最丑、最弱、最不讨人欢喜的，往往最得父母的钟爱。此事似颇费解，其实我们应该记得《西游记》中唐僧为什么偏偏欢喜猪八戒。

谚云："树大自直。"意思是说孩子不需管教，小时恣肆些，大了自然会好。可是弯曲的小树，长大是否会直呢？我不敢说。

中年

钟表上的时针是在慢慢地移动着的，移动得如此之慢，使你几乎不感觉到它的移动，人的年纪也是这样的，一年又一年，总有一天会蓦然一惊，已经到了中年，到这时候大概有两件事使你不能不注意。讣闻不断地来，有些性急的朋友已经先走一步，很杀风景，同时又会忽然觉得一大批一大批的青年小伙子在眼前出现，从前也不知是在什么地方藏着的，如今一齐在你眼前摇晃，磕头碰脑的尽是些昂然阔步满面春风的角色，都像是要去吃喜酒的样子。自己的伙伴一个个地都入蛰了，把世界交给了青年人。所谓“耳畔频闻故人死，眼前但见少年多”，正是一般人中年的写照。

从前杂志背面常有“韦廉士红色补丸”的广告，画着一个憔悴的人，弓着身子，手拊着腰上，旁边注着“图中寓意”四字。那寓意对于青年人是相当深奥的。可是这幅图画却常在一般中年人的脑里涌现，虽然他不一定想吃“红色补丸”，那点寓意他是明白的了。一根黄松的柱子，都有弯曲倾斜的时候，何况是二十六块碎骨头拼凑成的一条脊椎？年轻人没有不好照镜子的，在店铺的大玻璃窗前照一下都是好的，总觉得大致上还有几分姿色。这顾影自怜的习惯逐渐消失，以至于有一天偶然揽镜，突然发现额上刻了横纹，那线条是显明而有力，像是吴道子的“莼菜描”，心想那是抬头纹，可是低头也还是那样。再一细看头顶上的头发有搬家到腮旁颔下的趋势，而最令人怵目惊心的是，鬓角上发现几根白发，这一惊非同小可，平素一毛不拔的人到这时候也不免要狠心地把它拔去，拔毛连茹，头发根上还许带着一颗鲜亮的肉珠。但是没有用，岁月不饶人！

一般的女人到了中年，更着急。哪个年轻女子不是饱满丰润得像一颗牛奶葡萄，一弹就破的样子？哪个年轻女子不是玲珑矫健得像一只燕子，跳动得那么轻灵？到了中年，全变了。曲线都还存在，但满不是那么回事，该凹入的部分变成了凸出，该凸出的部分变成了凹入，牛奶葡萄要变成金丝蜜枣，燕子要变鹌鹑。最暴露在外面的是一张脸，从“鱼尾”起皱纹撒出一面网，纵横辐转，疏而不漏，把脸逐渐织成一幅铁路线最发达的地图，脸上的皱纹已经不是熨斗所能烫得平的，同时也不知怎么在皱纹之外还常常加上那么多的苍蝇屎。所以脂粉不可少。除非粪土之墙，没有不可圬的道理。在原有的一张脸上再罩上一张脸，本是最简便的事。不过在上妆之前下妆之后，容易令人联想起《聊斋志异》的那一篇《画皮》而已。女人的肉好像最禁不起地心的吸力，一到中年便一齐松懈下来往下堆摊，成堆的肉挂在脸上，挂在腰边，挂在踝际。听说有许多西洋女子用擀面杖似的一根棒子早晚浑身乱搓，希望把浮肿的肉压得结实一点，又有些人干脆忌食脂肪忌食淀粉，扎紧裤带，活生生地把自己“饿”回青春去。有多少效果，我不知道。

别以为人到中年，就算完事。不，譬如登临，人到中年像是攀跻到了最高峰。回头看看，一串串的小伙子正在“头也不回呀汗也不揩”地往上爬。再仔细看看，路上有好多块绊脚石，曾把自己磕碰得鼻青脸肿，有好多处陷阱，使自己做了若干年的井底蛙。回想从前，自己做过扑灯蛾，惹火焚身，自己做过撞窗户纸的苍蝇，一心想奔光明，结果落在粘苍蝇的胶纸上！这种种景象的观察，只有站在最高峰上才有可能。向前看，前面是下坡路，好走得多。

施耐庵《水浒》序云：“人生三十未娶，不应再娶；四十未仕，不应再仕。”其实“娶”“仕”都是小事，不娶不仕也罢，只是这种说法有点中途弃权的意味，西谚云：“人的生活在四十才开始。”好像四十以前，不过是几出配戏，好戏都在后面。我想这与健康有关。吃窝头米糕长大的人，拖到中年就算不易，生命力已经蒸发殆尽。这样的人焉能再娶？何必再仕？服“维他赐保命”都嫌来不及了。我看见过一些得天独厚的男男女女，年轻的时候愣头愣脑的，浓眉大眼，生僵挺硬，像是一些又青又涩的毛桃子，上面还带着挺长的一层毛。他们是未经琢磨过的璞石。可是到了中年，他们变得润泽了，容光焕发，脚底下像是有了弹簧，一看就知道是内容充实的。他们的生活像是在饮窖藏多年的陈酿，浓而芳洌！对于他们，中年没有悲哀。

四十开始生活，不算晚，问题在“生活”二字如何诠释。如果年届不惑，再学习溜冰踢毽子放风筝，“偷闲学少年”，那自然有如秋行春令，有点勉强。半老徐娘，留着“刘海”，躲在茅房里穿高跟鞋当作踩高跷般地练习走路，那也是惨事。中年的妙趣，在于相当地认识人生，认识自己，从而做自己所能做的事，享受自己所能享受的生活。科班的童伶宜于唱全本的大武戏，中年的演员才能担得起大出的轴子戏，只因他到中年才能真懂得戏的内容。

老年

时间走得很均匀，说快不快，说慢不慢。不知从什么时候起在宴会中总是有人簇拥着你登上座，你自然明白这是离入祠堂之日已不太远。上下台阶的时候常有人在你肘腋处狠狠地搀扶一把，这是提醒你，你已到达了杖乡杖国的高龄，怕你一跤跌下去，摔成好几截。黄口小儿一晃的工夫就蹿高好多，在你眼前跌跌跖跖地跑来跑去，喊着阿公阿婆，这显然是在催你老。

其实人之老也，不需人家提示。自己照照镜子，也就应该心里有数。乌溜溜毛毵毵的头发哪里去了？由黑而黄，而灰，而斑，而耄耄然，而稀稀落落，而牛山濯濯，活像一只秃鹫。瓠犀一般的牙齿哪里去了？不是熏得焦黄，就是咧着罅隙，再不就是露出七零八落的豁口。脸上的肉七棱八瓣，而且平添无数雀斑，有时排列有序如星座，这个像大熊，那个像天蝎。下巴颏儿底下的垂肉变成了空口袋，捏着一揪，两层松皮久久不能恢复原状。两道浓眉之间有毫毛秀出，像是麦芒，又像是兔须。眼睛无端淌泪，有时眼角上还会分泌出一堆堆的桃胶凝聚在那里。总之，老与丑是不可分的。《尔雅》：“黄发、齯齿、鲐背、耉老，寿也。”寿自管寿，丑还是丑。

老的征象还多的是。还没有喝忘川水，就先善忘。文字过目不旋踵就飞到九霄云外，再翻寻有如海底捞针。老友几年不见，觌面说不出他的姓名，只觉得他好生面善。要办事超过三件以上，需要结绳，又怕忘了哪一个结代表哪一桩事，如果笔之于书，又可能忘记备忘录放在何处。大概是脑髓用得太久，难免漫漶，印象当然模糊。目视茫茫，眼镜整天价戴上又摘下，摘下又戴上。两耳聋聩，无以与乎钟鼓之声，倒也罢了，最难堪是人家说东你说西。牙动摇，咀嚼的时候像反刍，而且有时候还需要戴围嘴。至于登高腿软，久坐腰疾，睡一夜浑身关节滞涩，而且睁着大眼睛等天亮，种种现象不一而足。

老不必叹，更不必讳。花有开有谢，树有荣有枯。桓温看到他"种柳皆已十围，慨然曰：'木犹如此，人何以堪！'攀枝执条，泫然流泪"。桓公是一个豪迈的人，似乎不该如此。人吃到老，活到老，经过多少狂风暴雨惊涛骇浪，还能双肩承一喙，俯仰天地间，应该算是幸事。荣启期说："人生有不见日月不免襁褓者。"所以他行年九十，认为是人生一乐。叹也无用，乐也无妨，生、老、病、死，原是一回事。有人讳言老，算起岁数来斤斤计较按外国算法还是按中国算法，好像从中可以讨到一年便宜。更有人老不歇心，怕以皤皤华首见人，偏要染成黑头。半老徐娘，驻颜无术，乃乞灵于整容郎中化妆师，隆鼻隼，抽脂肪，扫青黛眉，眼睚涂成两个黑窟窿。"物老为妖，人老成精。"人老也就罢了，何苦成精？

老年人该做老年事，冬行春令实是不祥。西塞罗说：“人无论怎样老，总是以为自己还可以再活一年。”是的，这愿望不算太奢。种种方面的人欠欠人，正好及时做个了结。贤者识其大，不贤者识其小，各有各的算盘，大主意自己拿。最低限度，别自寻烦恼，别碍人事，别讨人嫌。“有人问莎孚克利斯，年老之后还有没有恋爱的事，他回答得好，‘上天不准！我好容易逃开了那种事，如逃开凶恶的主人一般。’”这是说，老年人不再追求那花前月下的旖旎风光，并不是说老年人就一定如槁木死灰一般的枯寂。人生如游山。年轻的男男女女携着手儿陟彼高冈，沿途有无限的赏心乐事，兴会淋漓，也可能遇到一些挫沮，歧路彷徨，不过等到日云暮矣，互相扶持着走下山冈，却正别有一番情趣。白居易睡觉诗：“老眠早觉常残夜，病力先衰不待年。五欲已销诸念息，世间无境可勾牵。”话是很洒脱，未免凄凉一些。五欲指财、色、名、饮食、睡眠。五欲全销，并非易事，人生总还有可留恋的在。江州司马泪湿青衫之后，不是也还未能忘情于诗酒么？

睡

我们每天睡眠八小时，便占去一天的三分之一，一生之中三分之一的时间于“一枕黑甜”之中度过，睡不能不算是人生一件大事。可是人在筋骨疲劳之后，眼皮一垂，枕中自有乾坤，其事乃如食色一般的自然，好像是不需措意。

豪杰之士有“闻午夜荒鸡起舞”者，说起来令人神往，但是五代时之陈希夷，居然隐于睡，据说“小则亘月，大则几年，方一觉”，没有人疑其为有睡病，而且传为美谈。这样的大量睡眠，非常人之所能。我们的传统的看法，大抵是不鼓励人多睡觉。昼寝的人早已被孔老夫子斥为不可造就，使得我们居住在亚热带的人午后小憩（西班牙人所谓Siesta）时内心不免惭愧。后汉时有一位边孝先，也是为了睡觉受他的弟子们的嘲笑：“边孝先，腹便便，懒读书，但欲眠。”佛说在家戒法，特别指出“贪睡眠乐”为“精进波罗蜜”之一障。大概倒头便睡，等着太阳晒屁股，其事甚易，而掀起被衾，跳出软暖，至少在肉体上做“顶天立地”状，其事较难。

其实睡眠还是需要适量。我看倒是睡眠不足为害较大。“睡眠是自然的第二道菜”，亦即最丰盛的主菜之谓。多少身心的疲惫都在一阵“装死”之中涤除净尽。车祸的发生时常因为驾车的人在打瞌睡。衙门机构一些人员之一张铁青的脸，傲气凌人，也往往是由于睡眠不足，头昏脑涨，一肚皮的怨气无处发泄，如何能在脸上绽出人类所特有的笑容？至于在高位者，他们的睡眠更为重要，一夜失眠，不知要造成多少纰漏。

睡眠是自然的安排，而我们往往不能享受。以“天知地知我知子知”闻名的杨震，我想他睡觉没有困难，至少不会失眠，因为他光明磊落。心有恐惧，心有挂碍，心有忮求，倒下去只好辗转反侧，人尚未死而已先不能瞑目。庄子所谓“至人无梦”，《楞严经》所谓“梦想消灭，寝寤恒一”，都是说心里本来平安，睡时也自然踏实。劳苦分子，生活简单，日入而息，日出而作，不容易失眠。听说有许多治疗失眠的偏方，或教人计算数目字，或教人想象中描绘人体轮廓，其用意无非是要人收敛他的颠倒妄想，忘怀一切，但不知有多少实效。愈失眠愈焦急，愈焦急愈失眠，恶性循环，只好瞪着大眼睛，不觉东方之既白。

睡眠不能无床。古人席地而坐卧，我由“榻榻米”体验之，觉得不是滋味。后来北方的土炕砖炕，即较胜一筹。近代之床，实为一大进步。床宜大，不宜小。今之所谓双人床，阔不过四五尺，仅足供单人翻覆，还说什么“被底鸳鸯”？

莎士比亚《第十二夜》提到一张大床，英国Ware地方某旅舍有大床，七尺六寸高，十尺九寸阔，雕刻甚工，可睡十二人云。尺寸足够大了，但是睡上一打，其去沙丁鱼也几希，并不令人羡慕。讲到规模，还是要推我们上国的衣冠文物。我家在北平即藏有一旧床，杭州制，竹篾为绷，宽九尺余，深六尺余，床架高八尺，三面隔扇，下面左右床柜，俨然一间小屋，最可人处是床里横放架板一条，图书、盖碗、桌灯、四干四鲜，均可陈列其上，助我枕上之功。洋人的弹簧床，睡上去如落在棉花堆里，冬日犹可，夏日燠不可当。而且洋人的那种铺被的方法，将身体放在两层被单之间，把毯子裹在床垫之上，一翻身肩膀透风，一伸腿脚趾戳被，并不舒服。佛家的八戒，其中之一是“不坐高广大床”，和我的理想正好相反，我至今还想念我老家里的那张高广大床。

睡觉的姿态人各不同，亦无长久保持“睡如弓”的姿态之可能与必要。王右军那样的东床坦腹，不失为潇洒。即使佝偻着，如死蚯蚓，匍匐着，如癞蛤蟆，也不干谁的事。北方有些地方的人士，无论严寒酷暑，入睡时必脱得一丝不挂，在被窝之内实行天体运动，亦无伤风化。唯有鼾声雷鸣，最使不得。宋张端义《贵耳集》载一条奇闻：“刘垂范往见羽士寇朝，其徒告以睡。刘坐寝外闻鼻鼾之声，雄美可听，曰：‘寇先生睡有乐，乃华胥调。’”所谓“华胥调”见陈希夷故事，据《仙佛奇踪》，“陈抟居华山，有一客过访，适值其睡，旁有一异人，听其息声，以墨笔记之。客怪而问之，其人曰：‘此先生华胥调混沌谱也。’”华胥氏之国不曾游过，华胥调当然亦无从欣赏，若以鼾声而论，我所能辨识出来的谱调顶多是近于“爵士新声”，其中可能真有“雄美可听”者。不过睡还是以不奏乐为宜。

睡也可以是一种逃避现实的手段。在这个世界活得不耐烦而又不肯自行退休的人，大可以掉头而去，高枕而眠，或竟曲肱而枕，眼前一黑，看不惯的事和看不入眼的人都可以暂时撇在一边，像鸵鸟一般，眼不见为净。明陈继儒《珍珠船》记载着："徐光溥为相，喜论事，大为李昊等所嫉，光溥后不言，每聚议，但假寐而已，时号睡相。"一个做到首相地位的人，开会不说话，一味假寐，真是懂得明哲保身之道，比危行言逊还要更进一步。这种功夫现代似乎尚未失传。

剪发

女子剪发，小事一端，与国家大计不生影响，与社会道德更无关系。但是近来剪发问题，甚嚣尘上，有褚玉璞那样糊里糊涂的禁止，于是就有上海人士这样如醉如狂的提倡。

女子剪发之风，在美国听说很盛，不剪发的女子简直是凤毛麟角。在最热狂的那几年，剪发就像是传染病似的，今天玛丽剪发了，明天海伦剪发了，后天玛丽的母亲剪发，大后天海伦的祖母也剪发了！最时髦的样式就是光溜溜的往后一梳，在美国叫作“Boyish Bob”，在我们中国叫作……不讲了，不甚雅听。

据剪过发的人说，剪去之后，实在方便，省了梳头麻烦。但是你要天天擦司丹康，过几天还要到大马路“Record”梳装店去坐坐，那么，所方便者也就很有限了。

讲到美观一节，与剪发一事，很少关系，因为那是先天的事，在后天很难补救的。不过有一点，我倒相信，剪发后显着年纪轻了好些，虽然年近三十，依然可以天真烂漫地活着。但是，等到你年逾半百儿孙绕膝的时候，你想做出一点老成的样子，那就为难了！

太随便了

吾人衣装服饰，本可绝对自由，谁也用不着管谁。但是我们至少总应希望，一个人穿上衣服戴了装饰品之后，远远望过去仍然还是像人。然而这个希望，时常只是个希望。

若说妖装异服，必是生于怎样恶劣的心理，我倒也不信。大半还是由于“随便”。而天下事有可“随便”者，即有不可“随便”者。太随便了，往往足以令人产生一种很不好说出来的感想。譬如说，压头发的网子，戴与不戴均无关宏旨，但是要戴起来在马路上行走，并且居然上头等电车，而并且竟能面无愧色，我便自叹弗如远甚了。再譬如说，袜子上系条吊带，也是人情之常，但是要把吊带系在裤脚管外面，并且在天未甚黑的时候走到有人迹的地方，我便又自叹弗如远甚了。

最爱随便的人，我劝他穿洋装。绅士的洋装、流氓式的洋装、运动时的洋装、宴会时的洋装、打“高尔夫”时的洋装……在我们中国人看来是没有大分别的，只要是洋人穿过的那种衣服就叫洋装，而加在我的身上当然仍是洋装。即便穿得稍微差池一点，譬如在做绅士的时候误穿了一身流氓洋装，或在宴会时忘记换掉短裤，我们都不能挑剔，因为他虽然外面穿着洋装，骨子里似乎还是中国人，既是中国人，则无妨随便一点矣！

看报

早晨起来，盥洗完毕，就想摊开报纸看看。或是斜靠在沙发上，跷起一条腿，仰着脖子，举着报纸看。或是铺在桌面上，摘下老花眼镜，一目十行或十目一行地看。或是携进厕所，细吹细打翻来过去地看。各极其态，无往不宜。假使没有报看，这一天的秩序就要大乱，浑身不自在，像是硬断毒瘾所谓“冷火鸡”。翻翻旧报纸看看，那不对劲，一定要热烘烘地刚从报馆出炉的当天的报纸看了才过瘾。报纸上有什么东西这样摄人魂魄令人倾倒？惊天动地的新闻、回肠荡气的韵事，不是天天有的。不过，大大小小的贪赃枉法的事件、形形色色的社会新闻，以及五花八门的副刊，多少都可以令人开胃醒脾，耳目一新。抛下报纸便可心安理得地去做一个人一天该做的事去了。有些人肝火旺，看了报上少不了的一些不公道的事、颟顸糊涂的事、泄气的事、腌臜的事，不免吹胡瞪眼，破口大骂。这也好，让他发泄一下免得积郁成疾。也有些人专门识小，何处失火、何人跳楼、何家遭窃、何人被绑，乃至于哪家的猪有五条腿、哪家的孩子有两个头，都觉得趣味横生，可资谈助。报纸的诱惑力实在太大了，怎可一日无此君？

我看报也有瘾。每天四五份报纸，幸亏大部分雷同，独家报道并不多，只有副刊争奇竞秀各有千秋，然而浏览一过择要细看，差不多也要个把钟头。有时候某一报纸缺席，心里辄为之不快，但是想想送报的人长年的栉风沐雨，也许有个头痛脑热，偶尔歇工，也就罢了。过阴历年最难堪，报馆休假好几天，一张半张的凑合，乏味之至。直到我自己也在报馆做一点事，才体会到报人也需要逢年轻松几天，这才能设身处地不忍深责。

报纸以每日三张为限，广告至少占去一半以上，这也有好处，记者先生省却不少编撰之劳，广告客户大收招徕生意之效，读者亦可节省一点宝贵时间。就是广告有时也很有趣。近年来结婚启事好像少了，大概是因为红色炸弹直接投寄收效较宏。可是讣闻还是相当多，尤其是死者若是身兼若干董监事，则一排讣闻分别并列，蔚为壮观。不知是谁曾经说过："你要知道谁是走方郎中江湖庸医么，打开报纸一索便得。"可是医师的广告渐渐少了，药物广告也不若以前之多了。密密麻麻的分类广告，其中藏龙卧虎，有时颇有妙文，常于无意中得之。

报纸以三张为限，也很好。看完报纸如何打发，是一个问题，沿街叫喊"酒干唐贝波"的人好像现已不常见。外国的报纸动辄一百多页，星期天的报纸多到五百页不算稀奇。报童送报无论是背负还是小车拉曳，都有不胜负荷之状。看完报纸之后通常是积有成数往垃圾桶里一丢，也有人不肯暴殄天物，一大批一大批地驾车送到指定地点做打纸浆之用。我们报纸张数少，也够麻烦，一个月积攒下来也够一大堆，小小几坪的房间如何装得下？不知有人想到过没有，旧报纸可以拿去做纸浆，收物资循环之效。

从前老一辈的人，大概是敬惜字纸，也许是爱惜物资，看完报纸细心折叠，一天一沓，一月一捆，结果是拿去卖给小贩，小贩拿去卖给某些店铺，作为包装商品之用。旧报纸如何打发固是问题，我较更关心的是，看报似乎也有看报的道德，无论在什么场合，看完报纸应该想到还有别人要看，所以应该稍加整理、稍加折叠。我不期望任谁看过报纸还能折叠得见棱见角，如军事管理之叠床被要叠得像一块豆腐干，那是陈义过高近于奢望，但是我也看不得报纸凌乱地抛在桌上、椅上、地上，像才经过一场洗劫。

有一阵电视上映出两句标语：饭前洗手，饭后漱口。实在很好，功德无量。我发现看完报纸之后也要洗手。看完报纸之后十根手指像是刚搓完煤球。外国报纸好像污染得好一些，我不知道他们用的油墨是什么牌子的。

看报也常误事。我一年之内有过因为看报，而烧黑了三个煮菜锅的纪录。这是我对于报纸的功能之最高的称颂。报纸能令人忘记锅里煮着东西！

讲价

韩康采药名山，卖于长安市，三十余年，口不二价。这并不是说三十余年物价没有波动，这是说他三十余年没有讲过一次谎，就凭这一点怪脾气他的大名便入了《后汉书》的逸民列传。这并不证明买卖东西无须讲价是我们古已有之的固有道德，这只是证明自古以来买卖东西就得要价还价，出了一位韩康，便是人瑞，便可以名垂青史了。韩康不但在历史上留下了佳话，在当时也是颇为著名的，一个女子向他买药，他守价不移，硬是没得少，女子大怒，说："难道你是韩康，一个钱没得少？"韩康本欲避名，现在小女子都知道他的大名，吓得披发入山。卖东西不讲价，自古以来，是多么难得！我们还不要忘记韩康"家世著姓"，本不是商人，如果是个"逐什一之利"的，有机会能得什二什三时岂不更妙？

从前有些店铺讲究货真价实，"言不二价""童叟无欺"的金字招牌偶然还可以很骄傲地悬挂起来，不必大减价雇吹鼓手，主顾自然上门。这种事似乎渐渐少了。童叟根本也不见得好欺侮，而且买卖大半是流动的，无所谓主顾，不讲价还是不过瘾，不七折八扣显着买卖不和气，交易一成买者就又会觉得上当。在尔虞我诈的情形之下，讲价便成为交易的必经阶段，反正是“漫天要价，就地还钱”。看看谁有本事谁讨便宜。

我买东西很少的时候能不比别人的贵。世界上有一种人，喜欢到人家里面调查物价，看看你家里有什么东西都要打听一下是用什么价钱买的，除非你在每一事物上都粘上一个纸签标明价格，否则将不胜其啰唆。最扫兴的是，我已经把真的价钱瞒起，自欺欺人地只说了一半的价钱来搪塞他，他有时还会把头摇得像个“拨鼓”似的，表示你上了弥天的大当！我承认，有些人是特别地善于讲价，他有政治家的脸皮，外交家的嘴巴，杀人的胆量，钓鱼的耐心，坚如铁石，韧似牛皮，所以他能压倒那待价而沽的商人。我尝虚心请教，大概归纳起来讲价的艺术不外下列诸端：

要不动声色。进得店来，看准了他没有什么你就要什么，使得他显得寒碜，先有几分惭愧。然后无精打采地道出你所真心要买的东西，伙计于气馁之余，自然欢天喜地地捧出他的货色，价钱根本不会太高。如果偶然发现一项心爱的东西，也不可失声大叫，如获异宝，必要行若无事，淡然处之，于打听许多种物价之后，随意问询及之，否则你打草惊蛇，他便奇货可居了。

第二，要无情地批评。甘瓜苦蒂，天下物无全美。你把货物捧在手里，不忙鉴赏，先求其疵缪之所在，不厌其详地批评一番，尽量地道出它的缺点。有些物事，本是无懈可击的，但是“嗜好不能争辩”，你这东西是红的，我偏喜欢白的，你这东西大的，我偏喜欢小的。总之，是要把东西褒贬得一文不值缺点百出，这时候伙计的脸上也许要一块红一块白的不大好看，但是他的心里软了，价钱上自然有了商量的余地，我在委曲迁就的情形之下来买东西，你在价钱上还能不让步么?

第三，要狠心还价。先假设，自从韩康入山之后每个商人都是说谎的。不管价钱多高，拦腰一砍。这需要一点胆量，狠得下心，说得出口，要准备看一副嘴脸。人的脸是最容易变的，用不了加多少钱，那副愁云惨雾的苦脸立刻开霁，露出一缕春风。但这是最紧要的时候，这是耐心的比赛，谁性急谁失败，他一文一文地减，你就一文一文地加。

第四，要有反顾的勇气。交易实在不成，只好掉头而去，也许走不了好远，他会请你回来，如果他不请你回来，你自己要有回来的勇气，不能负气，不能讲究“义不反顾，计不旋踵”。讲价到了这个地步，也就山穷水尽了。

这一套讲价的秘诀，知易行难，所以我始终未能运用。我怕费工夫，我怕伤和气，如果我粗脖子红脸，我身体受伤，如果他粗脖子红脸，我精神上难过，我聊以解嘲的方法是记起郑板桥爱写的那四个大字：“难得糊涂。”

《淮南子》明明地记载着：“东方有君子之国。”但是我在地图上却找不到。《山海经》里也记载着：“君子国衣冠带剑，其人好让不争。”但只有《镜花缘》给君子国透露了一点消息。买物的人说：“老兄如此高货，却讨恁般贱价，教小弟买去，如何能安?务求将价加增，方好遵教。若再过谦，那是有意不肯赏光交易了。”卖物的人说：“既承照顾，敢不仰体?但适才妄讨大价，已觉厚颜，不意老兄反说货高价贱，岂不更教小弟惭愧?况敝货并非

‘言无二价’，其中颇有虚头。”照这样讲来，君子国交易并非言无二价，也还是要讲价的，也并非不争，也还有要费口舌唾液的。什么样的国家，才能买东西不讲价呢？我想与其讲价而为对方争利，不如讲价而为自己争利，比较的合于人类本能。

有人传授给我在街头雇车的秘诀：街头孤零零的一辆车，车夫红光满面鼓腹而游的样子，切莫睬他，如果三五成群鸠形鹄面，你一声吆喝便会蜂拥而来，竞相延揽，车价会特别低廉。在这里我们发现人性的一面——残忍。

签字

一个人愿意怎样签他的名字，是纯属于他个人的事，他有充分自由，没有人能干涉他。不过也有一个起码的条件，他签字必须能令人认识，否则签字可能失了意义，甚且带来不必要的烦扰。有一次，一个学校考试放榜前夕，因为弥封编号的关系，必须核对报名表以取得真实姓名，不料有一位考生在报名上的签字如龙飞凤舞，又如春蚓秋蛇，又似鬼画符，非籀非篆，非行非草，大家传观，各做了不同的鉴定。有人说这样的考生必非善类，不取也罢。有人惜才，因为他考试的成绩很好。扰攘了半晌，有人出了高招，轻轻地揭下他的照片，看看照片背面的签字式是否可资比较。这一招，果然有分教，约略地看出了这位匠心独运的考生的真实姓名。对于他的书法，大家都摇头。我没有追踪调查该生日后是否成了一位新潮派的画家或现代派的诗人。

支票的签字可以任意勾画，而且无妨故出奇招，令人无从辨识，甚至像是一团乱麻，漆黑一团亦无不可，总之是要令人难以模仿。不过每次签字必须一致，涂鸦也好，墨猪也好，那猪那鸦必须永远是一个模式。在其他的场合就怕不能这样自由。有不相识的人写信给我，信的本身显示他很正常，但是他的正常没有维持到底，他的姓名我无法辨识，而信又有作复的必要。我无可奈何只好把他的签字式剪下来贴在复信的信封上，是否可以寄达我就不知道了，这位先生可能有一种误会，以为他的签字是任何读书识字的人所应该一看就懂的。

我们中国的字，由仓颉起，而甲骨、而钟鼎、而篆、而隶、而行、而草、而楷，变化多端，但是那变化是经过演化而约定俗成的。即使是草书其中也有一定的标准写法，并不是每个人都可以潦草地任意大笔一挥。所以有所谓“标准草书”，草书也自有其一定的写法。从前小学颇重写字课，有些教师指定学生临写草书千字文，现在没有人肯干这种傻事了。翻看任何红白喜事的签到簿，其中总会有些令人啼笑皆非的签字式。有些画家完成巨构之后签名如画押。八大山人签字式很怪，有人说是略似“哭之笑之”，寓有隐痛。画不如八大者不得援例。

签字式最足以代表一个人的性格。王羲之的签字有几十种样式，万变不离其宗，一律的圆熟隽俏。看他的署名，不论是在笺头或是柬尾，一副翩翩的风致跃然纸上，他写的“之”字变化多端，都是摇曳生姿。世之学逸少书者多矣，没人能得其精髓，非太肥即太瘦，非太松即太紧，羲之二字即模仿不得。

有人沾染西俗，遇到新闻人物辄一拥而上，手持小簿，或临时撕扯的零张片楮，请求签名留念。其实那签字之后，下落多半不明，徒滋纷扰而已。我记得有一年，某省考试公费留学，某生成绩不恶，最后口试，他应答之后一时兴起，从衣袋里抽出小簿，请考试委员一一签名留念，主考者勃然大怒，予以斥退，遂至名落孙山。

雁塔题名好像是雅事，其实俗陋可哂。雁塔上题名者不仅是新进士，僧道庶士亦杂列其间。流风遗韵到今未已，凡属名胜，几乎到处都有某某到此一游的题记，甚至于用刀雕刻以期芳名垂诸久远。三代以下唯恐其不好名，不过名亦有善恶之别。

我记得某家围墙新敷水泥，路过行人中不知哪一位逸兴遄飞，拾起一块石头或木棍之类，趁水泥湿软未干，以遒劲的笔法大书“王××”三个字，事隔二十余年，其题名犹未漫漶，可惜他的大名实在不雅。

小德出入

有一种人的哲学是："大德不逾闲，小德出入可也。"这种哲学实在要不得，因为"小德"的范围太广，包括的东西太多了一点。根据这种哲学，一个人只消不去杀人放火，便算是"大德不逾闲"，此外无论什么事都好归在"小德"里面，并且随便"出入"都还"可也"。

譬如打哈欠一事，也是我们人所常常有的，然而在大庭广众之间，纵然不能把哈欠消灭于无形，也要设法不要太使旁人注意。在下有一次，在电车里遇见一位先生，只见他忽然张开血盆似的巨口，做吃人状，并且发出一声弯弯曲曲的大声音，真有旁若无人之概。我看他的意思，是很希望有人在电车里给他支起一张床铺。

随地吐痰、到处便溺、深夜喧哗……种种不顾公德的事，都是"小德出入"。有人若加以批评，那算是在他的人格上过事苛责，未免多事。一个人若是大德既不逾闲，小德复不出入，那就可以说是一个完全的人了。然而谁肯这样地委曲求全？

好汉

从前北平每逢囚犯执行死刑之前，照例游街示众，囚犯五花大绑，端坐大敞车上，背上插着纸标，左右前后都有士兵簇拥，或捧大令，或持大刀，招摇过市，直赴刑场。刑场早先在珠市口，到了民国改在天桥。沿途有游手好闲的人一大群，尾随着囚车到天桥去看热闹。押着死囚去就戮，这一行叫作“出大差”，又称“出红差”。

我从未去过天桥，可是在路上遇见过出大差的场面。囚犯面色如土，一副股栗心悸的样子，委实令人看了心伤，不过我们也只能报以一声叹息。有些囚犯，犯了滔天大罪，而犹强项到底，至死不悔，对着群众大吼大叫：“这算不了什么，过二十年又是一条好汉！大家给我捧个场吧！”于是群众就轰然地齐声报以“好！”囚犯脸上微微露出一抹苦笑。他以好汉自命，还想下一辈子投生为人，再度做违法乱纪的勾当，再充好汉。群众报以一声好，隐隐含着一点同情的意思。好像是颇近于匪徒杀人伏法之后还有人致送“宁死不屈”“天妒英才”之类的挽幛一般。

一般的说法，仗义任侠的人才算是好汉。《水浒传》二十一回：“江湖上久闻他是个及时雨宋公明——是个天下闻名的好汉。”宋江算不算得好汉，似乎值得研讨。说他及其一伙是江湖上的好汉，大致是不错的。他在浔阳楼上醉后题反诗：有什么“他时若遂凌云志，敢笑黄巢不丈夫”之句，口气好大，就不仅是仗义任侠，他想造反，并且想要和黄巢较量一下杀人的纪录。造反不一定就是错，“官逼民反”的时候多半错在官。造反而能有宗旨，有计划，有气度，若是成功便是王侯，败就是贼。如果仅是激于义愤，杀人放火，不择手段，不计后果，虽然打着“替天行道”的幌子，最多只能算是江湖上的好汉。然而江湖好汉亦不易为，盗亦有道，好汉也有他一套的规律。宋江自有他不可及处。至少他个人不大贪财。弄到大笔财物之后大家分，他并不独吞，所以不发生分赃不均或黑吃黑的情事。大块肉、大碗酒，大家平起平坐，谁也没有贵宾卡。

英国有一套传统的有关罗宾汉的歌谣。据说罗宾汉是个亡命徒，精于射箭，藏身在森林之中，神出鬼没，玩弄警长于股掌之上，但是他有义气，他劫富济贫，他保护妇孺，有些像是我们所熟悉的江湖好汉。但是这一伙强人并无大志，一味地乐天放肆，和官府豪富作对，吐一口胸中闷气而已。有人说罗宾汉根本无其人，是好事者诌出来的故事，但是也有人说确有其人，本来是亨丁顿伯爵，化名为罗宾汉，据说他被人陷害之后，墓地还有一块石碑，写明死期是一二四六年十二月二十四日。无论如何，罗宾汉算是好汉。

我国古时有较为高级而且正派的好汉。《旧唐书》卷八十九

《狄仁杰传》，有这样一段：

则天尝问仁杰曰：“朕要一好汉任使，有乎？”

仁杰曰：“陛下作何任使？”

则天曰：“朕欲待以将相。”

对曰：“臣料陛下若求文章资历，则今之宰臣李峤苏味道亦足为文吏矣。岂非文士龌龊，思得奇才用之，以成天下之务者乎？”

则天悦曰：“此朕心也。”

仁杰曰：“荆州长史张柬之，其人虽老，真宰相才也。且久不遇。若用之，必尽节于国家矣。”

则天……后竟召为相。柬之果能兴复中宗……

武则天虽然有些地方不理于人口，但是她知人善任，她想求一好汉任使，使为将相，而且她肯听狄仁杰的话！能“成天下之务”的奇才，才算是好汉。这种好汉不但志节高超，远在任侠使气的好汉之上，亦非器量局狭拘于小节的“龌龊”文士所能望其项背。但是这种好汉也要风云际会才能有所作为。

我们现在心目中的好汉，其标准不太高。俗语说：“好汉不怕出身低。”这句话有多方面的暗示，其中之一是挑筐卖菜之流只要勤俭奋发，有朝一日，也可能会跻身于豪富之列。如果他长袖善舞，广为结纳，也可成为翻云覆雨炙手可热的好汉。凡是能屈能伸，欺软怕硬，顺风转舵，蝇营狗苟的人，此人也常目之为好汉，因为“好汉不吃眼前亏”。时来运转，好汉也有惨遭挫败的时候，他就该闭关却扫，往日的荣华不必再提，因为“好汉不提当年勇”，如果觉得筋斗栽得冤枉，也不必推诿抱怨，因为“好汉打落牙，和血吞”。好汉固当如是。无论就哪一个层面上讲，好汉应该是特立独行敢做敢当的顶天立地的一条汉子。“富贵不能淫，贫贱不能移，威武不能屈。”

伍

真实的自我在理性的生活中

人生的路途，你说它是蔷薇之路也好，你说它是荆棘之路也好，反正你得乖乖地把它走完。

握手

握手之事，古已有之，《后汉书》："马援与公孙述少同里闾相善，以为既至常握手，如平生欢。"但是现下通行的握手，并非古礼，既无明文规定，亦无此种习俗。大概还是剃了小辮以后的事，我们不能说马援和公孙述握过手便认为是过去有此礼节的明证。

西装革履我们都可以忍受，简便易行而且惠而不费的握手我们当然无须反对。不过有几种人，若和他握手，会感觉痛苦。

第一是做大官或自以为做大官者，那只手不好握。他常常挺着胸膛，伸出一只巨灵之掌，两眼望青天，等你趁上去握的时候，他的手仍是直僵地伸着，他并不握，他等着你来握。你事前不知道他是如此爱惜气力，所以不免要热心地迎上去握，结果是孤掌难鸣，冷涔涔地讨一场没趣。而且你还要及早罢手，赶快撒手，因为这时候他的身体已转向另一个人去，他预备把那巨灵之掌给另一个人去握——不是握，是摸。对付这样的人只有一个办法，便是，你也伸出一只巨灵之掌，你也别握，和他做"打花巴掌"状，看谁先握谁！

另一种人过犹不及。他握着你的四根手指，恶狠狠地一挤，使你痛彻肺腑，如果没有寒暄笑语偕以俱来，你会误以为他是要和你角力。此种人通常有耐久力，你入了他的掌握，休想逃脱出来。如果你和他很有交情，久别重逢，情不自禁，你的关节虽然痛些，我相信你会原谅他的。不过通常握手用力最大者，往往交情最浅。他是要在向你使压力的时候使你发生一种错觉，以为此人遇我特善。其实他是握了谁的手都是一样卖力的，如果此人曾在某机关做过干事之类，必能一面握手，一面在你的肩头重重地拍一下子，“哈喽，哈喽，怎样好？”

单就握手时的触觉而论，大概愉快时也就不多。春笋般的纤纤玉指，世上本来少有，更难得一握，我们常握的倒是些冬笋或笋干之类，虽然上面更常有蔻丹的点缀，干倒还不如熊掌。狄更斯的《大卫·科波菲尔》里的乌利亚，他的手也是令人不能忘的，永远是湿津津的、冷冰冰的，握上去像是五条鳝鱼。手脏一点无妨，因为握前无暇检验，唯独带液体的手不好握，因为事后不便即揩，事前更不便先给他揩。

“有一桩事，男人站着做，女人坐着做，狗翘起一条腿儿做。”这桩事是——握手。和狗行握手礼，我尚无经验，不知狗爪是肥是瘦，亦不知狗爪是松是紧，姑置不论。男女握手之法不同。女人握手无须起身，亦无须脱手套，殊失平等之旨，尚未闻妇女运动者倡议纠正。在外国，女人伸出手来，男人照例只握手尖，约一英寸至二英寸，稍握即罢，这一点在我们中国好像禁忌少些，时间空间的限制都不甚严。

朋友相见，握手言欢，本是很自然的事，有甚于握手者，亦未曾不可，只要双方同意，与人无涉。唯独大庭广众之下，宾客环坐，握手势必普遍举行，面目可憎者，语言无味者，想饱以老拳尚不足以泄愤者，都要一一亲炙，皮肉相接，在这种情形之下握手，我觉得是一种刑罚。

《哈姆雷特》中波娄尼阿斯[1]诫其子曰："不要为了应酬每一个新交而磨粗了你的手掌。"我们是要爱惜我们的手掌。

---

① 今一般译为"波洛涅斯"（Polonius），是《哈姆雷特》中的御前大臣。

送礼

原始民族出猎，有所获，必定把猎物割裂，加以燔熏，分赠族人。在送者方面，我想一定是满面春光，没有任何偷偷摸摸躲躲闪闪的神情。出狩大吉，当然需要大家共享其乐。在受者方面，我想也一定是春光满面，不要什么谦辞让的手续。叨在族谊，却之不恭。双方光明磊落，而且是自然之至。倒是人类文明进步之后，弊端丛生，然后才有“礼尚往来，来而不往非礼也”这样的理论出现。这理论究竟不错，旨在安定社会，防止纠纷。但是近代社会过于复杂，有时因送礼而形成很尴尬的局面。

寒斋萧索，与人少有往还，逢年过节，但见红红绿绿大包小笼衮衮过门而不入，所谓厚贶遥颁之事实在是很难得的。有一年，端阳前数日，忽然有人把礼物送上门来，附着一张名片，上写“菲仪四色，务求赏收”。送礼人问清这是“梁寓”之后便不由分说跨上铁马绝尘而去。我午睡方醒，待要追问来人，其人早已杳不可寻。细查名片上的姓名，则素不相识。检视内容，皆是食品，并无夹层隐藏任何违碍之物。心想也许是门生故旧，恤老怜贫，但是再想现已进入原子时代，这类事毋乃“时代错误”？再说，既承馈贻，曷不进门小憩，班荆道故？左思右想，不得要领。送警报案，似是小题大做。转送劳军，又好像是慷他人之慨。无功受禄，又恐伤廉。结果是原封不动，庋藏高阁，希望其人能惠然返来，物归原主。事隔数日，一部分食物已经霉腐，暴殄天物，可惜之至！从此我逢人便问可有谁认识此公？终归人海茫茫，渺无踪迹。

转瞬到了中秋，节约之声又复盈耳，此公于家人外出之际又送来一份礼物，分量较前次加了一番。八角形的月饼直径在一尺以上，堆在桌上灿烂夺目。我当时的心情，犹如在门内发现了一具弃婴。弃婴犹可找个去处，这一大堆食品可怎样安排？过去有人送过我几匣月饼，打开一看，黑压压一片，万头攒动，全是蚂蚁。也有人送过自制的精品年糕，里面除了核仁瓜子之外还有无数条白胖的肉蛆，活泼乱跳。这直径一尺开外的大月饼其结局还不是同样的喂蚂蚁肉蛆！但是我开始恐惧了，此公一再宠锡有加，猪喂肥了没有不宰的，难道他屡施小惠，存心有一天要我感恩图报驰驱效死吗？惶悚之余，我全家戒严了，以后无论什么人前来送礼，一定要暂加扣留，验明正身，问清底细，否则绝不放行。王密夜怀金十斤送给杨震，说："暮夜无知者。"杨震回答说："天知，神知，我知，子知，何谓无知？"我则连四知都说不上，子是谁，我不知道，我是谁，恐怕你也不清楚。这样糊里糊涂下去，天神也要不容许了。

不久，年关届临，此公又施施然来。这一回，说好说歹，把他延进玄关，我仔细打量他一下，一人多高，貌似忠厚，衣履俱全，而打躬作揖，礼貌特别周到，他带来的礼物比上次又多了，成几何级数的进展。"官不打送礼的"，我非官，焉敢打人，我只是诘问：

“我不认识你，你屡次三番地送东西来，是何用意？”

他的嘴唇有点发抖，勉强把脸上的筋肉作弄成为一个笑容，说：

“一点小意思，不成敬意。你帮了我这样多忙！”

“我帮了你什么忙？你知道我是谁吗？”

“你不是梁先生吗？”

我不能不承认说：“是呀。”

“那就对啦！我们行里的事，要不是梁先生在局里替我们做主，那是不得了的。”

“什么局？”

“××局。”

“哎呀！我从来没有在××局做过事。你大概搞错了吧？”

“没有错，没有错，梁先生是住在这一条街上，虽然我不知道他的门牌号数。”

我于是告诉他，一条街上很可能有两个以上的姓梁的人。我们姓梁的，自周平王之子封南梁以来，迄今二千七百多年，历代繁衍，一条街上有一个以上的姓梁的也不是不可能的事。前两次的礼物事实上已经收下，抱歉至极，这一次无论如何也不敢当，敬请原物带回，并且以后也不敢再劳驾了。

此人闻悉，登时变色，“怔营惶怖，靡知厝身”，急忙携起礼物仓皇狼狈而去。连呼：“对不起，对不起！”其怪遂绝。

铜板

铜板者，北方人叫它做铜子儿，乃是中华民国的最通行的最有信用的一种泉币，并且“当制钱十文”之多者也。洗澡过的洋钱，涂改过的钞票，以及什么“新角子”“铅角子”，我们总都见识过，而不地道或不够分量的铜板却还少见。并且使用铜板的人，似乎都很明理，所以不拘是云南贵州铸造的铜板，在上海行使都可以不用贴水。这真是太便了。

北方通用的一种大铜板，每一枚值铜板二枚，在江南是不通行的。据精通金融情形的人说，这是因为一个大铜板的分量恐怕抵不过两个小铜板的缘故。由此观之，铜板的重量还是减不得的。十个八个铜板放在衣袋里，还不算什么；可是四五十个铜板，一大橛子，放进衣袋去，身体孱弱一点的人便不能不认为是一种压迫了。

我虽然不敢说是资本家，然而几十个铜板，却天天带在身边。我的单薄的骨头架子，还担得起那死沉沉的一橛子，可是如今大热的天，薄薄的一层衣裳，便有点支持不住，大襟上的纽扣时常坠到腋下去了。而且铜板之为物，不禁招惹，一五一十地数一遍，手上会落一层臭铜锈。

我谁也不怨。我只默祝：我们中国的历史走得快些，快把这铜器时代过去。

此文刊后，得K.V.先生来函，云："将来大作印行单本时，此文请勿选入，因大马路一带卖铜板袋者甚多。我想买一只送给先生……"

但K.V.先生之铜板袋始终不曾送来。谨志于此，以存真相。

名片

名片不是什么特殊阶级所特有的，人人都可享用。上自达官贵人，下至妓娼走贩，只消你有一个名字，再只消你有几角钱，你便可印一盒名片。

名片的种类式样之多，就如同印名片的人一样。有足以令人发笑的，有足以令人害怕的，也有足以令人哭不得笑不得的。若有人把各式的名片聚集起来，恐怕比香烟里的画片还更有趣。

官僚的名片，时行的是单印名姓，不加官衔。其实官做大了，人就自然出名，带官衔的名片简直用不着。唯独有一般不大不小的人物，印起名片来，深恐自己的姓名太轻太贱，压不住那薄薄的一张纸，于是把古往今来的官衔一齐印在名片上，望上去黑乎乎的一片，就好像一个人的背上驮起一块大石碑。

身通洋务，或将要身通洋务的先生，名片上的几个英文字是少不得的，“汤姆”“查利”都成，甚而再冠上一个声音相近的外国姓。因为名片者，乃是一个人的全部人格的表现。

牙签

施耐庵《水浒·序》有“进盘飧，嚼杨木”一语，所谓“嚼杨木”就是饭后用牙签剔牙的意思。晋高僧法显求法西域，著《佛国记》，有云：“沙祇国南门道东佛在此嚼杨枝，刺土中即生……”这个“嚼”字当作“削”解。“嚼杨木”当然不是把一根杨木放在嘴里咀嚼。饭后嚼一块槟榔还可以，谁也不会吃饱了之后嚼木头。“嚼杨木”是借用“嚼杨枝”语，谓取一根牙签剔牙。杨枝净齿是西域风俗，所以中文里也借用佛书上的名词。《隋书·真腊传》：“每旦澡洗，以杨枝净齿，读诵经咒。又澡洒乃食，食罢，还用杨枝净齿，又读经咒。”可见他们的规矩在念经前和食后都要杨枝净齿。

为了好奇，翻阅赛珍珠[①]女士译的《水浒传》，她的这一句的译文甚为奇特：“Take food，chew a bit of this or that.”我们若是把

---

① 赛珍珠，原名珀尔·赛登斯特里克·巴克（Pearl Sydenstricker Buck），美国作家，曾随父母在中国生活十余年。赛珍珠获得过普利策小说奖及诺贝尔文学奖，是目前作品流传语种最多的美国作家。主要作品有小说《大地》《群芳亭》《东风·西风》，传记《流亡者》及自传《桥》等。

这句译文还原，便成了“进食，嚼一点这个又嚼一点那个”。衡以信达雅之义，显然不信。

牙缝里塞上一丝肉，一根刺，或任何残膏剩馥，我们都会自动地本能地思除之而后快。我不了解为什么这净齿的工具需要等到五世纪中由西域发明然后才得传入中土。我们发明了罗盘火药印刷术，没能发明用牙签剔牙！

西洋人使用牙签更是晚近的事。英国到了十六世纪末年还把牙签当作一件稀奇的东西，只有在海外游历过的花花大少才口里衔着一根牙签招摇过市，行人为之侧目。大概牙签是从意大利传入英国的，而追究根源，又是从亚洲传到意大利的，想来是贸易商人由威尼斯到近东以至远东把这净齿之具带到欧洲。莎士比亚的《无事自扰》有这样的句子：“我愿从亚洲之最远的地带给你取一根牙签。”此外在其他三四出戏里也都提到牙签，认为那是“旅行家”的标记。以描述人物著名的散文家Overbury[①]，也是莎士比亚同时代的人，在他的一篇《旅行家》里也说：“他的牙签乃是他的一项主要的特点。”可见三百年前西洋的平常人是不剔牙的。藏垢纳污到了饱和点之后也就不成问题。倒是饭后在齿颊之间横剔竖抉的人，显着矫揉造作，自命不凡！

人自谦年长曰马齿徒增，其实人不如马，人到了年纪便要齿牙摇落，至少也是齿牙之间发生罅隙，有如一把烂牌，不是一三五，

① 汤玛斯·欧佛伯利（Thomas Overbury），英国诗人、散文家。其文章以描写人物类型见长，是17世纪出现于英国的“性格特写”体裁的主要代表人物。

就是二四六，中间仅是嵌张！这时节便需要牙签，有象牙质的，有银质的，有尖的，有扁的，还有带弯钩的，都中看不中用。普通的是竹质的，质坚而锐，易折，易伤牙龈。我个人经验中所使用过的牙签最理想的莫过于从前北平致美斋路西雅座所预备的那种牙签。北平饭馆的规矩，饭后照例有一碟槟榔豆蔻，外带牙签，这是由堂倌预备的，与柜上无涉。致美斋的牙签是特制的，其特点第一是长，约有自来水笔那样长，拿在手中可以摆出搦毛笔管的姿势，在口腔里到处探钻无远弗届；第二是质韧，是真正最好的杨柳枝做的，拐弯抹角的地方都可以照顾得到，有刚柔相济之妙。现在台湾也有一种白柳木的牙签，但嫌其不够长，头上不够尖。如今想起致美斋的牙签，尤其想起当初在致美斋做堂倌后来做了大掌柜的初仁义先生（他常常送一大包牙签给我），不胜惆怅！

有些事是人人都做的，但不可当着人的面前公然做之。这当然也是要看各国的风俗习惯。例如牙签的使用，其状不雅，咧着血盆大口，拧眉皱眼，剔之，抠之，攒之，抉之，使旁观的人不快。纵然手搭凉棚放在嘴边，仍是欲盖弥彰，减少不了多少丑态。至于已经剔牙竣事而仍然叼着一根牙签昂然迈步于大庭广众之间者，我们只能佩服他的天真。

沙发

沙发是洋玩意儿，就字源讲，应该是从阿拉伯兴起来的，原来的意义，是指那种带靠垫与扶手的长椅而言。没见过沙发的人，可以到任何家具店玻璃窗前去看看，里面大概总蹲着几套胖墩墩的矮矮的挺威武的沙发。

沙发是很令人舒适的，坐上去就好像是掉进一堆棉花里，又好像是偎在一个胖子的怀抱里，他把你搂得紧紧的，柔若无骨。你坐上去之后，不由得把身体往后一仰，肚子一挺，两腿一跷，两只胳臂在两旁一搭，如果旁边再配上一个矮矮的小茶儿，上面摆着烟、烟灰碟、报章杂志、盖碗茶，我想任何人都不会再想站起来。因此，沙发几乎成了一个中上阶层家庭里所不可少的一种设备。如果少了它，主人和客人就好像没有地方可以安置似的。一套沙发，三大件，怎么摆都成，一字长蛇也可以，像个衙门似的八字开着也可以，孤零零地矗在屋子中央也可以，无往不利。有这么三大件就把一间屋子给撑起来了。主人的身份也予以确定。

但是这种洋玩意儿，究竟与我们的国情有些不甚相合。我们中国人讲究站有站相，坐有坐相，睡有睡相。所谓“立如松，坐如钟，卧如弓”。坐在那里需要像一口钟，上小下大，四平八稳，没个晃、没个倒。这种姿式才显得官样而且正派。这种坐相就与椅子的构造颇有关系。一把紫檀太师椅，满镶螺钿，大理石心，方正高大，无论谁坐上去也只好挺着腰板，正襟危坐，他不能像坐沙发似的那么半靠半醒的一副懒散相。沙发没有不矮的，再加上半靠半睡的姿式，全然不合我们的固有道德。

我们是讲礼貌的民族。向人拱手作揖，或是鞠躬握手，都必须站立着才成。假如你本来半靠半睡在一张沙发上，忽然有人过来要和你握手，你怎么办？赶快站起来便是。但是你站得起来吗？你深深地窝在沙发里，两只胳膊如果没练过双杠，腰杆儿上如果没有一点硬功夫，你休想能一跃而起。必须两手力按扶手，脊椎一挺，脖梗子一使劲，然后才能“哼哧”一声立起身来。如果这样的连续动作几回，谁也受不了。倒不如硬木太师椅，坐着和站着本来就差不多，一伸腿就立起来了。

一个穷亲戚或是一个属员来见你，他坐沙发的姿势特别。他不坐进去，他只跨一个沿。他的全身重量只由沙发里面的靠边上的半个弹簧来支持着，弹簧压得咯吱咯吱的直响，他也不管，他的臀部只有很小的一块和沙发发生接触。你当然不好意思对他说：“请你坐进去。”你只能做一个榜样给他看，大模大样地向后一靠。但是更糟，你越大模大样，他越局局缩缩，他越发坐得溜边溜沿。你心里好难过，一方面怕沙发被他坐坏，一方面还怕他跌下去！

但是这种坐沙发的姿势也无可厚非。有时候颇有其必要，我曾见过一群官在一间大客厅单围坐一圈，每人占据一个沙发，静悄悄地在等候一位大官的来临。我细心观察，他们每个人都没有坐稳当，全是用右半边臀部斜压着一点点沙发的边缘，好像随时都可以挺身而起的样子。果然，房门喀啦一声响，大家以为一定是那官儿来了，于是轰的一下子全体肃立，身段好灵活，手脚好麻利，没有一个是四脚朝天地在沙发上挣扎。可惜这回进来的不是那官儿，是茶房托着漆盘送茶。大家各返原防，一次二次地演习，终于在觐见的仪式中没有一个落后的。假如用正规的姿态去坐沙发，我相信一定有人在沙发上扑腾不起来，会急死！

和高于自己的人对坐，须要全身筋肉紧张，然后才显得自己像是一块有用的材料，才能讨人欢喜。如果想全身弛懈地瘫在沙发上，你只好回家当老爷子去！

坐沙发的姿势固然人各不同，但与沙发本身无关，沙发本身原是为给人舒适的。所以最善于使用沙发者莫过于孩子。孩子天真无邪，看见沙发软乎乎的，便在上面跳蹦起来，使那弹簧尽最大的功效，他可以横躺、竖躺、倒躺，甚至翻个筋斗，挡上两把木椅还可权充一只小床，假如沙发不想传代，是应该这么使用。

我到人家去，十九都遇见有沙发可坐。但是很难得能享受沙发的舒适。我最怕的是那种上了年纪的沙发，年久失修，坑洼不平，弹簧的圈儿清清楚楚地在布底下露着，老气横秋地摆在那里，主人一巡儿地请你上座，你只好就座，坐上去就好像上刀山一般，稍一转动，铿然作响。有时候简直坐不住，要溜下来，或是溜在一边。只好退一步想，比坐针毡总好一些。也许是我的运气不佳，时常在冬天遇见皮沙发，冰凉的；在夏天又遇见绒沙发，发汗。有时候沙发上带白布套，又往往稀松，好像是没有系带的袜子似的，随时往下松。我还欣赏过一种不修边幅的沙发，挨着脑壳的那一部分锃光大亮的，起码有半分厚的油泥，扶手的地方也是光可鉴人，可以磨剃刀。像这种种的沙发，放在屋里，只能留着做一种刑具用，实在谈不上舒适。

洋罪

有些人，大概是觉得生活还不够丰富，于顽固的礼教，愚昧陋俗，野蛮的禁忌之外，还介绍许多外国的风俗习惯，甘心情愿地受那份洋罪。

例如，宴集茶会之类偶然恰是十三人之数，原是稀松平常之事，但往往就有人把事态扩大，认为情形严重，好像人数一到十三，其中必将有谁虽欲“寿终正寝”而不可得的样子。在这种场合，必定有先知先觉者托故逃席，或临时加添一位，打破这个凶数，又好像只要破了十三，其中人人必然“寿终正寝”的样子。对于十三的恐怖，在某种人中间近已颇为流行。据说，它的来源是外国的。耶稣基督被他的使徒犹大所卖，最后晚餐时便是十三人同席。因此十三成为不吉利的数目。在外国，听说不但宴集之类要避免十三，就是旅馆的号数也常以12A来代替十三。这种近于迷信而且无聊的风俗，移到中国来，则于迷信与无聊之外，还应该加上一个可嗤!

再例如，划火柴给人点纸烟，点到第三人的纸烟时，则必有热心者迫不及待地从旁嘘一口大气，把你的火柴吹熄。一根火柴不准点三支纸烟。据博闻者说，这风俗也是外国的。好像这风俗还不怎样古，就在上次大战的时候，夜晚战壕里的士兵抽烟，如果火柴的亮光延续到能点燃三支纸烟那么久，则敌人的枪弹炮弹必定一齐飞来。这风俗虽“与抗战有关”，但在敌人枪炮射程以外的地方，若不加解释，则仍容易被人目为近于庸人自扰。

又例如，朋辈对饮，常见有碰杯之举，把酒杯碰得咣一声响，然后同时仰着脖子往下灌，咕噜咕噜地灌下去，点头咂嘴，踌躇满志。为什么要碰那一下子呢？这又是外国规矩。据说相当古的时候，而人心即已不古，于揖让酬应之间，就许在酒杯里下毒药，所以主人为表明心迹起见，不得不与客人喝个“交杯酒”，交杯之际，咣的一声是难免的。到后来，去古日远，而人心反倒古起来了，酒杯里下毒药的事情渐不多见，主客对饮只须做交杯状，听那哨然一响，便可以放心大胆地喝酒了。碰杯之起源，大概如此。在“安全第一”的原则之下，喝交杯酒是未可厚非的。如果碰一下杯，能令我们警惕戒惧，不致忘记了以酒肉相饷的人同时也有投毒的可能，而同时酒杯质料相当坚牢不致磕裂碰碎，那么，碰杯的风俗却也不能说是一定要不得。

大概风俗习惯，总是慢慢养成，所以能在社会通行。如果生吞活剥地把外国的风俗习惯移植到我们的社会里来，则必窒碍难行，其故在不服水土。讲到这里我也有一个具体的而且极端的例子——

四月一日，打开报纸一看，皇皇启事一则如下：“某某某与某某某今得某某某与某某某先生之介绍及双方家长之同意，订于四月一日在某某处行结婚礼，国难期间一切从简，特此敬告诸亲友。”

结婚只是男女两人的事，对别人无关，而别人偏偏最感兴趣。启事一出，好事者奔走相告，更好事者议论纷纷，尤好事者拍电致贺。

四月二日报纸上有更皇皇的启事一则如下：“某某某启事，昨为西俗万愚节，友人某某某先生遂假借名义，代登结婚启事一则以资戏弄，此事概属乌有，诚恐淆乱听闻，特此郑重声明。”好事者嗒然若丧，更好事者引为谈助，尤好事者则去翻查百科全书，寻找万愚节之源起。

四月一日为万愚节，西人相绐以为乐；其是否为陋俗，我们管不着，其是否把终身大事也划在相绐的范围以内，我们亦不得知。我只觉得这种风俗习惯，在我们这国度里，似嫌不合国情。我觉得我们几乎是天天在过万愚节。舞文弄墨之辈，专作欺人之谈，且按下不表，单说市井习见之事，即可见我们平日颇不缺乏相绐之乐。有些店铺高高悬起“言无二价”“童叟无欺”的招牌，这就是反映着一般的诳价欺骗的现象。凡是约期取件的商店，如成衣店、洗衣店、照相馆之类，因爽约而使我们徒劳往返的事是很平常的，然对外国人则不然，与外国人约甚少爽约之事。我想这原因大概就是外国人只有在四月一日那一天才肯以相绐为乐，而在我们则一年三百六十五天，随便哪一天都无妨定为万愚节。

万愚节的风俗，在我个人，并不觉得生疏，我不幸从小就进洋习甚深的学校，到四月一日总有人伪造文书诈欺取乐，而受愚者亦不为忤。现在年事稍长，看破骗局甚多，更觉谑浪取笑无伤大雅。不过一定要仿西人所为，在四月一日这一天把说谎普遍化、合理化，而同时在其余的三百六十多天又并不仿西人所为，仍然随时随地地言而无信互相欺诈，我终觉得大可不必。

外国的风俗习惯永远是有趣的，因为异国情调总是新奇的居多。新奇就有趣。不过若把异国情调生吞活剥地搬到自己家里来，身体力行，则新奇往往变成为桎梏，有趣往往变成为肉麻。基于这种道理，很有些人至今喝茶并不加白糖与牛奶。

忙什么？

在文明的城市里，你若是能从马路这边平平安安地跨到马路那边，在中间不发生命案，你至少可以说是有一技之长了。因为稍微浑厚一点的人，在车水马龙的街道上，东张西望，不是车碰了你，就是你碰了车。车碰了你，那还好办，即是碰死了也只是照例罚车夫几个钱；若是你碰了车，这一笔损失你就许赔一辈子也赔不清。所以在下初来上海时，看见汽车之多，就深深地感到一种乡下人之悲哀，虽然我很明白上海还不是最文明的城市。

从汽车夫的眼睛看来，在街道上行走的芸芸众生是很有碍交通的。汽车夫所以要快驶的缘故，也不难索解，因为有时候坐在车厢里的不完全是我们中国人，更有时简直不是我们中国人。所以汽车疾驶是由于必要，而这种必要是在打倒帝国主义的走狗以前永远存在的。现在若有汽车和行人冲撞，我不怪汽车开得太快，我只怪行人躲得太慢。

听说在很文明的纽约城，警察常张贴布告，警告开汽车的人说：“忙什么？你只是想赶到你自己的殡前去！”上海的警察应该换个口吻说：“忙什么？你只是想送别人的殡！”

看相

听说一个人的尊容，和他的一生休戚有很密切的关系。例如耳目口鼻，方向若是稍微挪动一点，就许在一生的过去或未来，发生很大的变动。所以你别瞧那一班满肚子海参鱼翅，坐着汽车兜圈子的人，他们必是有点来历，说不定是因为那一根骨头长得得法。穷困潦倒的人，少去看相，你若是遇到什么张铁嘴李铁腮的，他三言两语的把你的尊容褒贬一顿，你就许对不住你生身的父母。

然而看相的人，名叫铁嘴的还是不够多。你明明是一个不能寿终正寝的地痞流氓，他会恭维你，说你将走红运，在武汉可以发一注横财。你明明是一个乳臭未退的小孩子，他会奉承你，说你是群众革命的领袖，可以东做委员，西做委员。你明明是一位小姐，他会说你是明星。你明明是一位诚实人，他会说你必定是在上海生长大的。你纵然不相信你的尊容会这样的好法，但是你听在耳里舒服。人人喜欢耳里舒服，于是乎看相的人便遍地皆是。

现在研究相术的人比从前进步，只消看看他们的广告，也讲究挂起“留学”的招牌。更有所谓洋相士，什么手相家海伦巴勃，一齐到上海来了，其实这也难怪。我觉得我们中国人的尊容，近年来变得很厉害，恐怕几年后，一定要至少留学过的相术家，才能看懂我们中国人的脸。

下棋

有一种人我最不喜欢和他下棋，那便是太有涵养的人。杀死他一大块，或是抽了他一个车，他神色自若，不动火，不生气，好像是无关痛痒，使得你觉得索然寡味。君子无所争，下棋却是要争的。当你给对方一个严重威胁的时候，对方的头上青筋暴露，黄豆般的汗珠一颗颗地在额上陈列出来，或哭丧着脸作惨笑，或咕嘟着嘴做吃屎状，或抓耳挠腮，或大叫一声，或长吁短叹，或自怨自艾口中念念有词，或一串串的噎嗝打个不休，或红头涨脸如关公，种种现象，不一而足，这时节你“行有余力”便可以点起一支烟，或啜一碗茶，静静地欣赏对方的苦闷的象征。我想猎人困逐一只野兔的时候，其愉快大概略相仿佛。因此我悟出一点道理，和人下棋的时候，如果有机会使对方受窘，当然无所不用其极，如果被对方所窘，便努力做出不介意状，因为既不能积极地给对方以苦痛，只好消极地减少对方的乐趣。

自古博弈并称，全是属于赌的一类，而且只是比“饱食终日无所用心”略胜一筹而已。不过弈虽小术，亦可以观人，相传有慢性人，见对方走当头炮，便左思右想，不知是跳左边的马好，还是跳右边的马好，想了半个钟头而迟迟不决，急得对方拱手认输。是有这样的慢性人，每一着都要考虑，而且是加慢地考虑，我常想这种人如加入龟兔竞赛，也必定可以获胜。也有性急的人，下棋如赛跑，劈劈啪啪，草草了事，这仍旧是饱食终日无所用心的一贯作风。下棋不能无争，争的范围有大有小，有斤斤计较而因小失大者，有不拘小节而眼观全局者，有短兵相接做生死斗者，有各自为战而旗鼓相当者，有赶尽杀绝一步不让者，有好勇斗狠同归于尽者，有一面下棋一面诮骂者，但最不幸的是争的范围超出了棋盘，而拳足交加。有下象棋者，久而无声响，排闼视之，阒不见人，原来他们是在门后角里扭作一团，一个人骑在另一个人的身上，在他的口里挖车呢。被挖者不敢出声，出声则口张，口张则车被挖回，挖回则必悔棋，悔棋则不得胜，这种认真的态度憨得可爱。我曾见过二人手谈，起先是坐着，神情潇洒，望之如神仙中人，俄而棋势吃紧，两人都站起来了，剑拔弩张，如斗鹌鹑，最后到了生死关头，两个人跳到桌上去了！

笠翁《闲情偶寄》说弈棋不如观棋，因观者无得失心，观棋是有趣的事，如看斗牛、斗鸡、斗蟋蟀一般，但是观棋也有难过处，观棋不语是一种痛苦。喉间硬是痒得出奇，思一吐为快。看见一个人要入陷阱而不作声是几乎不可能的事，如果说得中肯，其中一个人要厌恨你，暗暗地骂一声“多嘴驴！”另一个人也不感激你，心想“难道我还不晓得这样走！”如果说得不中肯，两个人要一齐嗤之以鼻，“无见识奴！”如果根本不说，憋在心里，受病。所以有人于挨了一个耳光之后还抚着热辣辣的嘴巴大呼“要抽车，要抽车！”

下棋只是为了消遣，其所以能使这样多人嗜此不疲者，是因为它颇合于人类好斗的本能，这是一种“斗智不斗力”的游戏。所以瓜棚豆架之下，与世无争的村夫野老不免一枰相对，消此永昼；闹市茶寮之中，常有有闲阶级的人士下棋消遣，“不为无益之事，何以遣此有涯之生？”宦海里翻过身最后退隐东山的大人先生们，髀肉复生，而英雄无用武之地，也只好闲来对弈，了此残生，下棋全是“剩余精力”的发泄。人总是要斗的，总是要钩心斗角地和人争逐的。与其和人争权夺利，还不如在棋盘上多占几个官，与其招摇撞骗，还不如在棋盘上抽上一车。宋人笔记曾载有一段故事：“李讷仆射，性卞急，酷好弈棋，每下子安详，极于宽缓，往往躁怒作，家人辈则密以弈具陈于前，讷睹，便忻然改容，以取其子布弄，都忘其恚矣。”（《南部新书》）下棋，有没有这样陶冶性情之功，我不敢说，不过有人下起棋来确实是把性命都可置诸度外。我有两个朋友下棋，警报作，不动声色，俄而弹落，棋子被震得在盘上跳荡，屋瓦乱飞，其中一位棋瘾较小者变色而起，被对方一把拉住：“你走！那就算是你输了。”此公深得棋中之趣。

旅行

旅行是一件乐事，因为除了花钱、受气、吃苦以外，附带着可以开拓胸襟，扩张眼界。但是在我们中国旅行，恐怕除了花钱受气吃苦以外，所剩下来的乐趣也就没有多少了。

越在是交通便利的地方，旅行越是不便利。譬如说，乘坐火车，第一，买票的时候，气力稍微虚弱一点的人，就许有性命之虞；第二，即使你的气力强，骨骼壮，你能平安地买到车票，有时候你求脚行的朋友替你搬运行李，临完了你就许没有法子报酬；第三，邻座的先生若把浓馥的关东烟喷到你的脸上来，你只待拌着空气一齐吸进肺里面去；第四……以至于第四十。再譬如，乘坐船，第一，开船的时间总不能说是不准，即使稍有耽搁，迟早也总在一百二十八小时以内，绝无甚大的延误；第二，船上自有高谈阔论的朋友，通宵达旦的使你不愁寂寞；第三，在上下船的时候，你总要有牺牲性命的决心；第四……以至于第四十。

“人离乡贱”，一点也不错。到一个生的地方，人家看着你的尊容，就不大顺眼。再听听你的腔调，就许惹人生气。所以旅行的时候，总要受人另眼看待，越在大的城市，越是这样。

假如我有一天不辞劳苦，忽然立志要旅行，我宁可雇一辆人推的小车子，一步一步地推到乡下去。乡下人或者都还知道他们自己是人，同时也许把我当作他们的同类看待。

蚊子与苍蝇

我家里人口众多。除了我和我的太太，还有一名娘姨以外，有几千几百只的苍蝇，有几千几百只的蚊子。苍蝇、蚊子和我们很亲近，苍蝇和我们亲近的时候在早晨，蚊子和我们亲近的时候在夜里。所以我们可以很从容地和他们周旋。一缕阳光从窗子射到我太太的脸上，随后就有一只苍蝇不远千里而来，绕床三匝，不晓得在何处栖止才好，我蜷卧床头，静以待变。只见这只苍蝇飞去飞来，嗡嗡有声，不偏不倚地正正落在我太太的鼻尖上。太太的上嘴唇翕动了一下，我揣测她的意思，大概是表示她的鼻尖是有感觉的。那只苍蝇也有本领，真禁得起震动，抖抖翅膀，仍然高踞在鼻尖上。假使苍蝇能老老实实在鼻尖上占一席地，我的太太素来是很有度量的，未曾不可以和他相安无事。无奈那只苍蝇，动手动脚地东搔西挠。太太着实不耐烦，只能伸出手来，加以驱除。太太的鼻尖，像有吸引力一般，苍蝇飞起来绕了几个圈子，仍然归到原处。如是者数次。假使苍蝇肯换一个地方，太太或者也可以相当容忍。她忍不住了，把头钻到被里去。苍蝇甚觉得没趣，搭讪着又来和我亲近。

物以类聚，一点也不错。苍蝇的合群心恐怕要在我们中国人以上。记得小时候唱过一个《苍蝇歌》，内中的警句是："一个苍蝇嘤嘤嘤，两个苍蝇嗡嗡嗡，一群苍蝇轰轰轰！"苍蝇的音乐，的确是由清悠以渐至于雄壮。当其嘤嘤的时候，我便从梦中醒来，侧耳而听，等到嗡嗡的时候，我便翻过身去，想在较远的地方去听，到了轰轰的时候，我便兴奋得由床上跳起来了。音乐感人之深，不亦伟哉!

过了一天非人的生活了，到了夜晚想做一件人做的事，睡觉。但是，不忙睡，宝贝的蚊子来了。蚊子由来访以至于兴辞，双方的工作不外下列几种：（一）蚊子奏细乐；（二）我挥手致敬；（三）乐止；（四）休息片刻；（五）是我不当心，皮肤碰了蚊子的嘴，奇痛；（六）蚊子奏乐；（七）我挥手送客；（八）我痒；（九）我抓；（十）我还痒；（十一）我还抓；（十二）出血；（十三）我睡着了。睡着以后，双方仍然工作，但稍简单一些，前四段工作一概豁免。清晨醒来，察视一夜工作的痕迹，常常发现腿部做玉蜀黍[①]状，一粒一粒地凸起来。有时候面部略微改变一点形状，例如嘴唇加厚，鼻梁增高。有时工作过度，面部一块白一块红的，做豆沙粽子状。据脑经（筋）灵敏的人说，若做一床帐子，则蚊子与苍蝇自然可以不做入幕之宾，有用的精神也可以不用在与蚊蝇亲近了。但我已和太太商量就绪，在下月发薪以前，无论如何，我们仍然要保持大国民的态度，对蚊蝇决不排斥。

---

① 玉蜀黍，即玉米。

陆

上帝和野兽才喜欢孤独

在这寂寞中我意识到了自己的存在——片刻的孤立的存在。这种境界不易得，与环境有关，更与心境有关。

诗人

有人说："在历史里一个诗人似乎是神圣的，但是一个诗人在隔壁便是个笑话。"这话不错。看看古代诗人画像，一个个的都是宽衣博带，飘飘欲仙，好像不食人间烟火的样子。《辋川图》里的人物，弈棋饮酒，投壶流觞，一个个的都是儒冠羽衣，意态萧然，我们只觉得摩诘当年，千古风流，而他在苦吟时堕入醋瓮里的那副尴尬相，并没有人给他写画流传。我们凭吊浣花溪畔的工部草堂，遥想杜陵野老典衣易酒卜居茅茨之状，吟哦沧浪，主管风骚，而他在耒阳狂啖牛炙白酒胀饫而死的景象，却不雅观。我们对于死人，照例是隐恶扬善，何况是古代诗人，篇章遗传，好像是痰唾珠玑，纵然有些小小乖僻，自当加以美化，更可资为谈助。王摩诘堕入醋瓮，是他自己的醋瓮，不是我们家的水缸；杜工部旅中困顿，累的是耒阳知县，不是向我家叨扰。一般人读诗，犹如观剧，只是在前台欣赏，并无须侧身后台打听优伶身世，即使刺听得多少奇闻逸事，也只合作为梨园掌故而已。

假如一个诗人住在隔壁，便不同了。虽然几乎家家门口都写着"诗书继世长"，懂得诗的人并不多。如果我是一个名利中人，而隔壁住着一个诗人，他的大作永远不会给我看，我看了也必以为不值一文钱，他会给我以白眼，我看他一定也不顺眼。诗人没有常光顾理发店的，他的头发做飞蓬状，做狮子狗状，做艺术家状。他如果是穿中装的，一定像是算命瞎子，两脚泥；他如果是穿西装的，一定是像卖毛毯子的白俄，一身灰。他游手好闲，他白昼做梦，他无病呻吟，他有时深居简出，闭门谢客，他有时终年流浪，到处为家，他哭笑无常，他饮食无度，他有时贫无立锥，他有时挥金似土。如果是个女诗人，她口里可以衔只大雪茄；如果是男的，他向各形各色的女人去膜拜。他喜欢烟、酒、小孩、花草、小动物——他看见一只老鼠可以做一首诗，他在胸口上摸出一只虱子也会做成一首诗。他的生活习惯有许多与人不同的地方。有一个人告诉我，他曾和一个诗人比邻，有一次同出远游，诗人未带牙刷，据云留在家里为太太使用，问之曰：“你们原来共用一把么？”诗人大惊曰：“难道你们是各用一把么？”

诗人住在隔壁，是个怪物，走在街上尤易引起误会。伯朗宁有一首诗《当代人对诗人的观感》，描写一个西班牙的诗人性好观察社会人生，以致被人误认为是一个特务，这是何等的讥讽！他穿的是一身破旧的黑衣服，手杖敲着地，后面跟着一条秃瞎老狗，看着鞋匠修理皮鞋，看人切柠檬片放在饮料里，看焙咖啡的火盆，用半只眼睛看书摊，谁虐打牲畜谁咒骂女人都逃不了他的注意——所以他大概是个特务，把观察所得呈报国王。看他那个模样儿，上了点年纪，那两道眉毛，亏他的眼睛在下面住着！鼻子的形状和颜色都像鹰爪。某甲遇难，某乙失踪，某丙得到他的情妇——还不都是他干下的事？他费这样大的心机，也不知得多少报酬。大家都说他回家用晚膳的时候，灯火辉煌，墙上挂着四张名画，二十名裸体女人给他捧盘换盏。其实，这可怜的人过的乃是另一种生活，他就住在芒桥边第三家，新油刷的一幢房子，全街的人都可以看见他交叉着腿，把脚放在狗背上，和他的女仆在打纸牌，吃的是酪饼水果，十点钟就上床睡了。他死的时候还穿着那件破大衣，没膝的泥，吃的是面包壳，脏得像一条熏鱼！

这位西班牙的诗人还算是幸运的，被人当作特务，在另一个国度里，这样一个形迹可疑的诗人可能成为特务的对象。

变戏法的总要念几句咒，故弄玄虚，增加他的神秘，诗人也不免几分江湖气，不是谪仙，就是鬼才，再不就是梦笔生花，总有几分阴阳怪气。外国诗人更厉害，作诗时能直接地祷求神助，好像是仙灵附体的样子。

一颗沙里看出一个世界，
一朵野花里看出一个天堂，
把无限抓在你的手掌里，
把永恒放进一刹那的时光。[①]

① 这四句诗出自威廉·布莱克（William Blake）的诗歌《一粒沙子》（*A Grain of Sand*）。威廉·布莱克是英国诗人、画家，浪漫主义文学的代表人物之一，其早期作品简洁明快，中后期作品趋向玄妙晦涩，充满神秘色彩。

若是没有一点慧根的人，能说出这样的鬼话么？你不懂？你是蠢材！你说你懂，你便可跻身于风雅之林，你究竟懂不懂，天知道。

大概每个人都曾经有过做诗人的一段经验。在“怪黄莺儿作对，怨粉蝶儿成双”的时节，看花谢也心惊，听猫叫也难过，诗就会来了，如枝头舒叶那么自然。但是入世稍深，渐渐煎熬成为一颗“煮硬了的蛋”，散文从门口进来，诗从窗户出去了。“嘴唇在不能亲吻的时候才肯唱歌。”一个人如果达到相当年龄，还不失赤子之心，经风吹雨打，方寸间还能诗意盎然，他是得天独厚，他是诗人。

诗不能卖钱。一首新诗，如拈断数根须即能脱稿，那成本还是轻的，怕的是像牡蛎肚里的一颗明珠，那本是一块病，经过多久的滋润涵养才能磨炼孕育成功，写出来到哪里去找顾主？诗不能给富人客厅里摆设作装潢，诗不能给广大的读者以娱乐。富人要的是字画珍玩，大众要的是小说戏剧。诗，短短一橛，充篇幅都不中用。诗是这样无用的东西，所以以诗为业的诗人，如住在你的隔壁，自然是个笑话。将来在历史上能否就成为神圣，也很渺茫。

乞丐

在我住的这一个古老的城里，乞丐这一种光荣的职业似乎也式微了。从前街头巷尾总点缀着一群三分像人七分像鬼的家伙，缩头缩脑地挤在人家房檐底下晒太阳，捉虱子，打瞌睡，啜冷粥，偶尔也有些个能挺起腰板，露出笑容，老远地就打躬请安，满嘴的吉祥话，追着洋车能跑上一里半里，喘得像只风箱。还有些扯着哑嗓穿行街巷大声地哀号，像是担贩的吆喝。这些人现在都到哪里去了？

据说，残羹剩饭的来源现在不甚畅了，大概是剩下来的鸡毛蒜皮和一些汤汤水水的东西都被留着自己度命了，家里的一个大坑还填不满，怎能把余沥去滋润别人！一个人单靠喝西北风是维持不了多久的。追车乞讨么？车子都渐渐现代化，在沥青路上风驰电掣，飞毛腿也追不上。汽车停住，砰的一声，只见一套新衣服走了出来，若是一个乞丐赶上前去，伸出胳臂，手心朝上，他能得到什么？给他一张大票，他找得开么？沿街托钵，呼天抢地也没有用。人都穷了，心都硬了，耳都聋了。偌大的城市已经养不起这种近于奢侈的职业。不过，乞丐尚未绝种，在靠近城市的大垃圾山上，还有不少同志在那里发掘宝藏，埋头苦干，手脚并用，一片喧豗。他们并不扰乱治安，也不侵犯产权，但是，说老实话，这群乞丐，无益税收，有碍市容，所以难免不像捕捉野犬那样地被捉了去。饿死的饿死，老成凋谢，继起无人，于是乞丐一业逐渐衰微。

在乞丐的艺术还很发达的时候，有一个乞讨的妇人给我很深的印象。她的巡回的区域是在我们学校左边。她很知道争取青年，专以学生为对象。她看见一个学生远远地过来，她便在路旁立定，等到走近，便大喊一声“敬礼”，举手、注视，一切如仪。她不喊“爷爷”“奶奶”，她喊“校长”，她大概知道新的升官图上的晋升的层次。随后是她的申诉，其中主要的一点是她的一个老母，年纪是八十。她继续乞讨了五六年，老母还是八十。她很机警，她追随几步之后，若是觉得话不投机，她的申诉便戛然而止，不像某些文章那样啰唆。她若是得到一个铜板，她的申诉也戛然而止，像是先生听到下课铃声一般。这个人如果还活着，我相信她一定能编出更合时代潮流的一套新词。

我说乞丐是一种光荣的职业，并不含有鼓励懒惰的意思。乞丐并不是不劳而获的人，你看他晒得黧黑干瘦，跑得上气不接下气，何曾安逸。而且他取不伤廉，勉强维持他的灵魂与肉体不至涣散而已。他的乞食的手段不外两种：一是引人怜，一是讨人厌。他满口“祖宗”“奶奶”地乱叫，听者一旦发生错觉，自己的孝子贤孙居然沦落到这地步，恻隐之心就会油然而起。他若是背有瞎眼的老妈在你背后亦步亦趋，或是把畸形的腿露出来给你看，或是带着一窝的孩子环绕着你叫唤，或是在一块硬砖上稽颡在额上撞出一个大包，或是用一根草棍支着那有眼无珠的眼皮，或是像一个“人彘”

似的就地擦着，或者申说遭遇，比“舍弟江南死，家兄塞北亡”还要来得凄怆，那么你那磨得梆硬的心肠也许要露出一丝的怜悯。怜悯不能动人，他还有一套讨厌的办法。他满脸的鼻涕眼泪，你越厌烦，他挨得越近，看看随时都会贴上去的样子，这时你便会情愿出钱打发他走开，像捐款做一桩卫生事业一般。不管是引人怜或是讨人厌，不过只是略施狡狯，无伤大雅。他不会伤人，他不会犯法；从没有一个人想伤害一个乞丐，他的那一把骨头，不足以当尊臂，从没有一种法律要惩治乞丐，乞丐不肯触犯任何法律所以才成为乞丐。乞丐对社会无益，至少也是并无大害，顶多是有一点有碍观瞻，如有外人参观，稍稍避一下也就罢了。有人认为乞丐是社会的寄生虫，话并不错，不过在寄生虫这一门里，白胖的多的是，一时怕数不到他吧？

从没有听说过什么人与乞丐为友，因而亦流于乞丐。乞丐永远是被认为现世报的活标本。他的存在饶有教育意义。无论交友多么滥的人，交不到乞丐，乞丐自成为一个阶级，真正的“无产”阶级（除了那只沙锅），乞丐是人群外的一种人。他的生活之最优越处是自由：鹑衣百结，无拘无束，街头流浪，无签到请假之烦，只求免于冻馁，富贵于我如浮云。所以俗语说：“三年要饭，给知县都不干。”乞丐也有他的穷乐。我曾想象一群乞丐享用一只“花子鸡”的景况，我相信那必是一种极纯洁的快乐。Charles Lamb对于乞丐有这样的赞颂：

褴褛的衣衫，是贫穷的罪过，却是乞丐的袍褂，他的职业的优美的标志，他的财产，他的礼服，他公然出现于公共场所的服装。他永远不会过时，永远不追在时髦后面。他无须穿着宫廷的丧服。他什么颜色都穿，什么也不怕。他的服装比贵格教派[①]的人经过的变化还少。他是宇宙间唯一可以不拘外表的人。世间的变化与他无干。只有他屹然不动。股票与地产的价格不影响他。农业的或商业的繁荣也与他无涉，最多不过是给他换一批施主。他不必担心有人找他作保。没有人肯过问他的宗教或政治倾向。他是世界上唯一的自由人。

话虽如此，谁不到山穷水尽谁也不肯做这样的自由人。只有一向做神仙的，如李铁拐和济公之类，游戏人间的时候，才肯短期地化身为一个乞丐。

① 又称公谊会或教友派，兴起于17世纪中期。其特点是没有成文的信经和教义，始终具有神秘主义的特色。

暴发户

暴发户，外国也有，可叫作parvenu或nouveau riche，意为新贵新富。这一种人，有鲜明的特征，在人群中自成一格，令人一眼就可以辨认出来。旧戏里有一个小丑曾说过这样的一句话：“树小墙新画不古，此人必是内务府。”挖苦暴发户，入木三分。

内务府是前清的一个衙门，掌管大内的财务出纳，以及祭礼、宴飨、膳馐、衣服、赐予、刑罚、工作、教习，职务繁杂，组织庞大，下分七司三院，其长官名为总理大臣。凡能厕身其间者，无不被人艳羡，视为肥缺。“三年清知府，十万雪花银”，何况是给皇帝佬儿办总务？经手三分肥，内务府当差的几乎个个暴发。

人在暴发之后，第一桩事多半是求田问舍。锯木头，盖房子，叱咤立办；山节藻棁，玉砌雕栏，亦非难致。唯独想在庭院之中立即拥有三槐五柳，婆娑掩映于朱门绣户之间，则非人力财力所能立即实现。十年树木，还是保守的说法，十年过后也许几株龙柏可以不再需要木架扶持，也许那些七杈八杈韵味毫无的油加利猛蹿三两丈高，时间没有成熟之前，房子尽管富丽堂皇，堂前也只好放四盆石榴树，几窠夹竹桃，南墙脚摆几盆秋海棠。树，如果有，一定是小的。新盖的房子，墙也一定是新的，丹、青、赭、垩，光艳照人，还没来得及风雨剥蚀，还没来得及接受行人题名、顽童刻画、野狗遗溺。此之谓树小墙新。

暴发户对于室内装潢是相当考究的。进得门来，迎面少不得一个特大号的红地洒金的福字斗方，是倒挂着的，表示福到了。如果一排五个斗方当然更好，那是五福临门。室内灯饰，不比寻常。通常是八盏粗制滥造的仿古宫灯，因为楠木框花毛玻璃已不可得，象牙饰丝线穗更不必说。此外墙上、柱上、梁上、天花板上，还有无数的大大小小的电灯，甚至还有一串串的跑灯、霓虹灯，略似电视综艺节目之豪华场面。墙上也许还挂起一两幅政要亲笔题款的玉照，主人借以对客指点曰："某公厚我，某公厚我。"但是墙上没有画是不行的，乃斥巨资定绘牡丹图，牡丹是五色的，象征五福临门，未放的花苞要多，象征多子多孙，题曰："富贵满堂。"如果这一幅还不够，可再加一幅猫蝶图，或是一幅"鹤鹿同春"，鹤要红顶，鹿要梅花。总之是画不古，顶多也许有一张仇十洲的仕女或是郑板桥的墨竹，好像稍微为古一点点，但是谁愿说穿是真迹还是赝品？

新屋落成而不宴宾客，那简直是衣锦夜行。于是詹吉折简，大张盛筵，席开三桌，座位次序都经过审慎的考虑安排：中间一桌是政界，大小首长；右边一桌是商界，公司大亨；左边一桌只能算是"各界"，非官非商的一些闲杂人等。整套的银器出笼，也许是镀银，光亮耀眼，大型的器皿都是下有保温的热水屉，上有覆罩的碗盖。如果是鸡鸭，碗盖雕塑成鸡鸭形；如果是鱼，则成鱼形。碗足上、筷子上都刻有题字曰“某某自置”。一旁伺候的男女用人，全穿制服，白布长衫旗袍，领口、袖口、下摆还绲着红边。至于席上的珍馐，则淆旅重叠，燔炙满案。客人连声夸好，主人则忙不迭地说：“家常便饭，不成敬意。”

饭前饭后少不得要引导宾客参观新居，这是宴客的主要项目。先从客厅看起，长廊广庑，敞豁有容，中间是一块大地毯，主人说明是波斯制品，可是很明显的图案不像。几套皮垫大沙发之外，有一套远看像是楠木雕花长案、小几、太师椅之类的古老家具。长案之上有百古架、玉如意、百鹿敦、金钟、玉磬，挤得密密杂杂。小几前面居然还有蓝花白瓷的痰盂。旁边可能有一大箱热带鱼，另一边可能有大型立体音响。至于电视机，那就一定不止一台了。寝室里四壁至少有两面全是镜子，花灯照耀之下，有如置身水晶宫中。高广大床，锦帱绣帐，松软的弹簧床垫像是一大块天使蛋糕。浴缸则像是小型游泳池。书房也有一间，几净窗明，文房四宝罗列井然。书柜里有廿五史、百科全书，以及六法全书，一律布面烫金，金光熠熠。后院有温室一间，里面挂着几盆刚开败了的洋兰。众宾客参观完毕，啧啧称赞，可是其中也有一位冷冷地低声地说：“这全是邓闲之功！”人问其语出何典，他说：“不记得《水浒传》王婆贪贿说风情，有所谓五字诀么？”众皆粲然，主人也似懂非懂地跟着大家哈、哈、哈。

主人在仰着头打哈哈的时候，脖梗子上明显地露出三道厚厚的肥肉折叠起来的沟痕。大腹便便，虽不至“垂腴尺余”，也够瞧老大半天。“乐然后笑”，心里欢畅，自然就面团团，不时地辗然而笑。常言道："人非横财不富，马无夜草不肥。"横财自何处来？没有人事前知道，只能说是逼人而来，说得玄虚一点便是自来处来。不过事后分析，也可找出一些蛛丝马迹，不会没有因缘。大抵其人投机冒险，而又遭逢时会，遂令竖子暴发。"君子之泽，五世而斩。"暴发户呢？其兴也暴，很可能"眼看他起高楼，眼看他宴宾客，眼看他楼塌了"！

医生

医生是一种神圣的职业，因为他能解除人的痛苦，着手成春。有一个人，有点老毛病，常常发作，闹得死去活来，只要一听说延医，病就先去了八分，等到医生来到，霍然而愈，试脉搏听心跳完全正常，医生只好愕然而退，延医的人真希望病人的痛苦稍延长些时。这是未着手就已成春的一例，可是医生一不小心，或是虽已小心而仍然错误，他随时也有机会减短人的寿命。据说庸医的药方可以辟鬼，比钟馗的像还灵，胆小的夜行人举着一张药方就可以通行无阻，因为鬼中有不少生前吃过那样药方的亏的，死后还是望而生畏。医生以济世活人为职志，事实上是掌握着生杀的大权的。

说也奇怪，在舞台上医生大概总是由丑角扮演的。看过“老黄请医”的人总还记得那个医生的脸上是涂着一块粉的。在外国也是一样，在莫里哀或是拉毕施的笔下，医生也是令人啼笑皆非的人物。为什么医生这样的不受人尊敬呢？我常常纳闷。

大概人在健康的时候，总把医药看作不祥之物，就是有点头昏脑热，也并不慌，保国粹者喝午时茶，通洋务者服阿斯匹林，然后蒙头大睡，一汗而愈。谁也不愿常和医生交买卖。一旦病势转剧，伏枕哀鸣，深为造物小儿所苦，这时候就不能再忘记医生了。记得小时候家里延医，大驾一到，家人真是倒屣相迎，请入上座，奉茶献烟，环列伺候，毕恭毕敬，医生高踞上座并不谦让，吸过几十筒水烟，品过几盏茶，谈过了天气，叙过了家常，抱怨过了病家之多，此后才能开始他那一套望闻问切君臣佐使。再倒茶，再装烟，再扯几句淡话（这时节可别忘了偷偷地把“马钱”送交给车夫），然后恭送如仪。我觉得那威风不小。可是奉若神明也只限于这一短短的时期，一俟病人霍然，医生也就被丢在一旁。至于登报鸣谢悬牌挂匾的事，我总怀疑究竟是何方主使，我想事前总有一个协定。有一个病人住医院，一只脚已经伸进了棺木，在病人看来这是一件至关重要的事，在医生看来这是常见的事，老实说医生心里也是很着急的，他不能露出着急的样子，病人的着急是不能隐藏的，于是许愿说如果病瘳要捐赠医院若干若干，等到病愈出院早把愿心抛到九霄云外，医生追问他时，他说：“我真说过这样的话吗？你看，我当时病得多厉害！”大概病人对医生没有多少好感，不病时以医生为不祥，既病则不能不委曲逢迎他，病好了，就把他一脚踢开，人是这样忘恩负义的一种动物，有几个人能像Androclus遇见的那只狮子[①]？所以

---

① 此处指一个民间传说故事。安德鲁克里斯(Androclus)是一个奴隶，为了逃离奴隶主躲入一个笼子，笼子中有一只脚掌被刺扎入的狮子，安德鲁克里斯帮狮子拔出了刺并照顾它。后来奴隶主抓住了安德鲁克里斯，判他在罗马的斗兽场中被猛兽吞食，而这只猛兽恰巧是他帮助过的那只狮子，狮子表现出了对安德鲁克里斯的感激之情。最终安德鲁克里斯和狮子都被释放，安德鲁克里斯成了狮子的主人。

医生以丑角的姿态在舞台上出现，正好替观众发泄那平时不便表示的积愤。

可是医生那一方面也有许多别扭的地方。他若是登广告，和颜悦色地招徕主顾，立刻有人要挖苦他：“你们要找庸医么，打开报纸一看便是。”所以他被迫采取一种防御姿势，要相当地傲岸。尽管门口鬼多人少，也得做出忙的样子。请他去看病，他不能去得太早，要等你三催六请，像大旱后之云霓一般而出现。没法子，忙。你若是登门求治，挂号的号码总是第九十几号，虽然不至于拉上自己的太太小姐，坐在候诊室里来壮声势，总得摆出一种排场，令你觉得他忙，忙得不能和你多说一句话。好像是算命先生如果要细批流年须要卦金另议一般。不过也不能一概而论，医生也有健谈的，病人尽管愁眉苦脸，他能谈笑风生。我还知道一些工于应酬的医生，在行医之前，先实行一套相法，把病人的身份打量一番，对什么样的人说什么样的话。明明是西医，他对一位老太婆也会说一套阴阳五行的伤寒论，对于愿留全尸的人他不坚持打针，对于怕伤元气的人他不用泻药。明明地不知病原所在，他也得撰出一篇相当的脉案的说明，不能说不知道，“你不知道就是你没有本事”，说错了病原总比说不出病原令出诊费的人觉得不冤枉些。大概发烧即是火，咳嗽就是风寒，有痰就是肺热，腰疼即是肾亏，大致总没有错。摸不清病原也要下药，医生不开方就不是医生，好在符箓一般的药方也不容易被病人辨认出来。因为这种种情形的逼迫，医生不能不有一本生意经。

生意经最精的是兼营药业，诊所附设药房，开了方子立刻配药，几十个瓶子配来配去变化无穷，最大的成本是那盛药水的小瓶，收费言无二价。出诊的医生随身带着百宝箱，灵丹妙药一应俱全，更方便，连药剂师都自兼了。

天下是有不讲理的人，“医生治病不治命”，但是打医生摘匾的事却也常有。所以话要说在前头，芝麻大的病也要说得如火如荼不可轻视，病好了是他的功劳，病死了怪不得人。如果真的疑难大症撞上门来，第一步先得说明来治太晚，第二步要模棱地说如果不生变化可保无虞。第三步是姑投以某某药剂以观后果，第四步是敬谢不敏另请高明，或是更漂亮地给介绍到某某医院，其诀曰：“推。”

我并不责难医生。我觉得医生里面固然庸医不少，可是病人里面浑虫也很多。有什么样子的病人就有什么样的医生，天造地设。

客

“只有上帝和野兽才喜欢孤独。”上帝吾不得而知之，至于野兽，则据说成群结党者多，真正孤独者少。我们凡人，如果身心健全，大概没有不好客的。以欢喜幽独著名的Thoreau[①]，他在树林里也给来客安排得舒舒贴贴。我常幻想着“风雨故人来”的境界，在风飒飒雨霏霏的时候，心情枯寂百无聊赖，忽然有客款扉，把握言欢，莫逆于心，来客不必如何风雅，但至少第一不谈物价升降，第二不谈宦海浮沉，第三不劝我保险，第四不劝我信教，乘兴而来，兴尽即返，这真是人生一乐。但是我们为客所苦的时候也颇不少。

很少的人家有门房，更少的人家有拒人千里之外的阍者，门禁既不森严，来客当然无阻，所以私人居处，等于日夜开放。有时主人方在厕上，客人已经升堂入室，回避不及，应接无术，主人鞠躬如也，客人呆若木鸡。有时主人方在用饭，而高轩贲止，便不能不效周公之“一饭三吐哺”，但是来客并无归心，只好等送客出门之后再补充些残羹剩饭，有时主人已经就枕，而不能不倒屣相迎。一

① 亨利·大卫·梭罗（Henry David Thoreau），美国作家，著有《瓦尔登湖》等。

天二十四小时之内，不知客人何时入侵，主动在客，防不胜防。

在西洋所谓客者是很稀罕的东西。因为他们办公有办公的地点，娱乐有娱乐的场所，住家专做住家之用。我们的风俗稍微不同一些。办公打牌吃茶聊天都可以在人家的客厅里随时举行的。主人既不能在座位上遍置针毡，客人便常有如归之乐。从前官场习惯，有所谓端茶送客之说，主人觉得客人应该告退的时候，便举起盖碗请茶，那时节一位训练有素的豪仆在旁一眼瞥见，便大叫一声："送客！"另有人把门帘高高打起，客人除了告辞之外，别无他法。可惜这种经济时间的良好习俗，今已不复存在，而且这种办法也只限于官场，如果我在我的小小客厅之内端起茶碗，由荆妻稚子在旁嘤然一声"送客"，我想客人会要疑心我一家都发疯了。

客人久坐不去，驱禳至为不易。如果你枯坐不语，他也许发表长篇独白，像个垃圾口袋一样，一碰就泄出一大堆，也许一根一根的纸烟不断地吸着，静听挂钟滴答滴答地响。如果你暗示你有事要走，他也许表示愿意陪你一道走。如果你问他有无其他的事情见教，他也许干脆告诉你来此只为闲聊天。如果你表示正在为了什么事情忙，他会劝你多休息一下。如果你一遍一遍地给他斟茶，他也许就一碗一碗地喝下去而连声说"主人别客气"，乡间迷信，恶客盘踞不去时，家人可在门后置一扫帚，用针频频刺之，客人便会觉得有刺股之痛，坐立不安而去。此法有人曾经实验，据云无效。

"茶，泡茶，泡好茶；坐，请坐，请上座。"出家人犹如此势利，在家人更可想而知。但是为了常遭客灾的主人设想，茶与座二者常常因客而异，盖亦有说。夙好牛饮之客，自不便奉以"水仙”“云雾”，而精研茶经之士，又断不肯尝试那“高末”“茶砖”。茶卤加开水，浑浑满满一大盅，上面泛着白沫如啤酒；或漂着油彩如汽油，这固然令人恶心，但是如果名茶一盏，而客人并不欣赏，轻咂一口，盅缘上并不留下芬芳，留之无用，弃之可惜，这也是非常讨厌之事。所以客人常被分为若干流品，有能启用平素主人自己舍不得饮用的好茶者；有能享受主人自己日常享受的中上茶者；有能大量取用茶卤冲开水者，飨以“玻璃”者是为未入流。至于座处，自以直入主人的书房绣闼者为上宾，因为屋内零星物件必定甚多，而主人略无防闲之意，于亲密之中尚含有若干敬意，做客至此，毫无遗憾；次焉者廊前檐下随处接见，所谓班荆道故，了无痕迹；最下者则肃入客厅，屋内只有桌椅板凳，别无长物，主人着长袍而出，寒暄就座，主客均客气之至。在厨房后门伫立而谈者是为未入流。我想此种差别待遇，是无可如何之事，我不相信孟尝门客三千而待遇平等。

人是永远不知足的。无客时嫌岑寂，有客时嫌烦嚣，客走后扫地抹桌又另有一番冷落空虚之感，问题的症结全在于客的素质，如果素质好，则未来时想他来，既来了想他不走，既走想他再来；如果素质不好，未来时怕他来，既来了怕他不走，既走怕他再来。虽说物以类聚，但不速之客甚难预防。“夜半待客客不至，闲敲棋子落灯花”，那种境界我觉得最足令人低回。

挤

我最怕到公众的地方去，因为我怕挤。买火车票的时候，你就是不想挤，别人能把你挤进去，能把你挤得两脚离地一尺多高。买邮票的时候，会有十几只胳臂从你的头上、肩上、嘴巴下、腋肘下伸过来。你下电车的时候，会常有愣头愣脑的人逆水行舟似的往里撞，撞了你的鼻尖，他还怪你碍他的事。总之，有人的地方就要挤。挤是个人的自由，神圣不可侵犯的；被挤是中国国民的义务，不可幸免的。并且要挤大家挤，挤是一种民众运动，没有贵贱老幼之别。至于没有力量挤的人，根本就是老朽分子，不配生在革命的时代。

据到过帝国主义国邦的人说，帝国主义者却不爱挤，他们买车票的时候，或其他人多杂乱的地方，往往自动地排成一长列，先来者居首，后来者殿后，按序递进，鱼贯而行。他们的这种办法，还是没有我们的好，我们中国的办法有多么热闹，何等的率真！如其我们要学他们的办法，也要从下一代学起，我们这辈的中年人，骨头都长成了，要改也改不了！

狗

《五代史·四夷附录》："狗国，人身狗首，长毛不衣，手搏猛兽，语为犬嗥。其妻皆人，能汉语，生男为狗，女为人，自相婚嫁。穴居食生，而妻女人食。"语出正史，不相信也只好姑妄听之。我倒是希望在什么地方真有这么一个古国，让我们前去观光。妻女能汉语，对观光客便利不少。人身狗首，虽然不及人面狮身那样的雄奇，也算另一种上帝的杰作，我们不可怀有种族偏见，何况在我们人群中，獐头鼠目而昂首上骧者也比比皆是。可惜史籍记载太欠详尽，使人无从问津。

我们的人口膨胀，狗的繁殖好像也很快。我从前在清晨时分曳杖街头，偶然看见一两只癞狗在人家门前蜷卧，或是在垃圾箱里从事发掘，我走我的路，各不相扰。如今则不然，常常遇见又高又大的狼犬，有时气咻咻地伸着大舌头从我背后赶来，原来是狗主人在训练它捡取东西。也常常遇到大耳披头的小猎犬，到小腿边嗅一下摇头晃脑而去。更常看到三五只土狗在街心乱窜，是相扑为戏，还是争风动武，我也无从知道，遇到这样的场面我只好退避三舍绕道而行。

不要以为我极不喜欢狗。马克·吐温说过，“狗与人不同。一只丧家犬，你把它迎到家里，喂它，喂得它生出一层亮晶晶的新毛，它以后不会咬你”。我相信，所谓义犬，古今中外皆有之。《搜神记》记载着一桩义犬救主的故事；明人戏曲也有过一篇《义犬记》。养狗不一定望报，单看它默默地厮守着你的样子，就觉得它是可人。树倒猢狲散，猢狲与人同属于灵长类，树倒焉有不散之理；狗则不嫌家贫，它知道恋旧。不过狗咬主人的事也不是没有发生过。那是狗患了恐水病，它咬了别人，也咬了主人，它自己是不负责任的，犹之乎一个“心神丧失”的儿子杀死爸爸也会被判为无罪一样（不过疯犬本身必无生理，无论有罪无罪，都不能再俯仰天地之间而克享天年）。印度外道戒，有一种狗戒，要人过狗一般的生活，真个的吃人粪便，《大智度论》批评说：“如是等戒，智所不赞，痛苦无善报。”其实狗也有它的长处，大有值得我们人效法者在，吃粪是大可不必的，纵然二十四孝里也列为一项孝行。

狗与人类打交道，由来已久。周有犬人，汉有狗监，都是帝王近侍，可见在犬马声色之娱中间老早就占了重要的地位。犬为六畜之一，孟子说：“鸡豚狗彘之畜，无失其时，七十者可以食肉矣。”老人有吃狗肉的权利，聂政屠狗养亲，没有人说他的不是。许多人不吃香肉，想想狗所吃的东西便很难欣赏狗肉之甘脆。我不相信及时进补之说，虽然那些先天不足后天亏损的人是很值得同情的。但是有人说吃狗肉是虐待动物，是野蛮行为，这种说法就很令人惊异。《三字经》是近来有人提倡读的，里面就说“马牛羊，鸡犬豕，此六畜，人所饲”，人饲了它是为了什么？历来许多地方小规模的祭祀，不用太牢，便用狗。何以单单杀狗便是野蛮？法国人吃大蜗牛，无害于他们的文明。我看见过广州菜市场上的菜狗，胖胖嘟嘟的，一笼一笼的，虽然不是喂罐头长大的，想来绝不会经常服用“人中黄”，清洁又好像不成问题。

狗的数目日增，也许是一件好事。“狗吠深巷中，鸡鸣桑树颠”，鸡犬之声相闻，是农村不可或缺的一种点缀。都市里的狗又是一番气象，真是“鸡鸣天上，犬吠云中”，身价不同。我清晨散步时所遇见的狗，大部分都系出名门，而且所受的都是新式的自由的教育，横冲直撞，为所欲为。电线杆子本来天生地宜于贴标语，狗当然不肯放过在这上面做标志的机会。有些狗脖子上挂着牌子，表示它已纳过税，纳过税当然就有使用大街小巷的权利，也许其中还包含随地便溺的自由。我听一些犬人、狗监一类的人士说，早晨放狗，目的之一便是让它在自己家门之外排泄。想想我们人类也颇常有“脚向墙头八字开”的时候，于狗又何尤？说实在话，狗主人也偶尔有几个思想顽固的，居然给狗戴上口罩，使得它虽欲“在人腿上吃饭”而不可得，或是系上一根皮带加以遥远控制。不过这种反常的情形是很少有的，通常是放狗自由，如入无人之境。

门上“内有恶犬”的警告牌示已少见。将来代之而兴的可能是“内无恶犬”。警告牌少见的缘故之一是其必需性业已消失。黑鼻尖黑嘴圈的狼狗，脸上七棱八瓣的牛头狗，尖嘴白毛的狐狸狗，都常在门底下露出一部分嘴脸，那已经发生够多的吓阻力量。朱门蓬户，都各有其身份相当的狗居住其间。如果狗都关在门内，主人豢之饲之爱之宠之，与人无涉；如果放它出门，而没有任何防范，则一旦咬人固是小事一端，它自己却也有香肉店寻得归宿的可能。屠宰名犬进补，实在杀风景，可是这责任不该由香肉店负。

求雨

一九八三年九月二十五日报纸，桃园县“新屋观音两乡农民跪行祈雨六个小时”。仪式很隆重。上午八点不到，穿麻衣的两乡乡长、水利站长、村长代表等十余人，以及一千余名农友，齐集观音乡保生村溥济宫前，向保生大帝表明求祝的意旨后，转往茄冬溪进行“赤手摸鱼”。如摸得鲫鱼则求雨得雨，如摸得虾则求雨无雨，神亦莫能助。摸了二十分钟果然得鲫。众大欢喜。于是一路跪拜返回溥济宫，宣读求雨的祷告文。随后就“出祈”，一路跪拜，沿公路到新屋乡的北湖村，三步一拜，五步一跪，到北湖村后折返，一路大喊“求天降下雨”，返抵溥济宫已过下午四时。

天久不雨是一件大事。《春秋》就不断地有记载，例如文公二年“自十有二月不雨，至于秋七月”，半年多不下雨，当然很严重。《水浒传》里的一首山歌：“赤日炎炎似火烧，野田禾稻半枯焦，农夫心内如汤煮，公子王孙把扇摇。”其实我们靠天吃饭，果真大旱，把扇摇也不能当饭吃。

求雨之事，古已有之。旱而求雨之大祭曰雩。《公羊传·桓公五年》：“大雩者何，旱祭也。”何休注：“雩，请雨祭名。君亲之南郊，以六事谢过自责曰：‘政不一与？民失职与？宫室崇与？妇谒盛与？苞苴行与？雩夫倡与？’使童女各八人，舞而呼雩，故谓之雩。”旱祭之时，君王谢过自责，虽然是一种虚文，究竟是负责知耻的表现，并不以灾祸完全诿之于天。天灾人祸是两件事，藉天灾而反躬自省，不也很好么？

“东山霖雨西山晴”，雨究竟是地方的事，所以求雨也不能专靠君王。《札记·月令》：仲夏之月，“命有司为民祈祀山川百源，大雩帝，用盛乐。乃命百县，雩祀百辟卿士有益于民者，以祈谷实”。这就是要地方官主持雩祭求雨，不但要祭上帝，还要祭造福地方的先贤。多烧香，多磕头，总没有错。下雨不下雨，究竟归谁管，实在说不清楚。桃园县农民请雨，祭的是“保生大帝”，我不晓得他是何方神圣。大概是一位保境安民的地方神吧。不知他是能直接命令雷公电母兴云作雨，还是要转呈层峰上达天庭做最后的核夺。

无论如何，桃园县这两乡的官民人等实在很聪明，在“出祈”之前，先在一条溪里做赤手摸鱼的测验，测验一下天公到底肯不肯下雨。测得相当把握之后，再三步一拜五步一跪地往返祈雨。“杀头的生意有人做，亏本的生意没人做。”若无相当把握，谁肯冒冒失失地就跪拜起来？那岂不是成了亏本生意？不过他们百密一疏，他们似乎没想到摸鱼测验的方法未必可靠。摸到鱼，还是不下雨，怎么办？三步一拜，五步一跪，往返八公里，耗时六小时，这种自虐性的运动不简单。不信，你试试看。人不到情急，谁愿出此下策？这是苦肉计，希望以虔诚的表示来感动上苍。

天旱，又好像不是有好生之德的上帝的意思。《诗·大雅·云汉》："旱魃为虐。"疏："神异经云，南方有人，长二三尺，袒身，而目在顶上，走行如风，名曰魃，所见之国大旱，赤地千里。一名旱母。"旱神简直是个小妖精。目在顶上，所以目中无人。顶上三尺有青天，所以他也许还知道畏上帝。所以我们求雨来对付他。

唐段成式《酉阳杂俎》："太原郡东有崖山。天旱士人常绕此山以求雨。俗传：崖山神娶河伯女，故河伯见火，必降雨救之。"绕山求雨是合于"祈祀山川百源"的古礼，但河伯是水神不知何时和崖山神扯上一门亲事，遂能腾云致雨？天神好像也会徇私。

《春秋左传·僖公二十一年》："夏大旱，公欲焚巫尪，臧文仲曰：'非旱备也。修城郭，贬食，省用，务穑，劝分，此其务也。巫尪何为？'"女巫据说能兴妖作怪，呼风唤雨，当然也能制造大旱，所以僖公要烧死她，这使我们联想到两千二百多年后的一五八九年苏格兰王哲姆斯一世之为了海上遇风而大战巫婆的一幕。鲁大夫臧文仲说的话颇近于我们所谓兴水利筑水库的一套办法，两千六百多年前我们就有明白人。

神也有时候吃硬不吃软。只有红萝卜而不用棍子是不行的。我记得从前有人求雨，久而无效，乡人就把城隍爷的神像搬出来，褫其衣冠，抬着他在骄阳之下游街，让他自己也尝尝久旱不雨的滋味。据说若是仍然无效，辄鞭其股以为惩。软硬兼施之后，很可能就有雨。

说老实话，久旱之后必定会有雨，久雨之后也必定会天晴。这是自然之道，与求不求没有关系。如今我们有人造雨，虽然功效很有限，可是我们知道水利，可使大旱不致成为大灾。现在沙漠里也可以种菜了。于今之世，而仍三步一拜五步一跪地去求雨，令人不无时代错误之感。可是我们也不能以愚民迷信而一笔抹杀之，因为据报载，桃园求雨之役有“×××及准备竞选的政大副教授×××师大教授×××等，昨天也都到场跪拜求雨”。这几位无论如何不能列为愚民一类。他们双膝落地，所为何来？

痰盂

有许多从前常见的东西，现在难得一见，痰盂即是其中之一。也许是我所见不广，似乎别国现在已无此种器皿。这一项我国固有文物，于今也式微了。

记得小时候，家里每间房屋至少要有痰盂一具。尤其是，两把太师椅中间夹着一个小茶几。几前必有一个痰盂。其形状大抵颇似台北故宫博物院所藏宋瓷汝窑青奉华尊。分三个阶段，上段是敞开的撇口，中段是容痰的腹部，圆圆凸凸的，下段是支座。大小不一，顶大的痰盂高达二尺，腹部直径在一尺开外，小一点的西瓜都可以放进去。也有两层的，腹部着地，没有支座。更简陋的是浅浅的一个盆子就地擦，上面加一个中间陷带孔的盖子。瓷的当然最好，一般用的是搪瓷货。每天早晨清理房屋，倒痰盂是第一桩事。因为其中不仅有痰，举凡烟蒂、茶根、漱口水、果皮、瓜子皮、纸屑，都兼容并蓄，甚至有时也权充老幼咸宜的卫生设备。痰盂是比较小型的垃圾桶，每屋一具，多方便！有人还嫌不够方便，另备一种可以捧的小型痰盂，考究的是景泰蓝制的，普及的是锡制的，圆腹平底，而细颈撇口，放在枕边座右，无倾覆之虞，有随侍之效。

我们中国人的体格好像是异于洋人，痰特多。洋人不是不吐痰，因为洋人也有气管与支气管，其中黏膜也难免有分泌物，其名亦为痰，他们有了痰之后也会吐了出来，难道都咳到了口中再从食管里咽下去？不过他们没有普设的痰盂，痰无处吐。他们觉得明目张胆地吐在地上不太妥当，于是大都利用手帕，大概是谁也不愿洗那样的手帕，于是又改换用了就丢的纸巾，那纸巾用过之后又如何处理，是塞进烟灰缸里还是放进衣袋归遗细菌，那就各随各便了。

记得老舍有一短篇小说《火车》，好像是提到坐头等车的客人往往有一种惊人的态势，进得头等车厢就能“吭”的一声把一口黏痰从气管里咳到喉头，然后“咔”的一声把那口痰送到嘴里，再“啐”的一声把那口痰直吐在地毯上。“吭咔啐”这一笔确是写实，凭想象是不容易编造出来的。地毯上不是没有痰盂，但要视若无睹，才显出气派。我曾亲眼看见过一对夫妇赴宴，饭后在客厅落座，这位先生大概是湿热风寒不得其正，一口大痰涌上喉来，咔的一声含在嘴里，左顾右盼，想要找一个痰盂而不可得，俨然是一副内急的样子，又缺乏老舍所描写的头等火车客人那样的洒脱，真是狼狈至极。忽地他福至心灵，走到他夫人面前，取过她的圆罐形的小提包，打开之后，啐的一声把一口浓痰不偏不倚地吐在小提包里，然后把皮包照旧关好，扬长而去。这件事以后有无下文，不得而知。当时在座的人都面面相觑，他夫人脸上则一块红一块紫。其实这件事也还不算太不卫生。我记不得是哪一部笔记，记载着一位最会歌功颂德而且善体人意的宦官内侍，听得圣上一声咳嗽，赶快一个箭步，蹿到御前，跪下来仰头张嘴，恭候圣上御啐在他的口里，时人称为肉痰盂。

明朝医学家张介宾作《景岳全书》，对于痰颇有妙论。“痰，即人之津液，无非水谷之所化。此痰亦既化之物，而非不化之属也。但化得其正，则形体强荣卫充。而痰涎本皆血气，若化失其正，则脏腑病，津液散，而血气即成痰涎，此亦犹乱世之盗贼，何孰非治世之良民？但盗贼之兴，必由国运之病，而痰涎之作，必由元气之病。……盖痰涎之化，本因水谷，使果脾强胃健如少壮者流，则随食随化，皆成血气，焉得留而为痰？唯其不能尽化，而十留一二，则一二为痰矣，十留三四，则三四为痰矣，甚至留其七八，则但见血气日消，而痰涎日多矣。”这一段话说得很动听，只是“血气”“元气”等语稍为玄妙一些。国人多痰，原来是元气不足。昔人咏雪有句：“一夜北风寒，天公大吐痰，旭日东方起，一服化痰丸。”这位诗人可谓能究天人之际了。

化痰丸有无功效，吾不得而知，唯随地吐痰罚金六百之禁令迄未生效，则是尽人皆知之事。多少人好像是仍患有痰谜，心窍之症。在缅怀痰盂时代已成过去之际，前几年忽然看到一张照片，眼睛为之一亮。那是美国总统尼克松访问大陆那一年在居仁堂被召见时的一张官式留影，主客二人，中间赫然矗立着一具相当壮观的痰盂！痰盂未被列入旧物之列而被破除。真可说是异数了。

病

鲁迅曾幻想到吐半口血扶两个丫鬟到阶前看秋海棠，以为那是雅事。其实天下雅事尽多，唯有生病不能算雅。没有福分扶丫鬟看秋海棠的人，当然觉得那是可羡的，但是加上“吐半口血”这样一个条件，那可羡的情形也就不怎样可羡，似乎还不如独自一个硬硬朗朗到菜圃看一畦萝卜白菜。

最近看见有人写文章，女人怀孕写作“生理变态”，我觉得这人倒有点“心理变态”。病才是生理变态。病人的一张脸就够瞧的，有的黄得像讣闻纸，有的青得像新出土的古铜器，比髑髅多一张皮，比面具多几个眨眼。病是变态，由活人变成死人的一条必经之路。因为病是变态，所以病是丑的。西子捧心蹙颦，人以为美，我想这也是私人癖好，想想海上还有逐臭之夫，这也就不足为奇。

我由于一场病，在医院住了很久。我觉得我们中国人最不适宜于住医院。在不病的时候，每个人在家里都可以做土皇帝，佣仆不消说是用钱雇来的奴隶，妻子只是供膳宿的奴隶，父母是志愿的奴隶，平日养尊处优惯了，一旦他老人家欠安违和，抬进医院，恨不得把整个的家（连厨房在内）都搬进去！病人到了医院，就好像是到了自己的别墅似的，忽而买西瓜，忽而冲藕粉，忽而打洗脸水，忽而灌暖水壶。与其说医院家庭化，毋宁说医院旅馆化，最像旅馆的一点，便是人声嘈杂，四号病人快要咽气，这并不妨碍五号病房的客人的高谈阔论；六号病人刚吞下两包安眠药，这也不能阻止七号病房里扯着嗓子喊黄嫂。医院是生与死的决斗场，呻吟号啕以及欢呼叫嚣之声，当然都是人情之所不能已，圣人弗禁。所苦者是把医院当作养病之所的人。

但是有一次我对于我隔壁房所发的声音，是能加以原谅的。是夜半，是女人声音，先是摇铃随后是喊“小姐”，然后一声铃间一声喊，由原板到流水板，愈来愈促，愈来愈高，我想医院里的人除了住了太平间的之外大概谁都听到了，然而没有人送给她所要用的那件东西。呼声渐变成号声，情急渐变成衷恳，等到那件东西等因奉此地辗转送到时，已经过了时效，不复成为有用的了。

旧式讣闻喜用“寿终正寝”字样，不是没有道理的。在家里养病，除了病不容易治好之外，不会为病以外的事情着急。如果病重不治必须寿终，则寿终正寝是值得提出来傲人的一件事，表示死者死得舒服。

人在大病时，人生观都要改变。我在奄奄一息的时候，就感觉得人生无常，对一切不免要多加一些宽恕，例如对于一个冒领米贴的人，平时绝不稍予假借，但在自己连打几次强心针之后，再看着那个人贸贸然来，也就不禁心软，认为他究竟也还可以算作一个圆颅方趾的人。鲁迅死前遗言“不饶恕，也不求人饶恕”。那种态度当然也可备一格。不似鲁迅那般伟大的人，便在体力不济时和人类容易妥协。我僵卧了许多天之后，看着每个人都有人性，觉得这世界还是可留恋的。不过我在体温脉搏都快恢复正常时，又故态复萌，眼睛里揉不进沙子了。

弱者才需要同情，同情要在人弱时施给，才能容易使人认识那份同情，一个人病得吃东西都需要喂的时候，如果有人来探视，那一点同情就像甘露滴在干土上一般，立刻被吸收了进去。病人会觉得人类当中彼此还有联系，人对人究竟比兽对人要温和得多。不过探视病人是一种艺术，和新闻记者的访问不同，和吊丧又不同，我最近一次病，病情相当曲折，叙述起来要半小时，如用欧化语体来说半小时还不够。而来看我的人是如此诚恳，问起我的病状便不能不详为报告，而讲述到三十次以上时，便感觉像一位老教授年年在讲台上开话匣片子那样单调而且惭愧。我的办法是，对于远路来的人我讲得要稍为扩大一些，而且要强调病的危险，为的是叫他感觉此行不虚，不使过于失望。对于邻近的朋友们则不免一切从简诸希矜宥！有些异常热心的人，如果不给我一点什么帮助，一定不肯走开，即使走开也一定不会愉快，我为使他愉快起见，口虽不渴也要请他倒过一杯水来，自己做“扶起娇无力”状。有些道貌岸然的朋友，看见我就要脱离苦海，不免悟出许多佛门大道理，脸上愈发严重，一言不发，愁眉苦脸，对于这朋友我将来特别要借重，因为我想他于探病之外还适于守尸。

偏方

一位酱油公司的老板，患有风湿和糖尿的病症，听信日本人的偏方，大吃螺肉寿司，结果全家五口染上病毒，并且殃及友人和司机。目前已有两位不治！老板本人尚在病榻上挣扎，其夫人已有一目失明（后来还是死了）。病从口入，没有什么稀奇，想不到有人会生吃螺肉，蘸上一点芥末硬往口里塞。

何谓偏方？凡非正式医师所开之非正常的药方，或非正常的治疗方法，皆是偏方。医师本无包治百病的能力，许多病症不是药石所能奏效的。病家情急乱投医，仍然不见起色，往往就会采纳热心而又好事的人所献的偏方。姑且一试，死马当活马医。而且偏方所用药物多属寻常习见，性非酷烈，所以大概是有益无损。毛病就常出在这有益无损上。

自从燧人氏钻木取火，我们老早就脱离了茹毛饮血的阶段而知道熟食，奈何隔了数千年仍不能忘情于吃生鱼、生虾、生蟹、生螺。说吃生螺能治风湿糖尿，如果有医学的根据，至少应该注意到其中有无寄生的虫类。何况风湿糖尿现在尚无“根治”的方法，一个偏方就能治病，天下有此等便宜事！笔者患糖尿久矣，风湿亦时常发作。针灸对于神经系统的疾病确有或多或少的功效，有理论、有实验，不算是偏方。糖尿在我们中国有悠久历史，自从文园病渴，迄今好几千年，实际上没有方法可以根治。凡是说可以根治的，都是不负责的夸张语。至于偏方更是无稽之谈了。有一位素不相识的人，远道辱书，附带寄来一包药草，据他说是母亲亲自上山采集的药草，专治糖尿。这一包无名的药草，黑不溜秋，半干半软，叫我如何敢于煎服下肚？我只好复书道谢，由衷地道谢。又有一位熟识的朋友，膀大腰圆，一棒子打不倒，自称是偏方专家，可以活到一百二十岁（结果打了六折），听说我患糖尿，便苦口婆心地劝我煎玉蜀黍须，代茶饮，七七四十九天，就会霍然而愈。看我迟迟没有照办，便自己弄来一大包玉蜀黍须送上门，逼我立刻煎汤，看着我咕嘟咕嘟地喝下一大碗，他才扬长而去。玉蜀黍须做汤，甜滋滋的，喝下去真真是有益无损，但是与糖尿似乎是风马牛。

有些偏方实在偏得厉害，匪夷所思。匐行疹是一种皮肤病，患者腰际神经末梢发炎，生出一串的疱疹，有时左右各一串，形似合围之势，极为痛疼。西医无法处理，只能略施镇定解痛之剂，俟其自行复原。此地中医某，有秘方调制药粉，取空心菜（即瓮菜）砸成泥，加入药粉混拌，有奇效。但是又流行一个偏方，就离奇得可笑了，其法是以毛笔蘸雄黄酒，沿着患处写一行字：“斩白蛇，起帝业，高祖在此。”匐行疹俗名转腰龙，龙蛇本相近，汉高祖是赤帝子，赤帝子斩白帝子，一物降一物。雄黄为五毒药之一，蛇为五毒虫之一，以毒攻毒，自然攻无不克，无知的人听起来好像入情入理！

某公得怪病，食不下咽，睡不得安，面黄肌瘦，形容枯槁，摇摇晃晃，气若游丝。服用维他命，注射荷尔蒙，投以牛黄清心丸，猛进十全大补汤，都不见效。不知他从哪里搜得偏方，吃产妇刚刚排出的胞衣，越新鲜的越好（中药“紫河车”是干燥过的胎盘，药力差）。于是奔走于妇产科医院，每天都能如愿以偿，或清炖，或红烧，变着花样享用，滋味如何只有他自己知道。说也奇怪，吃了三十多个胞衣之后，病乃大瘥。究竟其间有无因果关系，谁知道。任何病症，不外三种结果，一个是不药而愈，一个是药到病除，一个是医药罔效。胞衣这个偏方有无功效，待考。

记不得是治什么病的一个偏方，喝童子便。最好是趁热喝。按：人的排泄物列入本草的有“人中黄”“人中白”二味。《本草·人屎》：“腊月截淡竹，去青皮，浸渗取汁，治天行热疾中毒，名粪清。浸皂荚甘蔗，治天行热疾，名人中黄。”《本草·溺白垽》：“滓淀为垽，此乃人溺澄下白垽也，以风久日干者为良。”一曰取汁，一曰风久，究竟不是要人大嘴吃屎大口喝溺，童子便则是直接取饮，人非情急，恐怕未肯轻易尝试。

有些偏方比较简单易行。不知是什么人的发现，蛇胆可以明目。捕蛇者乃大发利市。市上公开宰蛇，取出蛇胆，纳小酒杯中，立刻就有顾客仰着脖子囫囵吞了下去，围观者如堵。又有人想入非非，根据吃什么补什么的原理，喜食牛鞭，生鲜的牛鞭，当中剖开切成寸许断片，细火高汤清炖，片片浮在表面。曾在某公宴席上看到这一异味，我未敢下箸，隔日问同席猛吃此物的某君有无特别感受，他说需要常吃才行，偶吃一次不能立竿见影。

患痔的人很多，偏方也就不少。有人扬言每天早起空着肚子吃两枚松花皮蛋，有意想不到之效力。可惜难得有人持之以恒，更可惜无人做实验的统计或药理的分析。假如皮蛋铅分过多，就令人望而生畏，治一经损一经，划不来。

伤风寻常事。也有偏方不离吃的范围。据说常吃鸡尖，即鸡的尾端翘起处，包括不雅的部位及其附近一带，一咬一汪子油，常吃即可免于伤风的感染。有此一说，信不信由你。又有人说土鸡炖柠檬同样有效。

我无意把所有偏方一笔抹杀。当初神农尝百草，功在万世，传说他有一个水晶肚子。偏方未尝不可一试，愿试者尽管试。不过像华佗的漆叶青黏散，据说“久服可以去三虫利五脏，轻体，使人头不白”，我还是不敢试。

生病与吃药

不幸生而为人，于是难免要生病。所以，人生的几大关键，生、老、病、死，病也要算其中之一。一般受资本家压迫的人，往往感觉到生病之不应该，以为病是应该生在有钱人的身上。其实病之于人，大公无私，初无取舍，张三的臀部可以生疮，李四的嘴边也许就同时长疔，谁也说不定。不过这吃药的问题，倒不是人人能谈得到的。你说，我病了应该吃药，请你借我几个钱买药，你就许摇头。所以说，病是人人可生，而药非人人得吃也。

听说药有中西之分。听说又有所谓医院者，病人进去之后，有时候也可以治好病。然而医院的资本听说非常之大，所以住院要比住旅馆还贵一点儿。又尝听说，这个病人死后的开销，有时候就算在那一个人活着时候的账上。……这都是道听途说，我生性不好冒险，所以也不知是真是假。

没吃过猪肉的人也许见过猪走；我没住过医院，然亦深知医院必须喝药水矣。这就是与我们中医异趣了。我们中医大概都秉性忠厚一些，绝不肯打下一针去就让你死去活来，他会今天给你两钱甘草，明天开上三分麦冬，如若你要受罪，他能让你慢慢地受，给你留出从容预备后事的工夫，这便是中医的慈善处。中医之所以历数千年而弗替者，其在是乎？

生病吃药，好像是天经地义矣，其实病的好与不好，不必在药之吃与不吃。但是做医生的人，纵或不盼望你常生病，至少也要希望你病了之后去求他开个方子。开了方子之后，你当然不免要到药店买药。做药房生意的人，是最慈悲不过的，时常替病人想省钱的方法。例如鱼肝油是补养的，而你新从乡下来不曾知道，或者就许到一位德医先生处去领教，德医给你试了体温，仔细研究，曰："可以吃鱼肝油矣！"你除了买鱼肝油之外，还要孝敬德医几块。卖药的人，看了这种情形，心中大是不忍，觉得病人药是要买的，而医则大可不必去看。于是他们便借重所谓报纸者，登他一假广告，告诉你什么什么丸包治百病，什么什么机百病包治，什么什么膏能让你不生毛的地方生毛，什么什么水能让你长毛的地方不长毛，只要你留心看报，按图索骥，任凭你生什么稀奇古怪的病，报上就有什么稀奇古怪的药。你买一回药，若不见效，那是因为药性温和了一点，再买点试试看，总有你幸占勿药的一天。住在上海的人可别生病。不是为别的，是因为上海的医生太多，并且个个都好，有新从德国得博士的赵医士，有久留东洋的钱医士，有在某某学校卒业几乎和到过德国一样的孙医士，还有那诸医束手我能医的李医士，良医遍天下，你将何去何从呢？假如你不肯有所偏倚，你只得在这无数良医的门前犹豫徘徊逡巡，就在犹豫徘徊之间，你的病也许就发生变动了。

所以，我的主张是：（一）最好不是人；（二）次好是是人而不生病；（三）再次好是不在上海生病；（四）再次好是在上海生病而不吃药；（五）再次好是在上海生病吃药而不就医；（六）再次好只有希望在下世。我的上面这六个主张，能倒着次序完全做到！

柒

礼貌岂可因时而异

自己把时间观念看得认真，这是傻瓜；希望别人心里也存有时间观念，那是双料傻瓜。

信纸信封

凡是开办一个铺子，创立一个学校，组织一个机关，或发起一切其他大家吃饭的团体，第一件要紧的事，据有经验的人说，就是印制信纸信封。有许多机关，干脆直说吧，唯一的事务就是印制信纸信封，此外不必更下什么资本。说也奇怪，社会人士真有眼光，看见你用的信封信纸印着机关的名字，顿时对你增加三分信仰。信纸上要是再印上几个英文字，你的人格就算是有了担保。因为这个理由，在无论什么像样的机关，信纸信封的费用都是一笔很大的开销。

然而（一个很使劲儿的然而），公家的信纸信封，用在公家的事务上者，可不算多；用到私人的事务上者，可不算少。这在用信纸信封的人想来，不是没有充分理由的。理由是，用几张信纸信封，在公家损失无几，在我一方面节省良多。奉行俭德的人，就没有话说了。

有一天我接到一封从外国邮局寄来的信，那封信是免贴邮票的信封，在贴邮票的角上印着："如有以此信封做私用者，处以二百元之罚金。"从字面上看来，公私似甚分明，然而帝国主义者做的事，当然是不足为训了。我们中国人盗用公家信纸信封者，恐怕还不多，还没有到惹人注意或特颁刑律的地步。大可乐观。

运动

大概是李鸿章吧，在出使的时候道出英国，大受招待，有一位英国的皇族特别讨好，亲自表演网球赛，以娱嘉宾，我们的特使翎顶袍褂地坐在那里参观，看得眼花缭乱，那位皇族表演完毕，气咻咻然，汗涔涔然，跑过来问大使表演如何，特使戚然曰："好是好，只是太辛苦，为什么不雇两个人来打呢？"我觉得他答得好，他充分地代表了我们国人多少年来对于运动的一种看法。看两个人打球，是很有趣味的，如果旗鼓相当，砰一声打过来，砰一声打过去，那趣味是不下于看斗鸡、斗鹌鹑、斗蟋蟀。人多少还有一点蛮性的遗留，喜欢站在一个安逸的地方看别个斗争，看到紧急处自己手心里冷津津地捏着两把汗，在内心处感觉到一种轻松。可是自己参加表演，就犯不着累一身大汗，何苦来哉？摔跤的，比武的，那是江湖卖艺者流，士君子所不取。虽然相传自黄帝时候就有"蹴鞠"之戏，可是自汉唐以降我们还不知道谁是蹴球健将，我看了《水浒传》才知道宋朝一个"浮浪破落户子弟""高俅那厮""最是踢得好脚气球"。我们自古以来就讲究雍容揖让，纵然为了身体的健康，做一点运动，也要有分寸，顶多不过像陶侃之"日运百甓”，其用意也无非是习劳，并不曾想把身体锻炼得健如黄犊。

士大夫阶级太文明了，太安逸了，固然肢体都要退化，有变成侏儒的危险，肩不能挑担，手不能提篮，有变为废物的可能，但是在另一方面所谓的广大民众又嫌太劳苦了，营养不足，疲劳过度，吃不饱，睡不足，一个个的面如削瓜，身体畸形发展，抬轿的肩膀上头有一块红肿的肉隆起如驼峰，挑水的脚筋上累累的疙瘩如瘿木，担石头的空手走路时也佝偻着腰像是个猿人，拉车子的鸡胸驼背，种庄稼的胼手胝足——对于这一般人我们实在不愿意再提倡运动，我们要提倡的是生活水准的提高，然后他们可以少些运动。对于躺着吃饭坐着囤膘的朋友们，我们可以因势利导劝他们行八段锦太极拳，大概不会发生什么大危险，对于天天在马路上赛跑的人力车夫们，田径赛是多余的。

外国人保留的蛮性要比我们多一些，也许是因为他们去古未远的缘故。看他们打架的方式就可以知道，一言不合，便是直接行动，看谁的胳臂力量大，不像我们之善于口角，干打雷不下雨。外国人的运动方式也多少和野蛮人的生活方式有些关联。我看过美国人赛足球，事前的准备不必提，单说比赛前夕的那个“鼓勇会”（Pep Meeting）就很吓人，在旷地燃起一堆烽火，大家围着火旋转叫嚣，熊熊的火光在每人的脸上照出一股“血丝糊拉”的狞恶相，队员被高高地举起在肩头上，像是要去做祭凶神的牺牲，只欠一阵阵呼呼的鼓，否则就很像印第安人战前的祭礼了。比赛的凶猛也不必提，只要看旁边助威的啦啦队，那真是如中疯魔生龙活虎一般，我们中国的所谓啦啦队轻描淡写地比起来只能算是幼年歌咏团。再说掷标枪，那不是和南非野人打猎一模一样的吗？打拳，那更是最直截了当的性命相扑。可是我说这些话并不含褒贬的意思。现在的外国人究竟不是野蛮人，他们很早地就在运动中建立起一套规矩，抽象的叫作运动道德。我们中国人素来不好运动，可是一运动起来就很容易口咬足踢连骂带打了。

美国学校的球队训练员是薪给最高的职位，如果他能训练出一队如狼似虎的队员在运动场上建立几次殊勋，他立刻就可以给学校收很大的招徕的功效。“所谓大学，即是一座伟大运动场附设一个小小的学院。”把运动当作一种霓虹广告，在外国已为人诟病，在中国某一些学校里仍然不失其为时髦。学校里体育功课不可少，一星期一小时，好像是纪念性质。一大群面有菜色的青年总可以挑出若干彪形大汉，供以在中国算是特殊的膳食，施以在外国不算严格的训练，自然都还相当茁壮，伸出胳臂来一连串的凸出的肉腱子，像是成串的陈皮梅似的，再饰以一身鲜明的服装，相当的壮观，可惜的是这仅仅是样品而已。这些样品能孳生出更有价值的样品——锦标、银杯。没有锦标银杯，校长室和会客室里面就太黯淡了。

有人说，人的筋肉骨骼的发达是和脑筋的发达成正比例的。就整个的民族而言，也许是的，就个人分别而言，可是例外太多。在学校里谁都知道许多脑力过人的人往往长得像是一颗小蹦豆儿，好多在运动场上打破纪录的人在智力上并不常常打破纪录，除非是偶然地破留校年数的纪录。还有一层，运动和体育不同，犹之体格健壮与飞檐走壁不同。体格健壮是真正的本钱，可以令人少生病多做事，至于跳得高跑得快玩起球来“一似鳔胶粘在身上”，那当然也是一技之长，那意义不在耍坛子、举石锁、踩高跷、踏软绳之下。

为了四亿以上的人建筑一座运动场，不算奢侈。我参观过一座运动场，规模不算小，并且曾经用过一次，只是看台上已经长了好几尺高的青草，好像是要兼营牧畜的样子，我当时的感想，就和我有一次看见我们的一艘军舰的铁皮上长满海藻蚌蛤时的感想一般。

礼貌

前些年有一位朋友在宴会后引我到他家中小坐。推门而入，看见他的一位少爷正躺在沙发椅上看杂志。他的姿式不大寻常，头朝下，两腿高举在沙发靠背上面，倒竖蜻蜓。他不怕这种姿式可能使他吃饱了饭呕出来。这是他的自由，我的朋友喊了他一声："约翰！"他好像没听见，也许是太专心于看杂志了。我的朋友又说："约翰！起来喊梁伯伯！"他听见了，但是没有什么反应，继续看他的杂志，只是翻了一下白眼，我的朋友有一点窘，就好像耍猴子的敲一声锣教猴子翻筋斗而猴子不肯动，当下喃喃地自言自语："这孩子，没礼貌！"我心里想：他没有跳起来一拳把我打出门外，已经是相当的有礼貌了。

礼貌之为物，随时随地而异。我小时在北平，常在街上看见戴眼镜的人（那时候的眼镜都是两个大大的滴溜圆的镜片，配上银质的框子和腿）。他一遇到迎面而来的熟人，老远的就唰地一下把眼镜取下，握在手里，然后向前紧走两步，两人同时口中念念有词互相蹲一条腿请安。我至今不明白为什么二人相见要先摘下眼镜。戴着眼镜有什么失敬之处？如今戴眼镜的人太多了，有些人从小就成了四眼田鸡，摘不胜摘，也就没人见人摘眼镜了。可见礼貌随时而异。

人在屋里不可以峨大冠，中外皆然，但是在西方则女人有特权，屋里可以不摘帽子。尤其是从前的西方妇女，她们的帽子特大，常常像是头上顶着一个大鸟窝，或是一个大铁锅，或是一个大花篮，奇形怪状，不可方物。这种帽子也许戴上摘下都很费事，而且摘下来也难觅放置之处，所以妇女可以在室内不摘帽子。多半个世纪之前，有一次在美国，我偕友进入电影院，落座之后，发现我们前排座位上有两位戴大花冠的妇人，正好遮住我们的视线。我想从两顶帽子之间的空隙窥看银幕亦不可得，因为那两顶大帽子不时地左右移动。我忍耐不住，用我们的国语低声对我的友伴说："这两个老太婆太可恶了，大帽子使得我无法看电影。"话犹未了，一位老太婆转过头来，用相当纯正的中国话对我说："你们二位是刚从中国来的么？"言罢把帽除去。我窘不可言。她戴帽子不失礼，我用中国话背后斥责她，倒是我没有礼貌了。可见礼貌也是随地而异。

西方人的家是他的堡垒，不容闲杂人等随便闯入，朋友访问时，而且照例事前通知。我们在这一方面的礼貌好像要差一些。我们的中上阶级人家，深宅大院，邻近的人不会随便造访。中下的小户人家，两家可以共用一垛墙，跨出门不需要几步就到了邻舍，就容易有所谓串门子闲聊天的习惯。任何人吃饱饭没事做，都可以踱到别人家里闲嗑牙，也不管别人是否有工夫陪你瞎嚼蛆。有时候去的真不是时候，令人窘，例如在人家睡的时候，或吃饭的时候，或工作的时候，实在诸多不便，然而一般人认为这不算是失礼。一聊没个完，主人打哈欠，看手表，客人无动于衷，宾至如归。这种串门子的陋习，如今少了，但未绝迹。

探病是礼貌，也是艺术。空手去也可以，带点东西来无妨。要看彼此的关系和身份加以斟酌。有的人病房里花篮堆积如山，像是店铺开张，也有病人收到的食物冰箱里装不下。探病不一定要面带戚容，因为探病不同于吊丧，但是也不宜高谈阔论有说有笑，因为病房里究竟还是有一个病人。别停留过久，因为有病的人受不了，没病的人也受不了。除非特别亲近的人，我想寄一张探病的专用卡片不失为彼此两便之策。

吊丧是最不愉快的事，能免则免。与死者确有深交，则不免拊棺一恸。人琴俱亡，不执孝子手而退，抚尸陨涕，滚地作驴鸣而为宾客笑都不算失礼。吊死者曰吊，吊生者曰唁。对生者如何致唁语，实在难于措辞。我曾见一位孝子陪灵，并不匍伏地上，而是跷起二郎腿坐在椅子上，嘴里叼着纸烟，悠然自得。这是他的自由，然而不能使吊者大悦。西俗，吊客照例绕棺瞻仰遗容。我不知道遗容有什么好瞻仰的，倒是我们的习惯把死者的照片放大，高悬灵桌之上，供人吊祭，比较合理。或多或少患有“恐尸症”的人，看了面如黄蜡白蜡的一张面孔，会心里难过好几天，何苦来哉？在殡仪馆的院子里，通常麇集着很多的吊客，不像是吊客，像是一群人在赶集，热闹得很。

关于婚礼，我已谈过不止一次，不再赘。

饮宴之礼，无论中西都有一套繁文缛节。我们现行的礼节之最令人厌烦的莫过于敬酒。主人敬酒是题中应有之义，三巡也就够了。客人回敬主人，也不可少。唯独客人与客人之间经常不断地举杯，此起彼落，也不管彼此是否相识，也一一地皮笑肉不笑地互相敬酒。有些人根本不喝酒，举起茶杯汽水杯充数。有时候正在低头吃东西，对面有人向你敬酒，你若没有觉察，对方难堪，你若随时敷衍，不胜其扰。这种敬酒的习惯，不中不西，没有意义，应该简化。还有一项陋习就是劝酒，说好说歹，硬要对方干杯，创出“先干为敬”的谬说，要挟威吓，最后是捏着鼻子灌酒，甚至演出全武行，礼貌云乎哉？

算命

从前在北平，午后巷里有镗镗的敲鼓声，那是算命先生。深宅大院的老爷太太们，有时候对于要猴子的、要耗子的、跑旱船的……觉得腻烦了，便半认真半消遣地把算命先生请进来。“卜以决疑，不疑何卜？”人生哪能没有疑虑之事，算算流年，问问妻财子禄，不愁没有话说。

算命先生全是盲人。大概是盲于目者不盲于心，所以大家都愿意求道于盲。算命先生被唤住之后，就有人过去拉起他的手中的马竿，“上台阶，迈门槛，下台阶，好，好，您请坐。”先生在条凳上落座之后，少不了孩子们过来啰唣，看着他的“孤月浪中翻”的眼睛，和他脚下敷满一层尘垢的破鞋，便不住地挤眉弄眼咯咯地笑。大人们叱走孩童，提高嗓门向先生请教。请教什么呢？老年人心里最嘀咕的莫过于什么时候福寿全归，因为眼看着大限将至而不能预测究竟在哪一天呼出最后一口气，以至许多事都不能作适当的安排，这是最尴尬的事。“死生有命”，正好请先生算一算命。先生干咳一声，清一清喉咙，眨一眨眼睛，按照出生的年月日时的干支八字，配合阴阳五行相生相克之理，掐指一算，口中念念有词，然后不惜泄露天机说明你的寿数。“六十六，不死掉块肉；过了这一关口，就要到七十三，过一关。这一关若是过得去，无灾无病一路往西行。”这几句话说得好，老人听得入耳。六十六，死不为夭，而且不一定就此了结。有人按算命先生的指点到了这一年买块瘦猪肉贴在背上，叫儿女用切菜刀把那块肉从背上剔下来，就算是应验了掉块肉之说而可以免去一死。如果没到七十三就撒手人寰，那很简单，没能过去这一关；如果过了七十三依然健在，那也很简单，关口已过，正在一路往西行。以后如何，就看你的脚步的快慢了。而且无灾无病最快人意，因为谁也怕受床前罪，落个无疾而终岂非福气到家？《长生殿·进果》：“瞎先生，真圣灵，叫一声，赛神仙，来算命。”瞎先生赛神仙，由来久矣。

据说有一个摆摊卖卜的人能测知任何人的父母存亡，对任何人都能断定其为“父在母先亡”，百无一失。因为父母存亡共有六种可能变化：（一）父在，而母已先亡；（二）父在母之前而亡；（三）椿萱并茂，则终有一天父在而母将先亡；（四）椿萱并茂，则终有一天父将在母之前而亡；（五）父母双亡，父在母之前而亡；（六）父母双亡，父仍在之时母已先亡。关键在未加标点，所以任何情况均可适用。这可能是捏造的笑话，不过占卜吉凶其事本来甚易，用不着搬弄三奇八门的奇门遁甲，用不着诸葛的马前时课，非吉即凶，非凶即吉，颜之推所谓“凡射奇偶，自然半收”，犹之抛起一枚硬币，非阴即阳，非阳即阴，百分之五十的准确早已在握，算而中，那便是赛神仙，算而不中，也就罢了，谁还去讨回卦金不成？何况卜筮不灵犹有不少遁词可说，命之外还有运？

韩文公文起八代之衰，以道统自任，但是他给李虚中所作的墓志铭有这样的话："李君名虚中，最深于五行书，以人之始生年月日所值日辰干支，相生胜衰死王相，斟酌推人寿夭贵贱利不利，辄先处其年时，百不失一二……"言人之休咎，百不失一二，即是准确度到了百分之九十八九，那还了得？这准确的纪录究竟是谁供给的？那时候不会有统计测验，韩文公虽然博学多闻，也未必有闲工夫去打听一百个算过命的人的寿夭贵贱。恐怕还是谀墓金的数目和李虚中的算命准确度成正比例吧？李虚中不是等闲之辈，撰有命书三种，进士出身，韩文公也就不惜摇笔一谀了。人天生的有好事的毛病，喜欢有枝添叶地传播谣言，可供谈助，无伤大雅，"子不语"，我偏要语！所以至今还有什么张铁嘴李半仙之类的传奇人物崛起江湖，据说不需你开口就能知晓你的家世职业，活龙活现，真是神仙再世！可惜全是辗转传说，人嘴两张皮，信不信由你。

瞎子算命先生满街跑，不瞎的就更有办法，命相馆问心处公然出现在市廛之中，诹吉问卜，随时候教。有一对热恋的青年男女，私订终身，但是家长还要坚持"纳吉"的手续，算命先生折腾了半天，闭目摇头，说"哎呀，这婚姻怕不成。乾造属虎，坤造属龙，'虎掷龙拏不相存，当年会此赌乾坤'……"居然有诗为证，把婚姻事比做了楚汉争。前来问卜的人同情那一对小男女，从容进言："先生，请捏合一下，卦金加倍。"先生笑逐颜开地说："别忙，我再细算一下。龙从火里出，虎向水中生。龙骧虎跃，大吉大利。"这位先生说谎了么？没有。始终没有。这一对男女结婚之后，梁孟齐眉，白头偕老。

如果算命是我们的国粹，外国也有他们的类似的国粹。手相之术，柏拉图、亚里士多德亦不讳言之。罗马设有卜官，正合于我们的大汉官仪。所谓Sortes抽卜法，以圣经、荷马，或魏吉尔的诗篇随意翻开，首先触目之句即为卜辞，此法盛行希腊、罗马，和我们的测字好像是同样的方便。英国自一八二四年公布取缔流浪法案，即禁止算命这一行业的存在；美国也是把职业的算命先生列入扰乱社会的分子一类。倒是我们泱泱大国，大人先生们升官发财之余还可以揣骨看相细批流年，看看自己的生辰八字是否“蝴蝶双飞格”，以便窥察此后升发的消息。在这一方面，我们保障人民自由，好像比西方要宽大得多。

小账

小账是我们中国的一种坏习惯，在外国许多地方也有小账，但不像我们的小账制度那样周密、认真、麻烦，常常令人不快。我们在饭馆里除了小账加一之外还要小账，理发洗澡要小账，坐轮船火车要小账，雇汽车要小账，甚至于坐人力车、坐轿子，车夫、轿夫也还会要饶一句：“道谢两白钱！”

小账制度的讨厌在于小账没有固定的数目，给少了固然要遭白眼，给多了也是不妙，最好是在普通的数目上稍微多加那么一点点，庶几可收给小账之功而不被谥为猪头三。然而这就不容易，这需要有经验，老门槛。

在有些地方，饭馆的小账是省不得的，尤其是在北方，堂倌客气得很，你的小账便也要相当慷慨。小账加一，甚至加二加三加四加五，堂倌便笑容可掬，鞠躬如也，你才迈出门槛，就听见堂倌直着脖子大叫：“送座，小账×元×角！”声音来得雄壮，调门来得高亢，气势来得威武，并且一呼百诺，一阵欢声把你直送出大门口，门口旁边还站着个把肥头胖耳的大块头，满面春风地弯腰打躬。小账之功效，有如此者。假如你的小账给得太少，譬如吃了九角八分面你给大洋一元还说“不用找啦”，那你就准备着看一张丧气的脸吧！堂倌绝不隐恶扬善，他是很公道的，你的“恶”他也要“扬”一下，他会怪声怪气地大吼一声：“小账二分……”门外还有人应声：“啊！二分！谢谢！”你只好臊不搭地溜之乎也。听说有一个人吃完饭放了二分钱在桌上，堂倌性急了一点儿，大叫“小账二分”。那个人恼羞成怒，把那两分钱拿起来放进衣袋去，堂倌接着又叫“又收回去了”。

一个外国传教士曾记载着：

> 中国的客栈饭馆和澡堂一类场所有一种规矩，就是在客人付账之后，接受银钱的堂倌一定要高声报告小账的数目，这种规矩表面上好像是替客人拉面子，表示他如何阔绰（或其反面），也确有初次出门的客人这样想的；但实际上是让其他的堂倌知道，他并没有揩什么油，小账是大家平均分配的，经收的他是“涓滴归公”了的（见潘光旦先生著：《民族特性与民族卫生》一四五页，商务版）。这观察固然是很对的，但是多付小账能有意想不到之效力，也是事实。在饭馆多付几成小账，以后你去了便受特别优待，你要一盘烩虾仁，堂倌便会附耳过来说“二爷，不用吃虾仁了，不新鲜”。虾仁究竟新鲜与否是另一问题，单是这一句话显得多么亲切有味！在澡堂里于六角之外另给小账六角，给过几次之后，你再去，堂倌老远地就望见你，心里说“六角的来了”！

记得老舍先生有一篇小说，提起火车里的查票人的几副面孔，在三等车里两个查票人都板着面孔，在二等车里一个板面孔一个露笑脸，在头等车里两个人都带笑容。我们不能不佩服老舍先生形容尽致。不过你们注意过火车上的小账没有？坐二、三等车的人不能省小账，你给了之后茶房还会嘟嘟囔囔地说：“请你老再回回手！”你回了手之后，他还要咂嘴摇头，勉强算是饶了你这一遭，并不满意。可是在头等车里很少有此等事，小账随便给，并无闲话听。原因很简单，他不知你是何许人，不敢啰唣。轮船里的大餐间，也有类似情形。陇海线、浙赣线均不许茶房收小账，规矩很好，有些花钱的老爷偏要破坏这规矩，其实是不该的。

据考证，小账制度之所以这样发达，原因不外乎两个：一个是劳苦的工役薪俸太低，一个是有钱的人要凭借金钱的势力去买得格外的舒服。

劳力者的待遇，就一般论，实在太低。出卖劳力的人，一个月的薪俸只有十块八块，这是很普通的事，每月挣五六块的薪金而每月分小账可以分到三五十元，这也是很普通的事。为了贪求小账，劳动者便不能不低声下气地去伺候顾主，这固然也有好处，然而这种制度对于劳动者是不公道的，因为小账近于“恩惠”，而不是应得的报酬。广东有许多地方不要小账，那精神是可取的。要取消小账制度，劳力者的人格才得更受尊敬。在业主方面着想，小账是最好不过，这负担是出自顾客方面，而且因此还可以把业主的负担（薪金）减轻。

富有的人并不嫌小账为多事。常言道：“有钱能使鬼推磨。”

有钱的人往往就想：我有钱，什么事都办得到，多费几个钱算什么！在北平听过戏的人应该知道所谓“飞票”。好戏上场，总是很晚的，富有阶级的人无须早临而得佳座，因为卖“飞票”的人在门口守候着，拿着预先包销的佳座的票子向你兜售，你只消比戏价多出百分之五十做小账，第二排第三排便随你挑选，假如再多付一点儿小账，等一会儿还会有一小壶特别体己的好茶送到你的跟前。有钱的人不必守规矩，钱就是规矩。火车站买票也是苦事，然而老于此道者亦无须着急，尽管到候车室里吸烟品茶，茶房会从票房的后门进去替你办得妥妥帖帖，省你一身大汗，费你几角小账。只要有钱，就有办法。假如没有小账制度，有钱也是不成，大家都得守规矩，有钱的人和没钱的人不是平等了吗?

我提议：一、把劳苦的人的工资提高；二、把小账的制度取缔一下，例如饭馆既有堂彩加一的办法，就不必另收小账（改作加二也好）；三、公用机关和大企业要首先倡导打破小账制度，这事说起来容易，一时自然办不到。可是我还要说!

花钱与受气

一个人就不应该有钱，有了钱就不应该花，如其你既有钱，而又要花，那么你就要受气。这是天演公理，不足为奇。

从前我没出息的时候，喜欢自己上街买东西。这已经很是不知自量了，还要拣门面大一点的店铺去买东西。铺户的门面一大，窗户上的玻璃也大，铺子里面服务的先生们的脾气，也跟着就大。我走进这种店铺里面，看看什么都是大的，心里便觉战栗，好像自己显得十分渺小了。处在这种环境压迫之下，往往忘了自己是买什么来的。后来脸皮居然练厚了一点，到大商店里去我居然还能站得稳，虽然心里面有时还不能不跳。但是叫我向柜台里的先生张口买东西，仍然诚惶诚恐。第一，我总觉得我要买的东西太少，恐怕不足以上浊清听，本来买二两瓜子，时常就临机应变，看看柜台里先生面色不对，马上就改作半斤，紧张的局势赖此可以稍微缓和一点。东西的好坏，是否合意，我从来不挑剔，因为我是来求人赏点东西，怎敢挑三换四的招人讨嫌！假如店里的先生忙，我等一些是不妨事的，今天买不到，明天再来，竖横店铺一时关不了。假如为忙着买东西把店伙累坏了呢，人家也是爹娘养的，怎肯与我干休？

所以我到大商店去买东西，因为我措词失体礼貌欠周以致使商店伙计生点气，那是有的，大的乱子可没有闹过。

后来我的脑筋成熟了一些，思想也聪明了一些，有时候便到小铺子去买东西，然而也不容易。小铺店的伙计倒是肯谦恭下士，我们站在他们面前，有时也敢于抬起头来。可是他们喜欢跟你从容论价。“脸皮欠厚”的人时常就在他们的一阵笑声里吓跑了。我要买一张桌子，并且在说活的声音里表示出诚恳的意思，他说要五十块钱，我不敢回半句话，不成，非还价不能走出来。我仗着胆子说给十块钱。好，你听着，他嘴里念念有词，他鼻里哼哼有声，你再瞧他那副尊容，满脸会罩着一层黑雾，这全是我那十块钱招出来的。假如我的气血足，一时能敌得住，只消迈出大门一步，他会把你请回去，说：“卖给你喽!”于是，你的钱也花了，气也受了，而桌子也买了。

此外如车站、邮局、银行等公众的地方，也正是我们年轻人练习涵养的地方。你看那铁槛里的那一张脸，你要是抱着小孩子，最好离远一些，留神吓坏了孩子。我每次走到铁槛窗口，虽然总是送钱去，总觉得我好像是向他们要借债似的。每一次做完交易，铁槛里面的脸是灰的，铁槛外面的脸是红的！铁槛外面的唾沫往里面溅，铁槛里面的冷气往外面喷！

受气不必花钱，花钱则一定要受气。

职业

职业，原指有官职的人所掌管的业务，引申为一切正当合法的谋生糊口的行当。一百二十行，乃至三百六十行，都可视为职业。纡青拖紫，服冕乘轩，固然是乐不可量的职业，引车卖浆，贩夫走卒之辈，也各有其职业。都是啖饭，唯其饭之精粗美恶不同耳。

宋沈括《梦溪笔谈》："林君复多所乐，唯不能着棋，尝言：'吾于世间事，唯不能担粪着棋耳！'"一着棋与担粪并举，盖极形容二者皆为鄙事，表示不屑之意。在如今看来，担粪是农家子不可免的劳动，阵阵的木樨香固然有得消受，但是比起某一些蝇营狗苟的宦场中人之蛇行匍匐，看上司的嘴脸，其龌龊难当之状为何如？至于弈棋，虽曰小道，亦有可观，比饱食终日言不及义要好一些，且早已成为文人雅士的消遣，或称坐隐，或谓手谈。今则有职业棋士，犹拳击之有职业拳手。着棋也是职业。

我的职业是教书，说得文雅一点是坐拥皋比，说得难听一些是吃粉笔末。其实哪有皋比可坐，课室里坐的是冷板凳。前几年我的一位学生自澳洲来，贻我袋鼠皮一张，旋又有绵羊皮一张，在寒冷时铺在我房里的一把小小的破转椅上，这才隐隐然似有坐拥皋比之感。粉笔末我吃得不多，只因我懒，不大写黑板。教书好歹是个职业，至于在别人眼里这是什么样的一种职业，我也管不了许多。通常一般人说教书是清高的职业，我听了就觉得惭愧。“清”应该作“清寒”解，有一阵子所谓清寒教授在逢年过节的时候可以轮流领到小小一笔钱，是奖励还是慰问，我记不得了，我也叨领过一两次，具领之际觉得有一丝寒意，清寒的寒。至于“高”，更不知从何说起了，除非是指那座高高的讲台。

有些心直口快的人对于教书的职业作较彻底的评估。记得我在抗战胜利后返回家乡，遇到一位拐弯抹角的亲戚，初次谋面不免寒暄几句，他问我“在什么地方得意”，我据实以告，在某某学校教书，他登时脸色一变，随口吐出一句真言：“啊，吃不饱，饿不死。”这似是实情，但也是夸张。以我所知，一般教授固然不能像东方朔所说“侏儒饱欲死”，也不见得都像杜工部所形容的“甲第纷纷厌粱肉，广文先生饭不足”，饭还是吃饱了的，没听说有谁饿死，顶多是脸上略有菜色而已。然而我听了这样率直的形容，好像是在人面前顿时矮了一截。在这“吃不饱饿不死”状态之下，居然延年益寿，拖了几十年，直到“强迫退休”之后又若干年的今天。说不定这正是拜食无求饱之赐。

有一回应邀参加一次宴会，举座几乎尽是权门显要，已经有“衣敝缊袍与衣狐貉者立”的感觉，万没想到其中有一位却是学优而仕平步青云的旧相识，他好像是忘了他和我一样在同一学校曾经执教，几杯黄汤下肚之后，他再也按捺不住，歪头苦笑睇我而言曰：“你不过是一个教书匠，胡为厕身我辈间？”此言一出，一座尽惊。主人过意不去，对我微语："此公酒后，出言无状。"其实酒后吐真言，"教书匠"一语夙所习闻，只是尊俎间很少以此直呼。按教书而能成匠，亦非易事。必须对其所学了如指掌，然后才能运用匠心教人以规矩，否则直是戾家，焉能问世？我不认为教书匠是轻蔑语。

如今在学校教书，和从前不同，像马融"坐高堂，施绛纱帐，前授生徒，后列女乐"那样的排场，固然不敢想象，就是晚近三家村的塾师动不动拿起烟袋锅子敲脑壳的威风亦不复见。我小时候给老师送束脩，用大红封套，双手奉上，还要深深一揖。如今老师领薪，要自己到出纳室去，像工厂发工资一样。教师是佣工的性质。听说有些教师批改作文卷子不胜其烦，把批改的工作发包出去，大包发小包，居然有行有市。

尊师重道是一个理想，大概每年都有人口头上说一次。大学教授之"资深优良"者有奖，照章需要自行填表申请。我自审不合格，故不欲填表，但是有一年学校主事者认为此事与学校颜面有关，未征同意就代为申请了，列为是三十年资深优良教师之一。经层峰核可，颁发奖金匾额。我心里悬想，匾额之颁发或有相当仪式，也许像病家给医师挂匾，一路上吹吹打打，甚至放几声鞭炮，门口围上一些看热闹的人。我想错了，一切从简。门铃响处，一位工友满头大汗，手提一个相当大的镜框（比理发店墙上挂的大得多），问明主人姓氏，像是已经验明正身，把手中的镜框丢在地上，扬长而去。镜框里是四个大字（记不得是什么字了），有上款下款，朱印烂然。我叹息一声，把它放在我认为应该放置的地方。

教书这种职业有其可恋的地方。上课的时间少，空余的闲暇多，应付人事的麻烦少，读书进修的机会多。俗语说："讨饭三年，给知县都不做。"实在是懒散惯了，受不得拘束。教书也是如此，所以我滥竽上庠，一蹭就是几十年，直到有一天听说法令公布，六十五岁强迫退休。退休是好事，求之不得，何必强迫？我立刻办理手续，当时真有朋友涕泣以告："此事万万使不得，赶快申请延期，因为一旦退休，生活顿失常态，无法消遣，不知所措。可能闷出病来，加速你的老化。"我没听。今已退休二十年，仍觉时间不够用，一天只有二十四小时。

退休给我带来一点小小的困扰。有一年要换新的身份证。我在申请表格职业栏里除原有的"某校教授"字样下面加添一个括弧，内书"退休"二字。办事的老爷大概是认为不妥。新身份证发下，职业一栏干脆是一个"无"字。又过几年，再换身份证，办事的老爷也许也发觉不妥，在"无"字下又添了一个括弧，内书"退休"。其实职业一栏填个"无"字并不算错。本来以教书为业，既已退休，而且是当真退休，不是从甲校退休改在乙校授课，当然也就等于是无业，也可说是长期失业。只是"无业"二字，易与"游民"二字连在一起，似觉脸上无光。可是圆心一想，也就释然。《大戴礼记·曾子立事》第四十九："其少不讽诵，其壮不论议，其老不教诲，亦可谓无业之人矣。"我是道道地地的一个"无业之人"。

守时

《史记》五十五《留侯世家》，记载圯上老人授书张良的故事，甚为生动："'后五日平明，与我会此。'良因怪之，跪曰：'诺。'五日平明，良往，父已先至，怒曰：'与老人期，后何也？'去曰：'后五日早会。'五日鸡鸣，良往，父又先在，复怒曰：'后何也？'去曰：'后五日复早来。'五日良夜未半往。有顷，父亦来，喜曰：'当如是。'"

老人与良约会三次。第一次平明为期，平明就是天刚亮，语义相当含糊，天亮到什么程度才算是平明，本难确定。"东方未明"是一阶段，"东方未晞"又是一阶段，等到东方天际泛鱼肚色则又是一阶段。良平明往，未落日出之后，就不算是迟到。老人发什么脾气？说什么"与老人期"之倚老卖老的话？第二次约，时间更不明确，只说早一点去。良鸡鸣往，"鸡既鸣矣"，就是天明以前的一刹那，事实上已经提早到达，还嫌太晚。第三次良夜未半往，夜未半即是午夜以前，这一次才满老人意。既然如此，为什么不早明说，虽然这是老人有意测验年轻人的耐性，但也不必这样蛮不讲理的折磨人。有人问我，假如遇见这样的一个老人作何感想，我说我愿效禅师的说法："大喝一声，一棒打杀！"

黄石公的故事是神话。不过守时却是古往今来文明社会共有的一个重要的道德信念。远古的时候问题简单，日出而作，日入而息，根本没有精确的时间观念，而且人与人要约的事恐怕也不太多。《易·系辞》所谓"日中为市，致天下之民，聚天下之货，交易而退，各得其所"，不失为大家在时间上共立的一个标准，晚近的庙会市集，也还各有其约定俗成的时期规格。自从有了漏刻，分昼夜为百刻，一天之内才算有正确时间可资遵循。周有挈壶氏，自唐至清有挈壶正，是专管时间的官员。沙漏较晚，制在元朝。到了近年，也还有放午炮之说。现代的准确计时之器，如钟表之类，则是明季的舶来品，"明万历二十八年，大西洋人利玛窦来献自鸣钟"（《续通考·乐考》），嗣后自鸣钟在国内就大行其道。我小时候在三贝子花园畅观楼内，尚及见清朝洋人所贡各式各样的自鸣钟，金光灿烂，洋洋大观。在民间几乎家家案上正中央都有一架自鸣钟，用一把钥匙上弦，昼夜按时刻叮叮哨哨的响。外国人家墙上常见的鹧鸪钟，一只小鸟从一个小门跳出来报时，在国内尚比较少见。好像我们老一辈的中国人特别喜爱钟表，除了背心上特缝好几个小衣袋专放怀表之外，比较富裕人家墙上还常有一个硬木螺钿玻璃门的表柜，里面挂着二三十只形形色色的表，金的、银的、景泰蓝的、闷壳的，甚至背面壳里藏有活动秘戏图的，非如此不足以餍其收藏癖。至于如今的手表（实际是腕表）则高官大贾以至贩夫走卒无不备有一只了。

普遍的有了计时的工具，若是大家不知守时，又有何用？普通的衙门机关之类都定有办公时间，假如说是八点开始，到时候去看看，就会知道那是怎么一回事。大抵较低级的人员比较最守时，虽然其中难免有几位忙着在办事桌上吃豆浆油条。首长及高级人员大概就姗姗来迟了，他们还有一套理由，只有到了十点左右办稿拟稿逐层旅行的公文才能到达他们手里，早去了没有用。至于下班的时间，则大家多半知道守时，眼巴巴地望着时钟，谁也不甘落后。

和民众接触最频繁的莫过于银行邮局，可是在门前逡巡好久，进门烧头炷香的顾客不见得立刻就能受理，往往还要伫候一阵子，因为柜台后面的先生小姐可能很忙，忙着打开保险柜，忙着搬运文件，忙着清理卡片，忙着数钞票，忙着调整戳印，甚至于忙着泡茶，在在都需要时间。顾客们要少安毋躁。

朋友宴客，有一两位照例迟到，一碟瓜子大家都快嗑完了，主人急得团团转，而那一两位客偏不来。按说“后至者诛”才是正理，但是后至者往往正是主客或是贵宾，所以必须虚上席以待。旧日戏园演戏，只有两盏汽油灯为照明之具，等到名角出台亮相，则几十盏电灯一齐照耀，声势非凡。有迟到之癖的客人大概是以名角自居，迟到之后不觉得歉然，反倒有得色。而迟到的人可能还要早退，表示另有一处要应酬，也许只是虚晃一招，实际是回家吃碗蛋炒饭。

要守时，但一定要分秒不差，那就是苛求了。但也不能距约定时间太远，甲欲访乙，先打电话过去商洽，这是很有礼貌的行为，甲问什么时候驾临，乙说马上就去。问题就出在这“马上”二字，甲忘了叮问是什么马，是“竹披双耳峻，风入四蹄轻”的胡马，还是“皮干剥落，毛暗萧条”的瘦马，是练习纵跃用的木马，还是渡过了康王的泥马。和人要约，害得对方久等，揆诸时间即生命之说，岂是轻轻一声抱歉所能赎其罪愆？

守时不是容易事，要精神总动员。要不要先整其衣冠，要不要携带什么，要不要预计途中有多少红灯，都要通过大脑盘算一下。迟到固然不好，早到亦非万全之策，早到给自己找烦恼，有时候也给别人以不必要的窘。黄石公那段故事是例外，不足为训。记得莎士比亚有一句戏词：“赴情人约，永远是早到。”情人一心一意地在对方身上，不肯有分秒的延误，同时又怕对方忍受枯守之苦，所以“月上柳梢头，人约黄昏后”，老早地就去等着，“月移花影动，疑是玉人来”了。

我们能不能推爱及于一切邀约，大家都守时？

时间观念

凡是大国的国民，做起事来，总要带些雍容闲适的态度，尤其是我们中国人，据说已经有了好几千年的历史，所以对于时间观念，不必一定要怎样十分的准确。

张先生今天晚上六点请你吃饭，他的意思是说，你八点再去，并不算迟。头脑稍微简单一些的，或许误会，误会张先生所谓六点即是六点。你也许自己估量着寿命有限，把时间看得认真一点，但是你不可不替别人打算，张先生也许还有两圈麻雀没有打完，李大人也许是正在衙门抽烟，王小姐也许还没倒干那瓶香水。你稀里糊涂地准时报到，那叫作热心过度。

自己把时间观念看得认真，这是傻瓜；希望别人心里也存有时间观念，那是双料傻瓜。所以向店铺购东西，你总不可希望限期交货，至少要预料出几桩意外的事，例如店铺老板忽然气绝，或是店伙突然中风，诸如此类的意外，都足以使他拖期。而这种意外的事，你一定要放在意中。

无论什么事，都要慢慢地做。与人要约，延误一小时两小时，一天两天，都是小意思。我们五千来年的历史就是这样过来的！

悲观

吴淞谢开元先生，因为“现在上海欠账又将近一百元了”，并且“在去年”就有“对于死的羡慕”，于是乎跳海了！这事已见前昨本报[①]。欠账是一件小事，而对于死能发生羡慕，并且从去年就羡慕起，这便有点非常。

还有一位范叔寒先生，在申报上登了这样一段启事：“自赋悼亡，精神受一大打击，近感世事纷纭，尤觉悲观，以故无论何事，概不闻问。”（见五月十日《申报》）这位范先生虽然尚未跳海，而他这个“无论何事，概不闻问”的态度，也就很可观的了。

在下现在上海欠账已经在百元以外，虽然从未赋过悼亡，精神上大受打击可是不止一次，然而我总不敢就羡慕死，也不敢就说“无论何事，概不闻问”的话。有几样事，非要我闻问不可。并且——（我又要并且了）我根本上就不悲观。

世事纷纭，近亦感受之矣！而我终觉生逢盛世，趣味尚浓。譬

① 此处似指《时事新报》。梁实秋曾于一九二七年五月至八月间担任《时事新报》“青光”一栏的编辑，本文在此期间发表于该栏目。

如说，现在上海解严了，这便是天下从此要太平的意思，稍有心肝的人无不欢欣鼓舞，觉得在帝国主义者统治之下，居然还有严可解。这个严若是照这样解下去，也许可以少好几个人悲观，多好几个人闻问世事。于我们中国大局，也不无小补。悲观何为哉!

吐痰问题

假使一个人的肺部里，生了一块痰，我想我们只有三个方法去处置它：第一是把它吐出来；第二是把它由肺管里咳出到嘴里，然后再从食管里咽下去；第三是让它永远存在肺里。第一条方法最近人情。第二条方法听着有点恶心，然而有一种人，大模大样地把痰咳在嘴里，四面一看，地毯铺得厚厚的，不见痰盂的踪迹，衣袋里又照例不备手绢，只好采取这条办法。第三条办法很少人用，除非在垂死的时候。

如其要吐痰，这便有问题。在文明的社会里，自由是绝对没有的。我尝在公众的地方看见一位雅爱自由的先生，“呼”的一声痰由肺里跃出，“哇”的一声，含在口里，“啐”的一声，吐出来了，“啪”的一声落到地板上。四周围的人全都两眼望着他，甚或把白眼珠翻转出来，做怕人状。

有人说吐痰和吸烟一样，是有瘾的。有痰偏偏不吐，久之亦可断瘾。据我看：断瘾倒大可不必，不过在吐的时候，不妨稍微思索一下，吐到可以吐的那种地方去。

雅人雅事

顶高顶白的一垛山墙，太没有意思，太不雅观，我们最好在上面题一首诗。在山清水秀的风景所在，题诗在壁上尤其是一件不可少的举动。然而这一件雅事只能在我们雅人最多的中国举行。谓余不信，请你环游全球的风景所在，然后再回到我们中国来，比较比较看，什么地方壁上题的诗多。

我说壁上题诗，是雅人雅事。第一题诗非要诗人不可，这一来我们中国人就占便宜，随便张三李四都可以作两首诗。用心一点的，作出诗来有时平仄还可以调。上海街旁告地状的朋友，哪一位不是诗中圣手？他们能够把衷肠积愫千言万语，都编成七个字一句，七个字一句的，不多不少，整整齐齐，这就不容易。他们既能告地状，便可以告墙状。我们中国诗人之多，似乎也就不难想象了。

第二，题诗要求其历久不灭。于是在工具上不能不讲求，我们中国的笔墨是再好不过。外国人里也有一两个平仄尚调的诗人，但是一管自来水笔如何能在墙上题诗，诗兴来时只得嘴里哼哼两声了事，所以题壁的雅事不能不让我们中国人独步了。还有，题诗要题在高不可攀、深不可探的地方，才能历久不灭。寺殿上的匾额，我们若能爬上去题上一首五言绝句，别人一定不易拂拭磨灭，说不定这首诗就许传了下来。山谷间的摹崖，谁也不去损伤它，也是最妙的地方。所以题诗要题得满坑满谷，愈奇特的地方愈妙。然而这攀高寻幽的举动，又非雅人不办。

壁上题诗的雅人，最要紧的是胆大。诗的好坏没有大关系，只要能把墙壁上空白的地方补满，便算功德。据说有一位刻薄的人，游某名胜，看看墙上题诗甚多，皆不称意，于是也援笔立题一绝曰："放屁在高墙，如何墙不倒？细看那边时，原来抵住了！"这位先生一定是缺乏鉴赏文学的力量，才做此怪论。题诗雅人，大可不必理他。

天性不近乎诗的人，想来也不少，但是中国的墙壁的空白还有不少，为雅观起见，非要涂满不可的。很多读书识字的人早就有鉴于此，所以往往不题诗而题尊姓大名，并记来游之年月日。我们游赏名胜的时候，借此可以知道时贤足迹所之，或者也可以增加这名胜地方的历史价值，也未可知。所以壁上题名，间接着也是保存名胜的一点意思。

雅人雅事，不止一端，壁上题诗名，还是一件小事。

捌

不要以为人只有一张脸

大家所豢养的乃是善伺人意的哈巴狗，那“任重而道远”的家伙，恐怕只好由它从舞台上退下去罢！

骆驼

台北没有什么好去处。我从前常喜欢到动物园走动走动，其中两个地方对我有诱惑。一个是一家茶馆，有高屋建瓴之势，凭窗远眺，一片釉绿的田畴，小川蜿蜒其间，颇可使人目旷神怡。另一值得看的便是那一双骆驼了。

有人喜欢看猴子，看那些乖巧伶俐的动物，略具人形，而生活究竟简陋，于是令人不由得生出优越之感，掏一把花生米掷进去。有人喜欢看狮子跳火圈，狗做算学，老虎翻筋斗，觉得有趣。我之看骆驼则是另外一种心情，骆驼扮演的是悲剧的角色。它的槛外是冷清清的，没有游人围绕，所谓槛也只是一根杉木横着拦在门口。地上是烂糟糟的泥。它卧在那里，老远一看，真像是大块的毛姜。逼近一看，可真吓人！一块块的毛都在脱落，斑驳的皮肤上隐隐地露着血迹。嘴张着，下巴垂着，有上气无下气地在喘。水汪汪的两只大眼睛好像是眼泪扑簌地盼望着能见亲族一面似的。腰间的肋骨历历可数，颈子又细又长，尾巴像是一条破扫帚。驼峰只剩下了干皮，像是一只麻袋搭在背上。骆驼为什么落到这悲惨地步呢？难道“沙漠之舟”的雄姿即不过如是吗？

我心目中的骆驼不是这样的。儿时在家乡，一听见大钢铃叮叮当当就知道送煤的骆驼队来了，愧无管宁的修养，往往夺门出视。一根细绳穿系着好几只骆驼，有时是十只八只的，一顺地立在路边。满脸煤污的煤商一声吆喝，骆驼便乖乖地跪下来给人卸货，嘴角往往流着白沫，口里不住地嚼——反刍。有时还跟着一只小骆驼，几乎用跑步在后面追随着。面对着这样庞大而温驯的驮兽，我们不能不惊异地欣赏。

是亚热带的气候不适于骆驼居住（非洲北部的国家有骆驼兵团，在沙漠中驰骋，以骁勇善战著名，不过那骆驼是单峰骆驼，不是我们所说的双峰骆驼）。动物园的那一双骆驼不久就不见了，标本室也没有空间容纳它们。我从此也不大常去动物园了。我尝想：公文书里罢黜一个人的时候常用“人地不宜”四字，总算是一个比较体面的下台的借口。这骆驼之黯然消逝，也许就是类似“人地不宜”之故罢？生长在北方大地之上的巨兽，如何能局促在这样的小小圈子里，如何能耐得住这炎方的郁蒸？它们当然要憔悴，要悒悒，要委顿以死。我想它们看着身上的毛一块块地脱落，真的要变成为“有板无毛”的状态，蕉风椰雨，晨夕对泣，心里多么凄凉！真不知是什么人恶作剧，把它们运到此间，使得它们尝受这一段酸辛，使得我们也兴起“人何以堪”的感叹！

其实，骆驼不仅是在这炎蒸之地难以生存，就是在北方大陆其命运也是在日趋于衰微。在运输事业机械化的时代，谁还肯牵着一串串的骆驼招摇过市？沙漠地带该是骆驼的用武之地了，但现在沙漠里听说也有了现代的交通工具。骆驼是驯兽，自己不复能在野外繁殖谋生。等到为人类服务的机会完全消灭的时候，我不知道它将如何繁衍下去。最悲惨的是，大家都讥笑它是兽类中最蠢的当中的一个：因为它只会消极地忍耐。给它背上驮五磅的重载，它会跪下来承受。它肯食用大多数哺乳动物所拒绝食用的荆棘苦草，它肯饮用带盐味的脏水。它奔走三天三夜可以不喝水，并不是因为它的肚子里储藏着水，是因为它在体内由于脂肪氧化而制造出水。它的驼峰据说是美味，我虽未尝过，可是想想熊掌的味道，大概也不过尔尔。像这样的动物若是从地面上消逝，可能不至于引起多少人惋惜。尤其是在如今这个世界，大家所最欢喜豢养的乃是善伺人意的哈巴狗，像骆驼这样的“任重而道远”的家伙，恐怕只好由它一声不响地从这世界舞台上退下去罢！

猪

猪没有什么模样儿，笨拙臃肿，漆黑一团，四川猪是白的，但是也并不俊俏，像是遍体白癜风，像是“天佬儿”，好像还没有黑色来得比较可以遮丑。俗话说：“三年不见女人，看见一只老母猪，也觉得它眉清目秀。”一般人似尚不致如此，老母猪离眉清目秀的境界似乎尚远。只看看它那个嘴巴尽管有些近于帝王之相，究竟占面部面积过多，作为武器固未尝不可，作为五官之一就嫌不称。它那两扇鼓动生风的耳轮，细细的两根脚杆，辫子似的一条尾巴，陷在肉坑里的一对小眼，和那快擦着地的膨亨大腹，相形之下，全不成比例。当然，如果它能竖起来行走，大腹便便也并不妨事，脑满肠肥的一副相说不定还许能赢得许多人的尊敬，脸上的肉叠成褶，也许还能讨若干人的欢喜。可惜它只能四脚着地，辜负了那一身肉，只好谥之曰猪猡。

任何事物不可以貌相。并且相貌的丑俊也不是自己所能主宰的。上天造物是有那么多的变化，有蠢的，有俏的。可恼的是猪儿除了那不招人爱的模样之外，它的举止动作也全没有一点风度。它好睡，睡无睡相，人讲究“坐如钟，睡如弓”。猪不足以语此，它睡起来是四脚直挺，倒头便睡，而且很快地就鼾声雷动，那鼾声是疙疙噜苏的，很少悦耳的成分。一经睡着，天大的事休想能惊醒它，打它一棒它能翻过身再睡，除非是一桶猪食哗啦一声倒在食槽里。这时节它会连爬带滚地争先恐后地奔向食槽。随吃随挤，随咽随咂，嚼菜根则嘎嘎作响，吸豆渣则呼呼有声，吃得嘴脸狼藉，可以说没有一点“新生活”。动物的叫声无论是哀也好，凶也好，没有像猪叫那样讨厌的，平常没有事的时候，只会在嗓子眼儿里呶呶嚅嚅，没有一点痛快，等到大限将至被人揪住耳朵提着尾巴的时候，便放声大叫，既不惹人怜，更不使人怕，只是使人听了刺耳。它走路的时候，踯躅蹒跚，活泼的时候，盲目地乱窜，没有一点规矩。

虽然如此，猪的人缘还是很好，我在乡间居住的时候，女佣不断地要求养猪，她常年茹素，并不希冀吃肉，更不希冀赚钱，她只是觉得家里没有几只猪儿便不像是个家，虽然有了猫狗和孩子还是不够。我终于买了两只小猪。她立刻眉开眼笑，于抚抱之余给了小猪我所梦想不到的一个字的评语曰：“乖！”孟子曰：“食而弗爱，豕交之也；爱而不敬，兽畜之也。”我看我们的女佣在喂猪的时候是兼爱敬而有之。她根据“食不厌精脍不厌细”的道理对于猪食是细切久煮，敬谨用事的，一日三餐，从不误时，伺候猪食之后倒是没有忘记过给主人做饭。天朗气清惠风和畅的时候，她坐在屋檐下补袜子，一对小猪伏在她的腿上打瞌睡。等到“架子”长成“催肥”的时候来到，她加倍努力地供应，像灌溉一株花草一般地小心翼翼，它越努力加餐，她越心里欢喜，她俯在圈栏上看着猪儿进膳，没有偏疼，没有愠意，一片慈祥。有一天，猪儿高卧不起，见了食物也无动于心，似有违和之意，她急得烧香焚纸，再进一步就是在猪耳根上放一点血，烧红一块铁在猪脚上烙一下，最后一着是一服万金油拌生鸡蛋。年关将届，她噙着眼泪烧一大锅开水，给猪洗第一次也是最后一次的热水澡。猪圈不能空着，紧接着下一代又继承了上来。

看猪的一生，好像很是无聊，大半时间都是被关在圈里，如待决之囚，足迹不出栅门，出不能接见亲属，而且很早地就被阉割，大欲就先去了一半，浑浑噩噩地度过一生，临了还不免冰凉的一刀。但是它也有它的庸福。它不用愁吃，到时候只消饭来张口，它不用劳力，它有的是闲暇。除了它最后不得善终好像是不无遗憾以外，一生的经过比起任何养尊处优的高级动物也并无愧色。“闻其声不忍食其肉”，是君子，但是我常以为猪叫的声音不容易动人的不忍之心。有一个时期，我的居处与屠场为邻，黎明就被惊醒，其鸣也不哀，随后是血流如注的声音，叫声顿止，继之以一声叹气，最后的一口气，再听便只有屋檐滴雨一般的沥血的声音，滴滴答答地落在桶里。我觉得猪经过这番洗礼，将超升成为一种有用的东西，无负于豢养它的人，是一件公道而可喜的事。

仓颉造字，天雨粟，鬼夜哭，虽是神话，也颇有一点意思。“家”字是屋子底下一口猪。屋子底下一个人，岂不简捷了当？难道猪才是家里主要的一员？有人说豕居引申而为人居，有人引《曲礼》“问庶人之富数畜以对”之义以为豕是主要的家畜。我养过几年猪之后，顿有所悟。猪在圈里的工作，主要的是“吃、喝、拉、撒、睡”，此外便没有什么。圈里是脏的，顶好的卫生设备也会弄得一塌糊涂。吃了睡，睡了吃，毫无顾忌，便当无比。这不活像一个家么？在什么地方“吃、喝、拉、撒、睡”比在家里更方便？人在家里的生活比在什么地方更像一只猪？仓颉泄露天机倒未必然，他洞彻人生，却是真的，怪不得天雨粟鬼夜哭。

书

从前的人喜欢夸耀门第，纵不必家世贵显，至少也要是书香人家才能算是相当的门望。书而曰香，盖亦有说。从前的书，所用纸张不外毛边连史之类，加上松烟油墨，天长日久密不通风自然生出一股气味，似沉檀非沉檀，更不是桂馥兰熏，并不沁人脾胃，亦不特别触鼻，无以名之，名之曰书香。书斋门窗紧闭，乍一进去，书香特别浓，以后也就不大觉得。现代的西装书，纸墨不同，好像有股煤油味，不好说是书香了。

不管香不香，开卷总是有益。所以世界上有那么多有书癖的人，读书种子是不会断绝的。买书就是一乐，旧日北平琉璃厂、隆福寺街的书肆最是诱人，你迈进门去向柜台上的伙计点点头便直趋后堂，掌柜的出门迎客，分宾主落座，慢慢地谈生意。不要小觑那位书贾，关于目录版本之学他可能比你精。搜访图书的任务，他代你负担，只要他摸清楚了你的路数，一有所获立刻专人把样函送到府上，合意留下翻看，不合意他拿走，和和气气。书价么，过节再说。在这样情形之下，一个读书人很难不染上"书淫"的毛病，等到四面卷轴盈满，连坐的地方都不容易匀让出来，那时候便可以顾盼自雄，酸溜溜地自叹：“丈夫拥书万卷，何假南面百城？”现代我们买书比较方便，但是搜访的乐趣，搜访而偶有所获的快感，都相当地减少了。挤在书肆里浏览图书，本来应该是像牛吃嫩草，不慌不忙的，可是若有店伙眼睛紧盯着你，生怕你是一名雅贼，你也就不会怎样地从容，还是早些离开这是非之地好些。更有些书不裁毛边，干脆拒绝翻阅。

“郝隆七月七日出，日中仰卧，人问其故，答曰：‘我晒书。’”（见《世说新语》）郝先生满腹诗书，晒书和日光浴不妨同时举行。恐怕那时候的书在数量上也比较少，可以装进肚里去。司马温公也是很爱惜书的，他告诫儿子说：“吾每岁以上伏及重阳间视天气晴明日，即净几案于当日所，侧群书其上以晒其脑。所以年月虽深，从不损动。”书脑即是书的装订之处，翻叶之处则曰书口。司马温公看书也有考究，他说：“至于启卷，必先几案洁净，藉以茵褥，然后端坐看之。或欲行看，即承以方版，未曾敢空手捧之，非惟手污渍及，亦虑触动其脑。每至看竟一版，即侧右手大指面衬其沿，随覆以次指面，捻而夹过，故得不至揉熟其纸。每见汝辈多以指爪撮起，甚非吾意。”（见《宋稗类钞》）我们如今的图书不这样名贵，并且装订技术进步，不像宋朝的“蝴蝶装”那样的娇嫩，但是读书人通常还是爱惜他的书，新书到手先裹上一个包皮，要晒，要揩，要保管。我也看见过名副其实的收藏家，爱书爱到根本不去读它的程度，中国书则锦函牙签，外国书则皮面金字，庋置柜橱，满室琳琅，真好像是娜嬛福地，书变成了陈设，古董。

有人说“借书一痴，还书一痴”。有人分得更细：“借书一痴，惜书二痴，索书三痴，还书四痴。”大概都是有感于书之有借无还。书也应该深藏若虚，不可慢藏诲盗。最可恼的是全书一套借去一本，久假不归，全书成了残本。明人谢肇淛编《五杂俎》，记载一位：“虞参政藏书数万卷，贮之一楼，在池中央，小木为徇，夜则去之。榜其门曰：‘楼不延客，书不借人。’”这倒是好办法，可惜一般人难得有此设备。

读书乐，所以有人一卷在手往往废寝忘食。但是也有人一看见书就哈欠连连，以看书为最好的治疗失眠的方法。黄庭坚说：“人不读书，则尘俗生其间，照镜则面目可憎，对人则语言无味。”这也要看所读的是些什么书。如果读的尽是一些猥屑的东西，其人如何能有书卷气之可言？宋真宗皇帝的劝学文，实在令人难以入耳：“富家不用买良田，书中自有千钟粟。安居不用架高堂，书中自有黄金屋。出门莫恨无人随，书中车马多如簇。娶妻莫恨无良媒，书中自有颜如玉。男儿欲遂平生志，六经勤向窗前读。”不过是把书当作敲门砖以遂平生之志，勤读六经，考场求售而已。十载寒窗，其中只是苦，而且吃尽苦中苦，未必就能进入佳境。倒是英国十九世纪的罗斯金，在他的《芝麻与白百合》第一讲里，劝人读书尚友古人，那一番道理不失雅人深致。古圣先贤，成群的名世的作家，一年四季地排起队来立在书架上面等候你来点唤，呼之即来挥之即去。行吟泽畔的屈大夫，一邀就到；饭颗山头的李白、杜甫也会连袂而来；想看外国戏，环球剧院的拿手好戏都随时承接堂会；亚里士多德可以把他逍遥廊下的讲词对你重述一遍。这真是读书乐。

我们国内某一处的人最好赌博，所以讳言书，因为书与输同音，读书曰读胜。基于同一理由，许多地方的赌桌旁边忌人在身后读书。人生如博弈，全副精神去应付，还未必能操胜算。如果沾染书癖，势必呆头呆脑，变成书呆，这样的人在人生的战场之上怎能不大败亏输？所以我们要钻书窟，也还要从书窟钻出来。朱晦庵有句："书册埋头何日了，不如抛却去寻春。"是见道语，也是老实话。

爆竹

爆竹，顾名思义，是把一截竹竿放在火里使之发出爆声。《荆楚岁时记》：“正月一日……鸡鸣而起，先于庭前爆竹，以辟山臊恶鬼。”山臊是什么？《神异经》云：“西方山中有人焉，其长尺余，一足，性不畏人，犯之则令人寒热，名曰山臊。”这一尺多高的小怪物及其他恶鬼，真是胆小，怕听那一声爆竹！而且山臊恶鬼也蠢得很，一定要在那三元行始之日担惊受怕地挨门逐户去听那爆竹响！

由于我们的四大发明之一的火药出现，爆竹乃向前迈一大步，不用竹而改用纸，实以火药，比投竹于火的爆烨之声要响亮得多，名之曰爆仗，可能是竹与仗的一声之转。爆仗便于取携施放，其用途乃大为推广，时至今日，除了一声除旧之外，任何季节大典或细端小故皆可随时随地试爆，法所不禁。娶媳妇当然要放，出殡发丧也要放，店铺开张要放，服役入营也要放，竞选游街要放，赔礼遮羞也要放，破土上梁要放，小孩打球赢了也要放……而且放的不是单个的小小的爆仗，是千头百子的旺鞭，震地价响！响声起后，万众欢腾，也许有高卧未起的人，或胆比山臊还小的人，或耳鼓膜不大健全的人，会暗地里发出一声诅咒，但被那鞭声掩了，没有人听得见。一串鞭照例是殿以一声巨响，表示告一段落，窄街小巷之间，往往硝烟密布，等着微风把它吹散，同时邻人、路人当然也不免每人帮忙吸取几口，最多是呛得咳嗽一阵。爆仗壳早已粉身碎骨狼藉满地，难得有人肯不辞劳苦打扫一番，时常是风吹雨淋，一部分转入沟壑，以为异日下水道阻塞之一助。

记得儿歌有云："新年来到，糖瓜祭灶，姑娘要花，小子要炮，老头子要买新毡帽，老婆子要吃大花糕。"小子要炮，就是要放爆竹。予小子就从来没有玩过炮。"大麻雷子"的轰然巨响能吓死人，我固不敢动它，即使最小的"滴滴金儿"最多刺的一声，我也不敢碰，要我拿着一根点着了的香去放，我也手颤。院子中间由别人放一两只"太平花"，我在一旁观看，那火树银花未尝不可一顾，但是北地苦寒，要我久立冻得发抖，我就敬谢不敏了。稍长，在学校里每逢国庆必放烟火，大家都集在操场里。先是一阵"炮打镫""二踢脚子"，最后大轴子戏是放"盒子"。盒子高高地在木架上悬起，点放之后，一层层地翻开挂落下来，无非是一些通俗故事，辉煌灿烂，蔚为奇观，最后，照例的是"中华民国万岁"几个大字，在熊熊的火焰之中燃烧着。这时候大家一起鼓掌欢呼，礼成，退。

我家世居北平，未能免俗，零售爆竹的地方是在各茶叶铺里，通常是在店内临时设立摊子贩卖，营业所得是伙计们过年的外快。我家里的爆竹，例由先君统筹统办，不假孩子们之手。年关将届之时，家君就到琉璃厂九隆号去采办。九隆号是北平最老的爆竹制造厂，店主郑七嫂和我还有一点亲戚的关系，我应称为舅妈。九隆在琉璃厂西头路北，小小的门面一间，可是生意做得很大，一本万利，半年没有生意，全家动员制作爆竹，干了存着，年终发售。家君采办的货色，相当齐全，我印象较深的是“飞天七响”“炮打襄阳”，尤其是“炮打襄阳”，蓬然一声，火弹飞升，继之以无数小灯纷纷腾射，状至美观，而且还有一点历史的意义。以黑色火药及石弹为炮，始自元人，攻打襄阳时即是使用此一利器。观赏“炮打襄阳”时，就想到我们发明火药虽非停留在儿童玩具阶段，实际上亦使用于战争，唯以后未能进步而已。几小时所见爆竹烟火花色甚多，唯“旗火”则不准进我家门，因为容易引起火灾。我如今看到爆竹，望望然去之，我觉得爆竹远不如新毡帽之重要。若是在街上行走，有顽童从暗处抛掷一枚爆竹到我脚下，像定时炸弹似的爆发，我在心里卜卜跳之际也会报以微笑，怜悯他没有较好的家教与玩具。

七月四日是美国独立纪念日，就算是他们的国庆，前一星期在街道上就有征候，不是悬灯结彩，也不是搭盖临时的三合板牌楼，而是街边隙地建立一些因陋就简的木舍，里面陈列着稀稀拉拉的一些爆竹。在纪念日前夕，就有成群的孩子，围在那里挑挑拣拣地购买。木舍盖在隙地，大有道理。我在九隆亲见一位老者，口衔雪茄走进店里，店主大骇，来不及开言就把他推出店外，然后才向他解释点燃的雪茄就像划着了的火柴。我在旁观，也不由得一怔。美国平日禁止燃放爆竹，只有在纪念日前后才解禁数天，所以孩子们憋一年才能放肆一次。婚丧大事之类，美国人静悄悄的真不知是怎样过的！那些木舍，我也曾挤进去参观，尽是些小品，甚少巨制，而且质地粗糙，不堪入目。可是我伸手拿起一看，大部分是我们的外销品。我的观感登时又有改变，好像是他乡遇故知，另有一番亲热。只是盼望我们的外销品能有大手笔，不尽是小儿科。

铅角子与新角子

我们中国的币制，听说是很复杂的。即以上海一隅而论，市上流行的钱币至少有六种之多：（一）纸币，（二）银圆，（三）银角子，（四）新角子，（五）铅角子，（六）铜板。新角子与铅角子，都是很神秘的东西，不知究竟价值几许，但是在我们的币制里占一很重要的位置。纸币与银圆，有时也有不大地道的，最可靠最有信用的要算铜板了。你付铜板给电车卖票人，他绝不一个一个地敲出声音来听听，这就可见铜板在社会上之信用卓著了。

从乡下来的朋友，他们的脑筋不像上海人这样发达，所以他们常常地收新角子和铅角子。等到要用掉的时候，他们才有机会觉悟到上海的角子有许多不同的种类。但是乡下来的朋友，你们不必着急，还有比你们后来的乡下朋友，包管你有机会可以不折不扣地用掉。原来市面上就有这样多的铅角子和新角子。来无踪去无迹的，不知将要传到几代下去吧！

还有新从比上海更大的城市里来的人，他们也无心中有收集铅角子和新角子的嗜好。我曾亲见这样的一个人，把一只新角子给黄包车夫，车夫拿在手里，望了一眼，在地上摔了一下，频频摇头，极力表示不甚欢迎的意思。但是那个人扬长而去，只惹得车夫破口大骂，骂到那位先生的高祖以上五六代的样子方止。我当时心里颇有一点说不出来的感想。

高尔夫

高尔夫是洋玩意儿，哪一种球戏不是洋玩意儿？半个世纪前，我看到洋人打高尔夫。好像只有豪门巨贾才玩那种球戏，政坛显要不大参与其间。知识分子还不时地加以嘲笑，称之为TBM的消闲之道。TBM是“倦了的商界人士”之简称，多少带有贬义。商业大亨在豪华的办公室内精打细算，很费脑筋，一个星期下来头昏脑涨，颇想到郊外走走，换换空气，高尔夫恰好适合这种要求。

一片片的绿草如茵，一重重的冈峦起伏，白雪朵朵，暖风习习，置身在这样的环境中，能不目旷神怡？在发球区的球座上放一只小小的坑坑麻麻的白色小球，然后挺直身子，高高举起杆子，扭腰，转身，嗖的一下子挥杆打击出去，由于技术高或是运气好，这一下子打着了，球飞跃在半天空。这时节还不忙着把身体恢复原状，不妨歪着脑袋欣赏那只球的远远地飞腾，自己惊讶自己怎有此等腕力。过几秒钟，开步向前走，自有球僮跟着为你背那一袋大大小小的球棒，快步慢步由你，没人催没人赶，一杆一杆地把那小白球打进洞里。打完九个洞或十八个洞，腿也酸了，人也乏了，打道回家，洗澡吃饭。这就是标准的TBM周末生活方式。

“高尔夫”源自苏格兰。起初并无光荣历史。大约是在十五世纪初期，在离爱丁堡之北约五十里处的圣安德鲁斯，才有人开始打高尔夫，但是也有人说是起源于荷兰，因为高尔夫是荷兰语，意为杆。更有人说较早的球杆不过是牧羊的曲杖，牧羊人一面看羊群吃草，一面以杖击石为戏。这一说也没有什么稀奇，我们台湾的红叶少棒队当初也是一群穷孩子用树枝木棒打石子苦练成功的。一四五七年，苏格兰王哲姆斯二世时代，议会通过法案：“足球与高尔夫应严行取缔。”主要原因是球戏无益，浪费时间，而且不是高雅的消遣。士大夫正当活动应该是练习射箭，我们古代六艺中之所谓“射”，射是保卫国家的技能。哲姆斯四世本人爱打高尔夫，可是他也承认高尔夫耗时无益。人民不听这一套，爱打高尔夫的越来越多。十六世纪中，苏格兰女王玛丽成为历史上第一位出名的高尔夫女将。她呼球僮为Caddie，这是一个法文字，因为是在法国受教育的。

高尔夫盛行于美国，是有道理的，那里的TBM特别多。据说如今美国有一万二千五百个高尔夫球场（公私合计），打高尔夫的有一千六百万人之多。每年总共投资进去在三亿五千万美元以上。脑满肠肥的人，四体不勤的人，出去活动活动筋骨，总比在灯红酒绿的俱乐部里鬼混，或是在一掷万金的赌窟里消磨时光，要好得多。打高尔夫的不仅是商人了，政界人士也跟踪而进。本来开杂货店的卖花生的摇身一变可以成为总统，做大官的摇身一变也可以成为什么董事长总经理之类，其间没有太大的区别，打高尔夫，有钱就行。有人说，高尔夫应该译为高尔富，不无道理。

日本是战败国，但也是暴发户，而且传统的善于东施效颦。据说高尔夫在日本也大行其道。最近十年中，日本的高尔夫运动的人口已经突破一千万人大关。全国每十二个人当中便有一个打高尔夫。全国大大小小的高尔夫球场有三百四十几个。要想打高尔夫需要先行入会，入会费高低不等，最低的日币二三十万元，高的达到二千万至三千万元之数，而以小金井高尔夫球场为最高，高到九千万。会员证可以买卖转让，有行情，可以分期付款。所以高尔夫不仅是消闲运动，还是一种投资，亏得日本人想得出这种鬼主意。

不要说我们台湾地窄人稠，不要说我们的生存空间不多，试看我们的各大都市郊外哪一处没有一两个规模不小的高尔夫球场？其中颇有几个人影憧憧在那里挥杆走动。我是没有资格打高尔夫的，但是“同学少年多不贱”，很有几位是有资格的，好多年前，我去拜访一位老同学，他正在束装待发，要去北投挥杆。说好说歹，把我拉上车去要我陪他去走一程，并告诉我北投球场的担担面很有名，他要请我吃面。我去了，我看了，我吃了，可是事后想想，我付了代价。在草地上走了好几个钟头，只为了看着那个小白球进洞，直走得两腿清酸。一洞又一洞，只好一路向前，义无反顾。吸进的新鲜空气固然不少，喷出去的喘气也很多。好不容易地绕了一个大圈子，绕回出发的地方，朋友没食言，真个请了我吃担担面，当时饥肠辘辘，三口两口吞下肚，也不知道滋味如何。低头看着自己的两只脚，鞋子上沾满雨露湿泥，归去费了好大劲才刷洗干净，以后还想再去参观别人打高尔夫么？永不，永不，永不！

真有人劝我加入高尔夫的行列。他们说除了消闲运动之外，还有奥妙无穷。我想起了两个故事，一个是晋惠帝九岁时，天下糜废，民多饥死，帝曰：“何不食肉糜？”一个是法国路易十六之后玛丽安朵奈闻人民叫嚣，后问左右，曰：“人民无面包吃，故聚众鼓噪。”后曰：“何不食蛋糕？”朋友怪我久居都市，心为形役，何不驱车上草原，打个十洞八洞，一吐胸中闷气？我无以为对。我宁可黎明即起，在马路边独自曳杖溜达溜达。

汽车

在大雨中，我在路边踉跄而行，路的泥泞，像一只大墨盒，坑洼处形成一片断续的小沼。忽闻汽车声，迎面而来，路上行人顿时起了骚动，纷纷地逃避，有的落荒而走，有的蹲在伞后做隐身于防御工事状，汽车过处，只听得訇然一声，泥浆四溅，腿脚慢一点的行人有的变成满脸花，有的浑身洒金，哭笑不得。这时候汽车里面坐着的士女懵然罔觉，怡然自若，士曰：“雨景如绘。”女曰：“凉意袭人。”风驰电掣而去，只留下受难的行人在那里怔愣、诅咒。我回想起法国大革命的前夕，巴黎贵族们的高轩驷马，在街上也是横行直撞，也是把水坑里的泥浆泼溅在行人身上，行人脸上也冒着怒火。

汽车是最明显的阶级标志之一。如果去拜访一位贵友或是场面较大的机关，而你是坐着汽车去的，到门无须下车敲门投刺那一套手续，只消汽车夫呜呜地撳两声喇叭，便像是《天方夜谭》里盗窟的魔术一般，两扇大门砉然而开，一个穿制服的阍人在门旁拱立，春风满面，一头不穿制服的獒犬在另一边立着，尾巴摇动，满面春风，汽车长驱直入。但如果你是人力车的乘客，甚而是安步当车者流，于按门铃之后要鹄立许久，然后大门上开一小洞，里面露出两只眼睛，向你上下扫射，用喝口令的腔调问你找谁，同时獒犬大吠，大门一扇略开小缝，阍者堵着门缝向你盘查，如果应对得体，也许放你进去，也许还要在门外鹄立，等他去报告他也不知是否在家的主人。在许多人的眼里，人分两种：一种是坐汽车的人；一种是没得汽车坐的人。至于汽车是怎样来的，租的、买的、公家的、接收的，也没有关系。汽车的样式也没有关系，四方矗耸的高轩也行，摇几十下才能开动的也行，水缸随时开锅冒热气的也行，只要是个能走动的汽车，就能保证车里面的人受到人的待遇。

从宴会出来也往往不能避免一幕悲剧，兴阑人散，主人送客，门口一大串的汽车一个个地把客人接走。这时节你若是无车阶级的便只好门前伫立，乘人不注意的时候拔步便溜，但是为顾全性命起见又不能不瞻前顾后地逡巡徘徊，好心肠的主人一眼瞥见，绝对不准你步行归家，你说想散步也不行，你说想踏月色也不行，非要仆人喊人力车不可，仆人跑到胡同口大喊："洋车！洋车！"声调凄绝，你和主人冷清清地立在门口，要说的话早已说完，该握的手早已握过，灯光惨淡，夜色阑珊，相对无言。有些更体贴的主人老早就替你安排，打听路线，求人顺便把你载回家去，这固然可以省却一番受窘，但是除了一饭之恩以外，又无端地加上了一回车送之恩！而且在车里你还不能咕嘟着嘴，须要强作欢颜，没话找话。

冯谖弹铗而歌，于食有鱼之后，就叹出无车，颇有见地，不是无病呻吟。想冯谖当时，必定饱受无车之苦。

世间最艳羡汽车者，当无过于某一些个女人。浓妆淡抹之后，风摆荷叶，摇曳生姿，而犹能昂然阔步一去二三里者，实在少见，所以古宜乘以油壁香车，今宜乘以汽车。精雕细塑的造像，自然应该衬上红木架座。我知道许多女人把汽车设备列为择偶的基本条件之一，此种设备究能保持多久固不敢必，总以眼前具备此种条件为原则。汽车本身的便利自不消说，由汽车而附带发生的许多花样可以决定整个的生活方式。对于她们，婚姻减去汽车而还能相当美满是不可能的。为了汽车而牺牲其他的条件，也是值得的交易。汽车代表许多东西，优裕、娱乐、虚荣的满足，人们的青睐殷勤，都会随以俱来。至于婚姻的对方究竟是怎样的一块材料，那是次要的事，一个丈夫顶多重到二百磅，一辆汽车可以重到一吨，小疵大醇，轻重若判。

外国一位小说家新出一部作品，许多读者求他在作品上亲笔签署以为光宠，其中有一个读者不仅拿这一部新作品，而且把他过去的作品也都拿来请他签署，这个读者说他的妻子很喜欢他的作品，最近是她的生日，他想拿这一堆她所喜欢的作品作为生日礼物，小说家很是得意，欣然承诺之余，说："你想出其不意地给她一惊，是不是！""是的，她一定会大吃一惊，她原是希望生日那天能得一辆雪佛兰！"这是美国杂志上的一个小故事。在号称平均五人有一辆汽车的美国，也还有想得汽车而不可得的妻子，何况是在洋车、三轮车满街跑的国度里？

一队骆驼挂着铜铃，驮着煤袋，从城墙旁边由一个棉衣臃肿的乡下人牵着走过，那个侧影可以成为一幅很美妙的摄影题材，悬在外国人客厅里显着很朴雅可爱。外国人到中国来，喜欢坐人力车，跷起一条长腿拿着一根小杖敲着车夫的头指示他转弯，外国人喜欢看“骆驼祥子”，外国人喜欢给洋车夫照相。可是我们不愿保存这样的国粹，我们也要汽车载货，我们也要汽车代步。我们不要老牛破车，我们要舒适速度，汽车应该成为日用品。可是有一样，如果汽车几十年内还不能成为大众的日用品，只是给少数人利用享受，作为大众的诅咒的对象，这时节汽车便是有一点“不合国情”。

电话

清末民初的时候，北平开始有了电话，但是还不普遍。我家里在民国元年装了电话，我还记得号码是东局六八六号。那一天，我们小孩子都很兴奋，看电话局的工人们蹿房越脊牵着电线走如履平地，像是特技表演。那时候，一般人都称电话为德律风，当然是译音。但是清末某一些上海人的笔记，自作聪明，说德律风乃西洋某发明家之姓氏，因纪念他的发明，遂以他的姓氏名之。那时的电话不似现在的样式，是钉挂在墙上的庞然大物，顶端两个大铃像是瞪着的大眼睛，下面是一块斜木板，预备放纸笔什么的样子，再下面便像是隆起的大腹，里边是机器了。右手有个摇尺，打电话的时候要咕噜咕噜地猛摇一二十下，然后摘下左方的耳机，嘴对着当中的小喇叭说话、叫号。这样笨重的电话机，现在恐怕只有博物馆里才得一见了。外边打电话进来，铃声一响，举家惊慌奔走相告，有的人还不敢去接听，不知怕的是什么。

从前的人脑筋简单，觉得和老远老远的人说话一定要提高嗓门，生怕对方听不到，于是彼此对吼，力竭声嘶。他们不知道充分利用电话，没有想到电话里可以喁喁情语，可以娓娓闲聊，可以聊个把钟头，可以霸占线路旁若无人。我最近看见过一位用功的学生，一面伏案执笔，一面歪着脑袋把电话耳机夹在肩头上，口里不时念念有词，原来是在和他的一位同学长期交谈，借收切磋之效。老一辈的人，常以为电话多少是属于奇淫技巧一类，并不过分欣赏，顶多打个电话到长发号叫几斤黄酒，或是打个电话到宝华春叫一只烧鸭子的时候，不能不承认那份方便。至若闲来没事找个人聊天，则串门子也好，上茶馆也好，对面晤谈，有说有笑，何必性急，玩弄那个洋玩意儿？

后来电话渐渐普遍，许多人家由“天棚鱼缸石榴树”一变而为“电灯电话自来水”的局面。虽说最近有一处擦皮鞋的摊子都有了电话，究竟这还是一项值得一提的设备，房屋招租广告就常常标明带有电话。广告下不必说明“门窗户壁俱全”，因为那是题中应有之义，而电话则不然了。

尽管电话还不够普遍，但是在使用上已有泛滥成灾之势。我有一位朋友颇有科学头脑，他在临睡之前在电话上做了手脚，外面打电话进来而铃不响，他可以安然地高枕而眠。我总觉得这有一点自私，自己随时打出去，而不许别人随时打进来。可是如果你好梦正酣，突被电话惊醒，大有可能对方拨错了号码，这时候你能不气得七窍生烟吗？如果你在各种最不便起身接电话的时候，而电话铃响个不停，你是否会觉得十分扫兴、狼狈、愤怒？有人给电话机装个插头，用时插上，不用时拔下，日夜安宁，永绝后患。我问他：“这样做，不怕误事吗？”他说：“误什么事？误谁的事？电话响，有如‘夜猫子进宅’，大概没有好事。”他的话不是无理，可是我狠不下心这样做。如果人人都这样的壁垒森严，电话就根本失效，你打电话去怕也没有人接。

电话号码拨错，小事一端，贤者不免，本无须懊恼，可恼的是对方时常是粗声粗气，一觉得话不对头，便呱嗒一声挂断，好像是一位病危的人突然断气，连一声“对不起”都没来得及说，这时节要我这方面轻轻把耳机放好我也感觉为难。

电话机有一定装置的地方，或墙上，或桌上，或床头。当然也有在厨房或洗手间装有分机的。无论如何，人总有距离电话十尺、二十尺开外的时候，铃响之后，即使几个箭步窜过去接，也需要几秒钟的时候。对方往往就不耐烦了，你刚拿起耳机，他已愤而断绝往来。有几个人能像一些机关大老雇得起专管电话的女秘书？对方往往还理直气壮地责问下来，“为什么电话没有人接？”我需要诌出理由为自己的有亏职守勉强开脱。

电话打通，谁先报出姓名身份，没有关系，先道出姓名的一方不见得吃亏，偏偏有人喜欢捉迷藏。“喂，你是哪里？”“你要哪里？”“我要×××××××号。”“我这里就是。”“×××在不在家？”“你是哪一位？”“我姓W。”“大名呢？”“我是×××。”“好，你等一下。”这样枉费唇舌还算是干净利落的，很可能话不投机，一时肝火旺，演变成为小规模的口角。还有比这个更烦人的：“喂，你猜我是谁？猜猜看！怎么连我的声音都听不出来？”对于这样童心未泯的戴着面具的人，只好忍耐，自承愚蠢。

电话不设防，谁都可以打进来。我有时不揣冒昧，竟敢盘诘对方的姓名身份，而得到的答话是：“我是你的读者。”好像读者有权随时打电话给作者，好像作者应该有“售后服务”的精神。我追问他有何见教，回答往往是：某一个英文字应该怎样讲、怎样读、怎样用；某一句话应该怎样译；再不就是问英文怎样可以学好。这总是好学之士，我不敢怠慢，请他写封信来，我当书面答复。此后多半是音讯杳然，大概他是认为这是小事，不值得一操翰墨吧。

火

忽然听得人声鼎沸，门外有跑步声。如果我有六朝人风度，应该充耳不闻，若无其事，这才显得悠闲高旷，管宁、华歆割席的故事我们不该忘怀。但我究竟未能免俗，“风声鹤唳草木皆兵”，这些年来离乱的经验太多，听见一点声响就悚然而惊，何况是嘈杂的人声发于肘腋，焉能不矍然而作，一探究竟呢?

走到户外，只见西南方一股黑烟矗立在半天空，烧烤的味道扑鼻而来，很显然的，是什么地方失火了。

我打开街门，啊，好汹涌的一股人流！其中有穿长袍的，有短打的，有趿着拖鞋的，有抱着吃奶的孩子的，有扶着拐杖的，有的是呼朋引友，有的是全家出发，七姑姑八姨姨，扶老携弱，有说有笑地向着一个方向疾行。

我随波逐流地到了巷口。火势果然不小。火舌从窗口伸出来舐墙，一团团的火球往天空迸射，一阵阵的白烟间杂着黑烟，烟灰被风吹着像是香灰似的扑簌而下。

街上挤满了人，黑压压一片，凡是火的热气烤不着的地方都站满了人，人从四面八方赶了过来。有一家茶叶铺搬出好几条板凳，招待亲友，立刻就挤满了，像兔儿爷摊子似的，高高的，不妨视线，得看。

有一位太性急的观客，踩了一位女客的脚，开始“国骂”。这是插曲，并不被人注意。

有一个半大的小子爬上树了，得意地锐叫起来，很多的孩子都不免羡慕。

邻近的屋顶上也出现了人，有人骑在屋脊上。

火场里有人往外抢东西，我只见一床床的被褥都堆在马路边上了。箱笼、木盆、席子、热水壶……杂然并陈。

一面是表演，一面是观众，壁垒森严。观众是在欣赏，在喝彩。观众当然不能参加表演。

一阵哗啷哗啷的响声，消防队来了，血红的车，晶亮的铜帽，崭新的制服，高筒的皮靴，观众看着很满意，认为行头不错。

皮带照例是要漏水的。横亘在马路上的一截皮带，就有好几处喷泉，喷得有丈把高。路上是一片汪洋。

水像银蛇似的往火里钻，嗞嗞地响。倏时间没有黑烟了，只剩了白烟，又像是云雾。看样子，烧了没有几间房。

“走吧！没有什么了。”有人说。

老远的还有人跑来，直抱怨，跑一身大汗，没看见什么，好像是应该单为他再烧几间房子才好。

观众渐渐散了，像是戏园子刚散戏。

阴历

我们中国有两种历法，一是阳历，一是阴历。这阴历虽然不能当作正式的日历用，然而革了好几次命总是革不掉它。阳历新年，不管你怎样地悬灯结彩，不相干，大家不起劲。非要到了阴历年，大家才一个一个地乐观起来。习惯之于人，真可说是甚矣哉了！

脑筋稍微简单一些的人，徘徊于阴阳二历之间，时常闹出大事来，譬如说，今天是阳历二十一，阴历二十二。假如我曾订在二十一晚上请客，而客人误以为我说的是阴历，在昨晚就去赴宴，这岂不是笑话？假如朋友订在二十二晚上请我，而我误以为阳历，等到明天才去，这在我一方面的损失，岂不大甚？

房东没有不赞成阴历的，房客没有不赞成阳历的。因为照阴历算，过几年过出一个闰月，房东可以多收一月的房钱。所以就资本家观察，阴历也实在有阴历的好处。苦的是我们房客。还有一层，假如阴历一旦废除，我们从何处去寻黄道吉日？更从何处去查考今天是否宜沐浴，宜出行，宜动土，宜婚丧？

市容

在我居住的巷口外大街上，在朝阳的那一面，通常总是麇聚着一堆摊贩，全是贩卖食物的小摊，其中种类甚多，据我所记得的有——豆汁儿、馄饨、烧饼、油条、切糕、炸糕、面茶、杏仁茶、老豆腐、猪头肉、馅饼、烫面饺、豆腐脑、贴饼子、锅盔等。有斜支着四方形的布伞的，有搁着条凳的，有停着推把车的，有放着挑子的，形形色色，杂然并陈。热锅里冒着一阵阵的热气。围着就食的有背书包戴口罩的小学生，有佩戴徽章缩头缩脑的小公务员，有穿短棉袄的工人，有披蓝号码背心的车夫，乱哄哄的一团。我每天早晨从这里经过，心里总充满了一种喜悦。我觉得这里面有生活。

我愿意看人吃东西，尤其这样多的人在这样的露天食堂里挤着吃东西。我们中国人素来就是“民以食为天”。见面打问讯时也是“您吃了么？”挂在口边。吃东西是一天中最大的一件事。谁吃饱了，谁便是解决了这一天的基本问题。所以我见了这样一大堆人围着摊贩吃东西，缩着脖子吃点热东西，我就觉得打心里高兴。小贩有气力来摆摊子，有东西可卖，有人来吃，而且吃完了付得起钱，这都是好事。我相信这一群人都能于吃完东西之后好好地活着——

至少这一半天。我愿意看一个吃饱了的人的面孔，不管他吃的是什么。当然，这些小吃摊上的东西也许是太少了一些维他命，太多了一些灰尘霉菌，我承认。立在马路边捧着碗，坐在板凳上举着饼，那样子不大雅观，没有餐台上放块白布然后花瓶里插一束花来得体面，这我也承认。但是我们于看完马路边上倒毙的饿殍之后，再看看这生气勃勃的市景，我们便不由得不满意了。

但是，有一天，我又从这里经过，所有的摊贩全没有了。静悄悄的，没有什么人，墙边上还遗留着几堆热炉火的砖头。他们都到哪里去了呢？我好生纳闷。那些小贩到什么地方去做生意了呢？那些就食的顾主到哪里去解决他们的问题呢？

有人告诉我，为了整顿“市容”，这些摊贩被取缔了。又有人更确切地告诉我，因为听说某某人要驾临这个城市，所以一夜之间，把这些有碍观瞻的东西都驱逐净尽了。市容二字，是我早已遗忘了的，经这一提醒，我才恍然。现在大街上确是整洁多了，“整洁为强身之本”。我想来到这市上巡礼的那个人，于风驰电掣地在街上兜通圈子之后，一定要盛赞市政大有进步。没见一个人在街边蹲着喝豆汁，大概是全都在家里喝牛奶了。整洁的市街，像是新刮过的脸，看着就舒服。把褴褛破碎的东西都赶走，掖藏起来，至少别在大街上摆着，然后大人先生们才不至于恶心，然后他们才得感觉到与天下之人同乐的那种意味。把摊贩赶走，并不是把他们送到集中营里去的意思，只是从大街两旁赶走，他们本是游牧的性质，此地不准摆，他们还可以寻到另外僻静些的所在。大街上看不见摊贩，就行，“眼不见为净”。

可是没有几天的工夫，那些摊贩又慢慢地一个个溜回来了，马路边上又兴隆起来了。负责整顿市容的老爷们摇摇头，叹口气。

市容乃中外观瞻所系，好家伙，这问题还牵涉着外国人！有些来观光的旅行者，确是古怪，带着照相机到处乱跑，并不遵照旅行指南所规划的路线走。我们有的是可以夸耀的景物，金鳌玉蛛、天坛、三大殿、陵园、兆丰公园，但是他们也许是看腻了，他们采做摄影对象的偏是捡煤核儿的垃圾山、稻草棚子。我们也有的是现代化的装备、美龄号机、流线型的小汽车，但是他们视若无睹，他们感兴趣的是骡车、骆驼队、三轮和洋车。这些尴尬的照相常常在外国的杂志上登出来，有些人心里老大不高兴，认为这是“有辱国体”。本来是，看戏要到前台去看，谁叫你跑到后台去？所谓市容，大概是仅指前台而言。前台总要打扫干净，所以市容不可不整顿一下。后台则一时顾不了。

华莱士到重庆的时候，他到附近的一个乡村小市去游历，我恰好住在那市上。一位朋友住在临街的一间房里，他养着一群鸭子，都是花毛的，好美，白天就在马路上散逛，在水坑里游泳，到晚上收进屋里去。华莱士要来，惊动了地方人士，便有官人出动，“这是谁的一群鸭子？你的？好，收起来，放在马路上不像样子。”“我没有地方收，我只有一间屋子。并且，这是乡下，本来可以放鸭子的。”“你老好不明白，平常放放鸭子也没有关系，今天不是华莱士要来么，上面有令，也就是今天下午这么一会儿，你等汽车过去之后，再把鸭子放出来好了。”这话说得委婉尽情，我的朋友屈服了，为了市容起见，委屈鸭子在屋里闷了半天。洋人观光，殃及禽兽！

裴斐教授到北平，据他自己说，第一桩事便是跑到太和殿，呆呆地在那里站半个钟头，他说："这就是北平的文化，看了这个之后还有什么可看的呢？"他第二个要去的地方是他曾住过六七年的南小街子。他说："我大失所望，亲切的南小街子没有了，变成柏油路了，和我厮熟的那个烧饼铺也没有了，那地方改建了一所洋楼，那和善的伙计哪里去了？"他言下不胜感叹。

像裴斐这样的人太少，他懂得什么才是市容。他爱前台，他也爱后台。

半开门

“打折扣”是商人的习惯。哪怕他们宝号的墙上悬起“言无二价”的金字黑漆的匾额，你只消三言两语，翻翻白眼，管保在价钱上有个商量的余地。可是习惯之于人，甚矣哉，除了吃饭之外，处处就许喜欢打个折扣。

天有不测风云，商店也有不测的罢市。这时节，老板的心理，真需要我们的同情和安慰。果然，所有的商店都关门大吉了，黄金万两川流不息地想往商店里流，但是流不进去。这景象可有多惨！然而关门也未曾不可打个五折，两扇大门，关上一扇，如何？平常大门洞开，招财进宝，如今罢市，半开门足矣。

中庸之道，大概就是“打折扣”的哲学吧？半开门的罢市，也总算是圣人之教了。不知道在吃饭的时候，有没有这允执厥中的精神？

玖

沉默是最后的自由

世界上就没有人懂得一点儿宾主之谊，客客气气，好来好散的么？有。不过那是在“君子国”里。

健忘

是爱迪生吧？他一手持蛋，一手持表，准备把蛋下锅煮五分钟，但是他心里想的是一桩发明，竟把表投在锅里，两眼盯着那个蛋。

是牛顿吧？专心做一项实验，忘了吃摆在桌上的一餐饭。有人故意戏弄他，把那一盘菜肴换为一盘吃剩的骨头。他饿极了，走过去吃，看到盘里的骨头叹口气说："我真糊涂，我已经吃过了。"

这两件事其实都不能算是健忘，都是因为心有所旁骛，心不在焉而已。废寝忘餐的事例，古今中外尽多的是。真正患健忘症的，多半是上了年纪的人。小小的脑壳，里面能装进多少东西？从五六岁记事的时候起，脑子里就开始储藏这花花世界的种种印象，牙牙学语之后，不久又"念、背、打"，打进去无数的诗云、子曰，说不定还要硬塞进去一套ABCD，脑海已经填得差不多，大量的什么三角儿、理化、中外史地之类又猛灌而入，一直到了成年，脑子还是不得清闲，做事上班、养家糊口，无穷无尽的阘茸事又需要记挂，脑子里挤得密不通风，天长日久，老态渐臻，脑子里怎能不生锈发霉而记忆开始模糊？

人老了，常易忘记人的姓名。大概谁都有过这样的经验：蓦的途遇半生不熟的一个人，握手言欢老半天，就是想不起他的姓名，也不好意思问他尊姓大名，这情形好尴尬，也许事后于无意中他的姓名猛然间涌现出来，若不及时记载下来，恐怕随后又忘到九霄云外。人在尚未饮忘川之水的时候，脑子里就开始了清仓的活动。范成大诗：“僚旧姓名多健忘，家人长短总佯聋。”僚旧那么多，有几个能令人长相忆？即使记得他相貌特征，他的姓名也早已模糊了，倒是他的绰号有时可能还记得。

不过也有些事是终身难忘的，白居易所谓：“老来多健忘，唯不忘相思。”当然相思的对象可能因人而异。大概初恋的滋味是永远难忘的，两团爱凑在一起，迸然爆出了火花，那一段惊心动魄的感受，任何人都会珍藏在他和她的记忆里，忘不了，忘不了。“春风得意马蹄疾”的得意事，不容易忘怀，而且唯恐大家不知道。沮丧、窝囊、羞耻、失败的不如意事也不容易忘，只是捂捂盖盖的不愿意一再地抖露出来。

忘不一定是坏事。能主动地彻底地忘，需要上乘的功夫才办得到。《孔子家语》：“哀公问于孔子曰：‘寡人闻忘之甚者，徙而忘其妻，有诸？’孔子曰：‘此犹未甚者也。甚者乃忘其身。’”徙而忘其妻，不足为训，但是忘其身则颇有道行。人之大患在于有身，能忘其身即是到了忘我的境界。常听人说，忘恩负义乃是最令人难堪的事之一。莎士比亚有这样的插曲——

吹，吹，冬天的风，

你不似人间的忘恩负义
那样的伤天害理；
你的牙不是那样的尖，
因为你本是没有形迹，
虽然你的呼吸甚厉……
冻，冻，严酷的天，
你不似人间的负义忘恩
那般的深刻伤人；
虽然你能改变水性，
你的尖刺却不够凶，
像那不念旧交的人……

其实施恩示义的一方，若是根本忘怀其事，不在心里留下任何痕迹，则对方根本也就像是无恩可忘无义可负了。所以崔瑗座右铭有“施人慎勿念，受施慎勿忘”之语。玛克斯·奥瑞利阿斯[①]说：“我们遇到忘恩负义的人不要惊讶，因为世界上就是有这样的一种人。”这种见怪不怪的说法，虽然洒脱，仍嫌执着，不是最上乘义。《列子·周穆王》篇有一段较为透彻的见解：

宋阳里华子，中年病忘。朝取而夕忘，夕与而朝忘；在途

① 今译“马可·奥勒留”（Marcus Aurelius），古罗马帝国皇帝，亦是晚期斯多葛学派代表人物之一。著有《沉思录》。

则忘行，在室则忘坐；今不识先，后不识今。阖室毒之。谒史而卜之，弗占；谒巫而祷之，弗禁；谒医而攻之，弗已。鲁有儒生自媒能治之。华子之妻子以居产之半请其方。儒生曰："此固非卦兆之所占，非祈请之所祷，非药石之所攻。吾试化其心，变其虑，庶几其瘳乎？"于是试露之，而求衣；饥之，而求食；幽之，而求明。儒生欣然告其子曰："疾可已也，然吾之方密传世，不以告人。试屏左右，独与居室七日。"从之。莫知其所施为也，而积年之疾一朝都除。华子既悟，乃大怒，黜妻罚子，操戈逐儒生。宋人执而，问其以。华子曰："曩吾忘也，荡荡然不觉天地之有无。今顿识既往，数十年来存亡得失、哀乐好恶，扰扰万绪起矣。吾恐将来之存亡得失、哀乐好恶之乱吾心如此也。须臾之忘，可复得乎？"子贡闻而怪之，以告孔子。孔子曰："此非汝所及乎。"

人而健忘，自有诸多不便处。有人曾打电话给朋友，询问自己家里的电话号码。也有人外出餐叙，餐毕回家而忘了自家的住址，在街头徘徊四顾，幸而遇到仁人君子送他回去。更严重的是有人忘记自己是谁，自己的姓名、住址一概不知，真所谓物我两忘，结果只好被人送进警局招领。像华子所向往的那种"荡荡然不觉天地之有无"的境界，我们若能偶然体验一下，未尝不可，若是长久的那样精进而不退转，则与植物无大差异，给人带来的烦扰未免太大了。

麻将

我的家庭守旧，绝对禁赌，根本没有麻将牌。从小不知麻将为何物。除夕到上元开赌禁，以掷骰子状元红为限，下注三十几个铜板，每次不超过一二小时。有一次我斗胆问起，麻将怎个打法。家君正色曰：“打麻将吗？到八大胡同去！”吓得我再也不敢提起“麻将”二字。心里留下一个并不正确的印象，以为麻将与八大胡同有什么密切关联。

后来出国留学，在轮船的娱乐室内看见有几位同学作方城戏，才大开眼界，觉得那一百三十六张骨牌倒是很好玩的。有人热心指点，我也没学会。这时候麻将在美国盛行，很多美国人家里都备有一副，虽然附有说明书，一般人还是不易得其门而入。我们有一位同学在纽约居然以教人打牌为副业，电话召之即去，收入颇丰，每小时一元。但是为大家所不齿，认为他不务正业，贻士林羞。

科罗拉多大学有两位教授，姊妹俩，老处女，请我和闻一多到她们家里晚餐，饭后摆出了麻将，作为余兴。在这一方面我和一多都是属于“四窍已通其三”的人物——一窍不通，当时大窘。两位教授不能了解，中国人竟不会打麻将？当晚四个人临时参看说明书，随看随打，谁也没能规规矩矩地和下一把牌，窝窝囊囊地把一晚消磨掉了。以后再也没有成局。

麻将不过是一种游戏，玩玩有何不可？何况贤者不免。梁任公先生即是此中老手。我在清华念书的时候，就听说任公先生有一句名言：“只有读书可以忘记打牌，只有打牌可以忘记读书。”读书兴趣浓厚，可以废寝忘食，还有工夫打牌？打牌兴亦不浅，上了牌桌全神贯注，焉能想到读书？二者的诱惑力、吸引力，有多么大，可以想见。书读多了，没有什么害处，顶多变成不更事的书呆子、文弱书生。经常不断地十圈二十圈麻将打下去，那毛病可就大了。有任公先生的学问风操，可以打牌，我们没有他那样的学问风操，不得借口。

胡适之先生也偶尔喜欢摸几圈。有一年在上海，饭后和潘光旦、罗隆基、饶子离、我，走到“一品香”开房间打牌。硬木桌上打牌，滑溜溜的，震天价响，有人认为痛快。我照例作壁上观。言明只打八圈。打到最后一圈已近尾声，局势十分紧张。胡先生坐庄。潘光旦坐对面，三副落地，吊单，显然是一副满贯的大牌。“扣他的牌，打荒算了。”胡先生摸到一张白板，地上已有两张白板。“难道他会吊孤张？”胡先生口中念念有词，犹豫不决。左右皆曰：“生张不可打，否则和下来要包！”胡先生自己的牌也是一把满贯的大牌，且早已听张，如果扣下这张白板，势必拆牌应付，于心不甘。犹豫了好一阵子，“冒一下险，试试看。”啪的一声把白板打了出去！“自古成功在尝试”，这一回却是“尝试成功自古无”了。潘光旦嘿嘿一笑，翻出底牌，吊的正是白板。胡先生包了。身上现钱不够，开了一张支票，三十几元。那时候这不算是小数目。胡先生技艺不精，没得怨。

抗战期间，后方的人，忙的是忙得不可开交，闲的是闷得发慌。不知是谁诌了四句俚词："一个中国人，闷得发慌。两个中国人，就好商量。三个中国人，做不成事。四个中国人，麻将一场。"四个人凑在一起，天造地设，不打麻将怎么办？雅舍也备有麻将，只是备不时之需。有一回有客自重庆来，第二天就回去，要求在雅舍止宿一夜。我们没有招待客人住宿的设备，颇有难色，客人建议打个通宵麻将。在三缺一的情形下，第四者若是坚不下场，大家都认为是伤天害理的事。于是我也不得不凑一角。这一夜打下来，天旋地转，我只剩得奄奄一息，誓言以后在任何情形之下，再也不肯做这种成仁取义的事。

麻将之中自有乐趣。贵在临机应变，出手迅速。同时要手挥五弦目送飞鸿，有如谈笑用兵。徐志摩就是一把好手，牌去如飞，不加思索。麻将就怕"长考"。一家长考，三家暴躁。以我所知，麻将一道，要推太太小姐们最为擅长。在牌桌上我看见过真正春笋一般的玉指洗牌砌牌，灵巧无比。（美国佬的粗笨大手砌牌要拿一根大尺往前一推，否则牌就摆不直！）我也曾听说某一位太太有接连三天三夜不离开牌桌的纪录。（虽然她最后崩溃以至于吃什么吐什么！）男人们要上班，就无法和女性比。我认识的女性之中有一位特别长于麻将，经常午间起床，午后二时一切准备就绪，呼朋引类，麻将开场，一直打到夜深。雍容俯仰，满室生春，不仅是技压侪辈，赢多输少。我的朋友卢冀野是个倜傥不羁的名士，他和这位太太打过多次麻将，他说：“政府于各部会之外应再添设一个‘俱乐部’，其中设麻将司，司长一职非这位太太莫属矣。”甘拜下风的不止他一个人。

路过广州，耳畔常闻噼噼啪啪的牌声，而且我在路边看见一辆停着的大卡车，上面也居然摆着一张八仙桌，四个人露天酣战，行人视若无睹。餐馆里打麻将，早已通行，更无论矣。在台湾，据说麻将之风仍然很盛。有中国人的地方就有麻将，有些地方的寓公寓婆亦不能免。麻将的诱惑力太大。王尔德说过：“除了诱惑之外，我什么都能抵抗。”

我不打麻将，并不妄以为自己志行高洁。我脑筋迟钝，跟不上别人反应的速度，影响到麻将的节奏，一赶快就出差池。我缺乏机智，自己的一副牌都常照顾不来，遑论揣度别人的底细？既不知己又不知彼，如何可以应付大局？打牌本是寻乐，往往变成寻烦恼，又受气又受窘，干脆不如不打。费时误事的大道理就不必说了。有人说卫生麻将又有何妨？想想看，鸦片烟有没有卫生鸦片？海洛因有没有卫生海洛因？大凡卫生麻将，结果常是有碍卫生。起初输赢小，渐渐提升。起初是朋友，渐渐成赌友，一旦成为赌友，没有交情可言。我曾看见两位朋友，都是斯文人，为了甲扣了乙一张牌，宁可自己不和也不让乙和，事后还扬扬得意，以牌示乙，乙大怒。甲说在牌桌上损人不利己的事是可以做的，话不投机，大打出手，人仰桌翻。我又记得另外一桌，庄家连和七把，依然手顺，把另外三家气得目瞪口呆面色如土。结果是勉强终局，不欢而散。赢家固然高兴，可是输家的脸色看了未必好受。有了这些经验，看了牌局我就怕，作壁上观也没兴趣。何况本来是个穷措大，“黑板上进来白板上出去”也未免太惨。

对于沉湎于此道中的朋友们，无论男女，我并不一概诅咒。其中至少有一部分可能是在生活上有什么隐痛，借此忘忧，如同吸食鸦片一样，久而上瘾，不易戒掉。其实要戒也很容易，把牌和筹码以及牌桌一起移除，洗手不干便是。

记诗人西湖养病

有一位诗人，姑隐其姓氏，当今文坛知名之士也。前几天饭后咳嗽，居然呕出一口痰来，而痰里隐隐约约地有类似血丝的附带的东西，并且这种东西有七八条之多，诗人大恐，马上作出一首诗来：

> 这景象是多么古怪多么惨！
> 这到底，到底是怎么一回事！

吟声未罢，打了一个寒战，揽镜自照，脸色发白。于是一则以喜，一则以惧，友朋闻说，争来问询，议论纷纷，莫衷一是。“易不食鱼肝油乎？”“何妨试试自来血乎？”有某君者，爱才心切，力劝赴杭一游，以为消遣，谆谆劝驾，声泪俱下，诗人不得已，遂成行焉。

诗人到杭，寓湖滨旅馆，诗兴大发，饮食俱进。不数日，病有起色，吐痰渐成清一色，不复有红色之点缀，然病体犹虚，每餐只能啖饭五六碗耳。

有一天，天气清和，诗人摇摆而出，曰：“咦！我要到湖边走走。”诗人蓬其首，垢其面，宽衣博带，行动生风。俯仰之间，口占一首：

啊！水这样的绿，山这样的青！
这样的一个诗人生这样的病！

似乎短一点。然而诗人倦了，额际有一股热气冉冉上升，两颗汗珠徐徐下流。诗人长太息曰：“我要买一把扇子。”

行行重行行，到了一家扇庄，柜台上聚着许多大腹贾，选购纨扇，叫嚣不已。诗人曰“此俗人也，不可与同群”，不顾而去。又到了一家，有赤背者一，立于肆首，诗人疾驰而过，愤甚。

最后，到了一家小扇庄。肆主乃一妙龄女郎也，诗人莞尔而笑曰：“得其所哉！得其所哉！”游目四视，乐不可支。忙里偷闲，选购扇子一把，价绝昂，较普通之价加倍，而诗人购扇，固不在扇，更不在扇之价也。

翌日，挈友游湖，至龙井，见有售司提克①者，诗人曰：“此物甚雅，可入诗。”遂购一柄。又有售顽石者，诗人曰：“此物甚雅，可入诗。”遂购一块。于是一杖一石一诗人，日暮而返。

以手探囊，羞涩殊甚。急搭四等车返沪，囊中尚余大洋一角，铜币十余枚。诗人病已霍然愈矣。

---

① 英语词 stick 的音译，意为手杖。

广告

从前旧式商家讲究货真价实，一旦做出了名，口碑载道，自然生意鼎盛，无须大吹大擂，广事招徕。北平同仁堂乐家老铺，小小的几间门面，比街道的地面还低矮两尺，小小的一块匾，没有高擎的“丸散膏丹道地药材”的大招牌，可是每天一开门就是顾客盈门，里三层外三层，真是挤得水泄不通（那时候还没有所谓排队之说）。没人能冒用同仁堂的名义，同仁堂只此一家，别无分店，要抓药就要到大栅栏去挤。

这种情形不独同仁堂一家为然。买服装衣料就到瑞蚨祥，买茶叶就到东鸿记西鸿记，准没有错。买酱羊肉到月盛斋，去晚了买不着。买酱菜到六必居，也许是严嵩的那块匾引人。吃螃蟹、涮羊肉就到正阳楼，吃烤牛肉就要照顾安儿胡同老五，喝酸梅汤要去信远斋。他们都不在报纸上登广告，不派人撒传单。大家心里都有数。做买卖的规规矩矩做买卖，他们不想发大财，照顾主儿也老老实实地做照顾主儿，他们不想试新奇。

但是时代变了，谁也没有办法教它不变。先是在前门大街信昌洋行楼上竖起“仁丹”大广告牌，好像那翘胡子的人头还不够惹人厌，再加上夸大其词的“起死回生”的标语。犹嫌招摇不够尽兴，再补上一个由一群叫花子组成的乐队，吹吹打打，穿行市街。仁丹是还不错，可是日本人那一套宣传伎俩，我觉得太讨厌了。

由西直门通往万寿山那一条大道，中间黄土铺路，经常有清道夫一勺一勺地泼水，两边是大石板路，供大排子车使用，边上种植高大的柳树，古道垂杨，夹道飘拂，颇为壮观可喜。不知从哪一天起，路边转弯处立起了一两丈高的大木牌，强盗牌的香烟，大联珠牌的香烟，如雨后春笋出现了。我每星期周末在这大道上来往一回，只觉得那广告生了破坏景观之效，附带着还惹人厌。我不吸烟，到了吸烟的年龄我也自知选择，谁也不会被一个广告牌子所左右。

坐火车到上海，沿途看见“百龄机”的广告牌子，除了三个大字之外还有一行小字“有意想不到之效力”。到底那百龄机是什么东西，有什么意想不到的效力，谁也说不清，就这样稀里糊涂地产生了广告效果，不少人盲从附和。《小说月报》《东方杂志》也出现了“红色补丸”的广告，画的是一个佝偻着腰的老人，手扶着胯，旁边注着“图中寓意”四个字。寓什么意？补丸而可以用颜色为名，我只知道明末三大案，皇帝吃了红丸而暴崩。

这些都还是广告术的初期亮相。尔后广告方式，日新月异，无孔不入，大有泛滥成灾之势。广告成了工商业的出品成本之重要项目。

报纸刊登广告，是天经地义。人民大众利用刊登广告的办法，可以警告逃妻，可以凤求凰或凰求凤，可以叫卖价格低廉而美轮美奂的琼楼玉宇，可以报失，可以道歉，可以鸣谢救火，可以感谢良医，可以宣扬仙药，可以贺人结婚，可以贺人家的儿子得博士学位，可以一大排一大排讣告同一某某董事长的死讯，可以公开诉愿喊冤，可以公开歌功颂德，可以宣告为某某举办冥寿，可以公告拒绝往来户，可以揭露各种考试的金榜，可以……不胜枚举。我的感想是：广告太多了，时常把新闻挤得局处一隅。有些广告其实是浪费，除了给报馆增加收益之外，不免令读者报以冷眼，甚或嗤之以鼻。同时广告所占篇幅有时也太大了，其实整版整页的大广告吓不倒人。外国的报纸，不限张数，广告更多，平常每日出好几十张，星期日甚至好几百页，报童暗暗叫苦，收垃圾的人也吃不消。我国的报纸好像情形好些，广告再多也是在那三大张之内，然而已经令人感到泛滥成灾了。

杂志非广告不能维持，其中广告客户不少是人情应酬，并非心甘情愿送上门来，可是也有声望素著的大刊物，一向以不登载广告为傲，也禁不住经济考虑而大开广告之门。我们不反对刊物登载广告，只是登载广告的方式值得研究。有些杂志的广告部分特别选用重磅的厚纸，彩色精印，有喧宾夺主之势，更有鱼目混珠之嫌。有人对我说，这样的刊物到他手里，对不起，他时常先把广告部分尽可能地撕除净尽，然后再捧而读之。我说他做得过分，辜负了广告客户的好意，他说为了自卫，情非得已。他又说，利用邮递投送广告函的，他也是一律原封投入字纸篓里，他没有工夫看。

我不懂为什么大街小巷有那么多的搬家小广告到处乱贴，墙上、楼梯边、电梯内，满坑满谷。没有地址，只具电话号码。粘贴得还十分结实，洗刷也不容易。更有高手大概会飞檐走壁，能在大厦二三丈高处的壁上张贴。听说取缔过一阵，但是野火烧不尽春风吹又生了。

有吉房招租的人，其心情之急是可以理解的。在报纸上登个分类小广告也就可以了，何必写红纸条子到处乱贴。我最近看到这样的大张红纸条子贴在路旁邮箱上了。显然有人去撕，但是撕不掉，经过多日雨淋才脱落一部分，现在还剩有斑驳的纸痕留在邮箱上！

电视上的广告更不必说，天下没有白吃的午餐，没有广告哪里能有节目可看？可是那些广告逼人而来，真煞风景。我不想买大厦房子，我也没有香港脚，我更不打算进补，可是那些广告偏来呶呶不休，有时还重复一遍。有人看电视，一见广告上映，登时闭上眼睛养神，我没有这样的本领，我一闭眼就真个睡着了。我应变的办法是只看没有广告的一段短短的节目，广告一来我就关掉它。这样做，我想对自己没有多大损失。

早起打开报纸，触目烦心的是广告，广告；出去散步映入眼帘的又是广告，广告；午后绿衣人来投送的也多是广告，广告；晚上打开电视仍然少不了广告，广告。每日生活被广告折磨得够苦，要想六根清净，看来颇不容易。

大学教授

有许多人，把所有的大学教授都看得很重，以为他们在品行上都是很清高的，在学问上更不消说。只要认清“博士”“硕士”的招牌，便不致误。其实这是误会。由这种误会还许产生出许多失望和悲剧。

大学教授是一种职业，比较得还算是赚钱的职业。要说干这种生意，也不容易。从小的时候，父母就要下本钱，由买石板粉笔以至于出洋旅费，纵然不致倾家荡产，也要元气大伤。学成之后，应该不难于立身扬名以显父母，设若遭逢非时，沦为大学教授，总算是屈尊俯就，很委屈了。

一般的人若是生来没有什么大毛病，谁愿意坐冷板凳？但是“得天下之英才，而教育之，一乐也！”而天下之英才往往不在一个学校，所以身为大学教授者，也就往往身兼数校教授，多多益善，这完全是热心服务，薪金多寡，倒是一件小事。以现代人的眼光论，谁要是一辈子做大学教授，谁就是没出息！他们以为大学教授本是升官发财的路上的驻足之所。所以肯长进的人，等到有官可作，有财可发的时候，区区教授，便视如敝屣了。

若有思想迂腐的人说："先生，你这不是误人子弟吗？"他将回答说："是的，是的，不过当初人家也是照样误我来的，否则我也不来做教授了！"

招聘

古代的人有时候求才若渴，只消你真有一点本领，往往不惜三顾茅庐，求你指教。如今这个时代，茅庐一天比一天的多起来，但是很少有人来光顾。住在茅庐里的人不免发急，因发急而看报，有时候竟在报上发现招聘经理、招聘书记等的广告。

若非自己的夫人没有兄弟，谁肯登报招聘经理？这是很明显的事。然而世界上不肯“以小人之心度君子之腹”的人尚未绝迹，所以有人招聘贤才，就有人欣然而往。

当经理有当经理的规矩，须要先交出多少的押款；做书记也有做书记的手续，须要先交出多少钱的报名费。这押款和报名费如数交付之后，你的责任就算尽了，不必再希望有什么下文。如其真有了下文，那也是足以令你哭一场的下文。

思想顽固的人，常常不明了现代社会的组织法，动辄曰：人心不古。其实不尽然。人心不古者，只一部分人而已；即如看见招聘广告而欣然应征的人们，他们的心仍是很古的。

包装

佛要金装，人要衣装，货要包装。

我们的国货，在包装方面，常走极端：不是非常的考究精美，便是非常的简陋粗糙。

以文具来说，从前文人日常使用的墨，包装常很出色。除了论斤发售的普通墨之外，稍微好一点的墨或用漆盒，上题金字，或用锦匣，内有层层夹盖，下有铺棉绫垫，真像是“革匮十重，缇巾什袭”的样子，其中固然有些是贡品，但有些也只属于平民馈赠的性质。至于名人字画之类，更是黄绢密裹，置于楠檀的匣柜之中，望之俨然。上选的印泥，所谓十珍印色，也无不有个小小的蓝花白瓷盒，往往再加上一个书函形的小锦盒，十分的乖巧。这些属于文人雅士，难怪包装也自脱俗。从前日常生活所需的货品，不足以语此。

从前包花生米，照例是用报纸；买油条，也照例是用一块纸一裹；甚至买块豆腐，湿漉漉软趴趴的，也是用块报纸一托。废报纸的用处实在太广。记得在北平刑部街月盛斋，我看见一位雍容华贵的中年妇人进去买酱羊肉一大方，新出锅的，滴沥搭拉的，伙计用报纸一包了事，顾客请他多用两张报纸包裹，伙计艴然不悦。顾客说愿付钱买他两张报纸，伙计说："我们不卖报纸。"结果不欢而散。酱羊肉就是再好，在包装方面这样的不负责，恐怕也要令人裹足不前了。有一种红豆纸，也许比报纸略胜一筹，虽然是暗暗的血红色，摸上去疙瘩噜苏的。这种红豆纸，包盒子菜，卷作圆锥形，也包炸三角肉火烧。再就是草纸，名副其实的草纸，因为有时候上面还沾着好几朵蒲公英的花絮。这种草纸用处可大了，炒栗子、白糖、杂拌儿、鸡鸭蛋，凡是干果子铺杂货店发售的东西，什九都是用草纸包裹。包东西的草纸，用过之后还有用，比厕筹好得多。除了草纸以外，菜叶子也派用场。刚出笼的包子，现宰的猪牛肉，都是用叶子或是什么芋头叶之类的东西包裹。菱角鸡头米什么的当然用荷叶了。

满汉细点，若是买上三五斤的大八件小八件之类送人，他们会给你装一个小木匣，薄木片勉强逗榫，上面有个抽拉而不顺溜的盖子，涂上一层红颜色，但是遮不住没有刨光的木头碴，那样子颇像"狗碰头"似的一具薄棺，状既不雅，捧起来沉甸甸。可是少买一点，打一个蒲包，情形就不同了。蒲包实在很巧妙，朴素但是不俗，早已被淘汰，可是我还很怀念它。蒲是一种水草。《诗经》"其簌维何，维笋及蒲"，蒲叶用途多端，如蒲衣、蒲轮、蒲团、蒲鞭。蒲包，则是以蒲叶编织成疏疏的圆形网状，晒干压平待用。用时，在蒲网上铺一大张草纸，再敷一长绵纸，把点心摆在上面，然后像信封似的把蒲网连同草纸四角折起，用麻茎一捆，上面盖上一张红门票，既不压分量，样子也好看，连打糖锣儿的小儿玩物里，都有装小炸食的迷你蒲包儿。不知道现在大家为什么不再用蒲包了。

茶叶是我们内销外销的大宗货，可是包裹实在太差劲了。首先，内销的货不需要写上外国文字，外销的货不可以随便乱写洋泾浜的英文①。早先的茶叶罐大部分使用的铅铁筒，并不严丝合缝；有时候又过于严丝合缝，若不是“两膀我有千钧力”还很不容易扭旋开。罐上通常印上一段广告，最后一句照例是“请尝试之方知余言不谬也”。一般而论，如今的茶叶罐的外表比从前好，但亦好不了多少，不论内销外销几乎一律加上英文字样，而且那英文不时地令人啼笑皆非。有人干脆大书Best Tea②二字，在品尝之后只能说他是大言不惭。至于色彩，则我们最擅长的大红大绿五颜六色一齐堆了上去，管他调和不调和，刺不刺目，先来个热闹再说。有时候无端地画上一个额大如斗的南极老人，再不就是福禄寿三仙、刘海要金钱。如果肯画上什么花开富贵、三羊开泰，那就算是近于艺术了。

日本人很善于包装，无论食品用品在包装方面常能给人以清新之感，色彩图案往往是极为淡雅，虽然他们的军人穷凶极恶，兽性十足；虽然他们的文官篡改史实，恬不知耻，他们在日常生活用品

① 洋泾浜原是位于上海旧时租界间的小河，设立租界后，这一区域出现了大量商业机构，出于中外商人的交流需求，诞生了以沪语结构为主、夹杂英文词汇的“洋泾浜英语”。这种语言只有口头形式而没有统一标准的书面形式，语法亦不符合英语习惯。

② 意为“最好的茶叶”。

上所投下的艺术趣味之令人赞赏是无可争辩的。日本并不以产茶名，但是他们的茶叶包装精巧美观。他们做的点心饼干之类并不味美，但是包装考究。他们一切物品的包装纸，都是经过精心设计的。该诅咒的我们诅咒，该赞赏的我们不能不赞赏。

有一位青年才俊海外归来讲学，我问他专攻的是哪一门学问，他说他专门研究的是香蕉的包装——如何使香蕉在运输中不至于腐烂得太快。我问他有何妙法，他说放弃传统的竹篓，改用特制的纸箱。他说得有理，确是一大改进，高明高明。

虎烈拉

年年到夏天，要闹一顿虎烈拉[1]。幸亏我们中国人多，你死了，还有我，不至于剩出粮食来没有人吃。并且人多就命贱，死一个两个的，无关宏旨。因此，虎烈拉不住地拉人，而制造虎烈拉的总批发所——垃圾桶，仍是盖虽设而常开。

我们中国人也就真有耐心。不计数的蚊子苍蝇，从垃圾堆里把细菌整批零趸地送到府上，然后时运不济，就许祸延给无论哪一位，府上要大热闹一阵。但是，并不曾听说尚未死亡的人有什么预防的方法。只有医药界的先生们，不晓得为什么，对于虎烈拉，一个个的不是讲预防，就是讲急救。

本来制药救人，不算是甚大的罪恶。不过世界上怕死的人太多，制药的人实在忙不及，所以热心过度的朋友往往别出心裁，一杯凉水，半匙红糖，也算作是药水了。在没病的时候喝下去，甜滋滋的，并无大碍。

① “虎烈拉”是英文中 cholera 一词的音译，意即霍乱。

我若患虎烈拉，可不敢乱喝药水。因为患虎烈拉而死，究是天灾，乱喝药水而死，便是人祸了。

房东与房客

狗见了猫，猫见了耗子，全没有好气，总不免怒目相视，龇牙咧嘴，一场格斗了事。上天生物就是这样，生生相克，总得斗。房东与房客，或房客与房东，其间的关系也是同样的不祥。在房东眼里，房客很少有好东西；在房客眼里，房东根本就没有一个好东西。利害冲突，彼此很难维持人与人之间应有的常态。

房东的哲学往往是这样的："来看房的那个人，看样子就面生可疑。我的房子能随便租给人？租给他开白面房子怎么办？将来非找个铺保不可。你看他那个神儿！房子的间架矮哩，院子窄哩，地点偏哩，房租贵哩，褒贬得一文不值，好像是谁请他来住似的！你不合适不会不住？我说得清清楚楚，你没有家眷我可不租，他说他有。我问他是干什么的，他死不张嘴，再不就是吞吞吐吐，八成不是好人。可是后来我还是租给他了。他往里一搬，哎呀，怎那么多人口，也不知究竟是几家子？瘪嘴的老太太有好几位，孩子一大串，兔儿爷似的一个比一个高。住了没有几个月，房子糟蹋得不成样子，雪白的墙角上他堆煤，披麻绿油的影壁上画了粉笔的飞机与乌龟，砖缝里的草长了一人多高，沟眼也堵死了，水龙头也歪了，地板上的油漆也磨光了，天花板也熏黑了，玻璃窗也用高丽纸给补了，门环子也掉了……唉，简直是遭劫！房租到期还要拖欠，早一天取固然不成，过几天取也常要碰钉子，‘过两天再来吧’‘下月一起付罢’‘太太不在家’‘先付半个月的罢’‘我们还没有发薪哪，发了薪给你送去’……好，房租取不到，还得白跑道。腿杆儿都跑细了。他不给租钱，还挺横，你去取租的时候，他就叫你蹲在门口儿，‘砰’的一声把大门关上了，好像是你欠他的钱！也有到时候把房租送上门来的，这主儿更难缠，说不定他早做了二房东，他怕我去调查。租人家的房子住人的，有几个是有良心的？……”

房客的哲学又是一套：“这房东的房子多得很，‘吃瓦片儿的’，任事不做，靠房钱吃饭。这房子一点儿也不合局，我要是有钱绝不租这样的房子。我是凑合着住。一进门就是三份儿，一房一茶一打扫。比阎王还凶。没法子，给你。还要打铺保？我人地生疏，哪里找保去？难道我还能把你的房子吃掉不成？你问我家里人口多不多？你管得着么？难道房东还带查户口？‘不准转租’，我自己还不够住的呢！可是我要把南房腾空转租，你也管不了，反正我不欠你的房租。‘不准拖欠’，噫，我要是有钱我绝不拖欠。这个月我迟领了几天薪，房东就三天两头儿地找上门来，好像是有几年没付房钱似的，搅得我一家不安。谁没有个手头儿发窘？何苦！房钱错了一天也不行，急如星火，可是那天下雨房漏了，打了八次电话，他也不派人来修，把我的被褥都湿脏了，阴沟堵住了，院里积了一汪子水，也不来修。门环掉了，都是我自己找人修的。他还觍着脸催房钱！无耻！我住了这样久，没糟蹋你一间房子，墙、柱子都好好的，没摘过你一扇门一扇窗子，还要怎样？这样的房客你哪里找去？……”

房东房客如此之不相容，租赁的关系不是很容易决裂的吗？啊不。比离婚还难。房东虽然不好，房子还是要住的；房客虽然不好，房子不能不由他住。主客之间永远是紧张的，谁也不把谁当作君子看。

这还是承平时代的情形。在通货膨胀的时代，双方的无名火都提高了好几十丈，提起了对方的时候恐怕牙都要发痒。

房东的哲学要追加这样一部分：“你这几个房钱够干什么的？你以后不必给房钱了，每个月给我几个烧饼好了。一开口就是‘老房客’，老房客就该白住房？你也打听打听现在的市价，顶费要几条几条的，房租要一袋一袋的，我的房租不到市价的十分之一，人不可没有良心。你嫌贵，你别处租租试试看。你说年头不好，你没有钱，你可以住小房呀！谁叫你住这么大的一所？没有钱，就该找三间房忍着去，你还要场面？你要是一个钱都没有，就该白住房么？我一家子指着房钱吃饭哪！您也不是我的儿子，我为什么让你白住？……”

房客方面也追加理由如下：“我这么多年没欠过租，我们的友谊要紧。房钱不是没有涨过，我自动地还给你涨过一次呢，要说是市价一间一袋的话，那不合法，那是高抬物价，市侩作风，说到哪里也是你没理。人不可不知足。你要涨到多少才叫够？我的薪水也并没有跟着物价涨。才几个月的工夫，又啰唆着要涨房租，亏你说得出口！你是房东，资产阶级，你不知没房住的苦，何必在穷人身上打算盘？不用废话了，等我的薪水下次调整，也给你加一点儿，多少总得加你一点儿，这个月还是这么多，你爱拿不拿！你不拿，我放在提存处去，不是我欠租……”

闹到这个地步，关系该断绝了罢？啊不，房客赌气搬家，不，这个气赌不得，赌财不赌气。房东撵房客搬家，更不行，撵人搬家是最伤天害理的事，谁也不同情，而且事实上也撵不动，房客像是生了根一般。打官司么？房东心里明白：请律师递状，开庭，试行和解，开庭辩论，宣判，二审，三审，执行，这一套程序不要两年也得一年半，不合算。没法子，怄吧。房东和房客就这样地在怄着。

世界上就没有人懂得一点儿宾主之谊，客客气气，好来好散的么？有。不过那是在“君子国”里。

缠足

报载："江苏省党部特别委员会，昨通令各县市特派员，协同各县县知事，严禁妇女缠足。"这实在是一件极大的德政。我们拼命地宣传缠足有害，哪怕说破了几张嘴皮，也收不了多大的效果，因为缠足的那般人，多半是乡下人，轻易听不到我们的宣传，听到了也不容易听懂。现在明令严禁，倒可事半功倍。不可理喻，只得威临了。

本来是，好好的一只脚，缠它做什么？不管你多大的身躯，一身的重量至少也有百十来斤，都靠那两只脚来支持，已是辛苦了，再把脚缠得像一颗粽子似的，未免欺脚太甚！

未缠足的，当然是不该再缠。已缠足的，也可以酌量地解放。解放后的脚，也许僵挺硬凸，不大雅观，然而究竟走起来方便些是真的。

现今时髦女子，虽然不缠足了，但是同样地不肯让脚自然发展。好好的两只又肥又软的脚，偏偏要穿上一双瘦小的镂花漆皮鞋，高底细尖，脚面上的肉一块一块地从镂花中间凸出来，好像是一个玉蜀黍。何苦来哉！

束胸

本报八日香港电……有人提议禁女子束胸及青年男女吸食烟酒，经省务会议通过，云云。这是德政，可佩之至。

女子束胸，实在应该禁，只是实行起来，恐怕要很费苦心，譬如，一位胸部稽查员，巷头伫立，见一女郎姗姗而来，胸部隐约坟起少许，稽查人员若是胆怯一些，或客气一些，单凭眼力，便很难断定这位女郎是否犯束胸的罪。并且女子身体，参差不齐，有的胸部完全是一块平阳之地，实在不曾束胸；亦有胸部的肉像气垫子似的，东一块凸，西一块凹，而事实上胸部已经五花大绑地捆了好几道。这怎么办?

青年男女吸食烟酒，也实在应该禁。我想这烟一定不是专指鸦片，酒也一定不是专指火酒。老年男女，就和旧报纸似的，不值什么，就是烟熏死，酒毒死，都不要紧。唯独娇嫩的青年男女，用处大，保护得要特别周到，不能不禁止他们吸食烟酒。

如今是个解放的年头儿，头发解放，缠足解放，如今又是胸部解放，但是烟禁和酒禁，却又解放不得。

谈话的艺术

一个人在谈话中可以采取三种不同的方式，一是独白，一是静听，一是互话。

谈话不是演说，更不是训话，所以一个人不可以霸占所有的时间，不可以长篇大论地絮聒不休，旁若无人。有些人大概是口部筋肉特别发达，一开口便不能自休，绝不容许别人插嘴，话如连珠，音容并茂。他讲一件事能从盘古开天辟地讲起，慢慢地进入本题，亦能枝节横生，终于忘记本题是什么。这样霸道的谈话者，如果他言谈之中确有内容，所谓“吐佳言如锯木屑，霏霏不绝”，亦不难觅取听众。在英国文人中，约翰逊博士是一个著名的例子。在咖啡店里，他一开口，老鼠都不敢叫。那个结结巴巴的高尔斯密一插嘴便触霉头。Sir Oracle在说话，谁敢出声？约翰逊之所以被称为当时文艺界的独裁者，良有以也。学问风趣不及约翰逊者，必定是比较的语言无味，如果喋喋不已，如何令人耐得。

有人也许是以为嘴只管吃饭而不作别用，对人乃钳口结舌，一言不发。这样的人也是谈话中所不可或缺的，因为谈话，和演戏一样，是需要听众的，这样的人正是理想的听众。欧洲中古时代的一个严肃的教派Carthusian monks[①]以不说话为苦修精进的法门之一，整年的不说一句话，实在不易。那究竟是方外人，另当别论，我们平常人中却也有人真能寡言。他效法金人之三缄其口，他的背上应有铭曰："今之慎言人也。"你对他讲话，他洗耳恭听，你问他一句话，他能用最经济的词句把你打发掉。如果你恰好也是"毋多言，多言多败"的信仰者，相对不交一言，那便只好共听壁上挂钟之滴答滴答了。钟会之与嵇康，则由打铁的叮当声来破除两人间之岑寂。这样的人现代也有，相对无言，莫逆于心，吧嗒吧嗒地抽完一包香烟，兴尽而散。无论如何，老于世故的人总是劝人多听少说，以耳代口，凡是不大开口的人总是令人莫测高深；口边若无遮拦，则容易令人一眼望到底。

谈话，和作文一样，有主题，有腹稿，有层次，有头尾，不可语无伦次。写文章肯用心的人就不太多，谈话而知道剪裁的就更少了。写文章讲究开门见山，起笔最要紧，要来得挺拔而突兀，或是非常爽朗，总之要引人入胜，不同凡响。谈话亦然。开口便谈天气好坏，当然亦不失为一种寒暄之道，究竟缺乏风趣。常见有客来访，宾主落座，客人徐徐开言："您没有出门啊？"主人除了重申"我没有出门"这一事实之外没有法子再作其他的答话。谈公事，讲生意，只求其明白清楚，没有什么可说的。一般的谈话往往是属于"无题""偶成"之类，没有固定的题材，信手拈来，自有情

① 即加尔都西会。这是一个封闭的天主教教会，很少与外界接触，也不派遣任何传教士。

致。情人们喁喁私语，总是有说不完的话题，谈到无可再谈，则“此时无声胜有声”了。老朋友们剪烛西窗，班荆道故，上下古今无不可谈，其间并无定则，只要对方不打哈欠。禅师们在谈吐间好逞机锋，不落迹象，那又是一种境界，不是我们凡夫俗子所能企望得到的。善谈和健谈不同，健谈者能使四座生春，但多少有点霸道，善谈者尽管舌灿莲花，但总还要给别人留些说话的机会。

话的内容总不能不牵涉到人，而所谓人，则不是别人便是自己。谈论别人则东家长西家短全成了上好的资料，专门隐恶扬善则内容枯燥听来乏味，揭人阴私则又有伤口德，其间颇费斟酌。英文gossip一字原义是“教父母”，尤指教母，引申而为任何中年以上之妇女，再引申而为闲谈，再引申而为飞短流长，而为长舌妇，可见这种毛病由来有自，“造谣学校”之缘起亦在于是，而且是中外皆然。不过现在时代进步，这种现象已与年纪无关。谈话而专谈自己当然不会伤人，并且缺德之事经自己宣扬之后往往变成为值得夸耀之事。不过这又显得“我执”太深，而且最关心自己的事的人，往往只是自己。英文的“我”字，是大写字母的I，有人已嫌其夸张，如果谈起话来每句话都用“我”字开头，不更显得自我本位了么?

在技巧上，谈话也有些个禁忌。“话到口边留半句”，只是劝人慎言，却有人认真施行，真个的只说半句，其余半句要由你去揣摩，好像文法习题中的造句，半句话要由你去填充。有时候是光说前半句，要你猜后半句；有时候是光说后半句，要你想前半句。一段谈话中若是破碎的句子太多，在听的方面不加整理是难以理解的。费时费事，莫此为甚。我看在谈话时最好还是注意文法，多用完整的句子为宜。另一极端是，唯恐听者印象不深，每一句话重复一遍，这办法对于听者的忍耐力实在要求过奢。谈话的腔调与嗓音因人而异，有的如破锣，有的如公鸡，有的行腔使气有板有眼，有的回肠荡气如怨如诉，有的于每一句尾加上一串咯咯的笑，有的于说完一段话之后像鲸鱼一般喷一口大气，这一切都无关宏旨，要紧的是说话的声音之大小需要一点控制。一开口便血脉偾张，声震屋瓦，不久便要力竭声嘶，气急败坏，似可不必。另有一些人的谈话别有公式，把每句中的名词与动词一律用低音，甚至变成耳语，令听者颇为吃力。有些人唾腺特别发达，三言两句之后嘴角上便积有两摊如奶油状的泡沫，于发出重唇音的时候便不免星沫四溅，真像是痰唾珠玑。人与人相处，本来易生摩擦，谈话时也要保持距离，以策安全。

拾

做人何必厚此薄彼

幸灾乐祸不一定是某个人品行上的缺点，实在是人性某方面的通性之一。人在内心上很少不幸灾乐祸的。

结婚典礼

结婚这件事，只要成年的一男一女两相情愿就成，并不需要而且不可以有第三者的参加。但是民法第八百九十二条规定要有公开仪式，再加上社会的陋俗（大部分似“野蛮的遗留”），以及爱受洋罪者的参酌西法，遂形成了近年来通行于中上阶级之所谓结婚典礼，又名“文明结婚”，犹戏中之有“文明新戏”。婚姻大事，不可潦草，单凭父母之命媒妁之言就把一对无辜男女捏合起来，这不叫作潦草；只因一时冲动而盲目地订下偕老之约，这也不叫潦草；唯有不请亲戚朋友街坊四邻来胡吃乱叫，或不当众提出结婚人来验明正身，则谓之曰潦草，又名不隆重。假如人生本来像戏，结婚典礼便似“戏中戏”，越隆重则越像。这出戏订期开演，先贴海报，风雨无阻，“撒网”敛钱，鼎惠不辞；届时悬灯结彩，到处猩红；在音乐方面则或用乞丐兼任的吹鼓手，或用卖仁丹游街或绸缎店大减价的铜乐队，或钢琴或风琴或口琴；少不了的是与演员打成一片的广大观众，内中包括该回家去养老的，该寻正当娱乐的，该受别种社会教育以及平时就该摄取营养的……演员的服装，或买或借或赁，常见的是蓝袍马褂及与环境全然不调和的一身西装大礼服，高冠燕尾，还有那短得像一件斗篷而还特烦两位小朋友牵着的那一橛子粉红纱！那出戏的尾声是，主人的腿子累得发麻，客人醉翻三五辈，门外的车夫一片叫嚣。评剧家曰：“很热闹！”

这戏的开始照例是证婚人致辞。证婚人照例是新郎的上司，或新娘家中比较拿出来最像样的贵戚。他的身份等于“跳加官”，但他自己不知道，常常误会他是在做主席，或是礼拜堂里的牧师，因此他的职务成为善颂善祷，和那些在门口高叫“正念喜，抬头观，空中来了福禄寿三仙……”的叫花子是异曲而同工！他若是身通“国学”，诗云子曰的一来，那就不得了，在讲易经阴阳乾坤的时候，牵纱的小朋友们就非坐在地上不可，而在人丛后面伸长颈子的那位客人，一定也会把其颈项慢慢缩回去了。我们应该容忍他，让他毕其辞，甚而至于违着良心的报之以稀稀拉拉的掌声。放心，他将得意不了几次！

介绍人要两个，仿佛从前的一男媒一女媒，其实是为站在证婚人身旁时一边一个，较有对称之美。介绍人宜于是面团团一团和气，谁见了他都会被他撮合似的。所以常害胃病的，专吃平价米的都不该入选。许多荣任介绍人的常喜欢当众宣布他们只是名义上的介绍人，新郎新娘早已就……好像是生恐将来打离婚官司时要受连累，所以特先自首似的。其实是他多虑。所谓介绍，是指介绍结婚，这是婚书上写得明明白白的，并不曾要他介绍新郎新娘认识或恋爱，所以以前的因误会而恋爱和以后的因失望而反目，其责任他原是不负的，从前俗语说：“新娘搀上床，媒人扔过墙。”现在的介绍人则无须等待新娘上床便已解除职务了。

新郎新娘的“台步”是值得注意的，从这里可以看出导演者的手法。新郎应该像是一只木鸡，由两个傧相挟之而至，应该脸上微露苦相，好像做下什么坏事现在败露了要受裁判的样子，这才和身份相称。新娘走出来要像蜗牛，要像日移花影，只见她的位置移动，而不见她行走，头要垂下来，但又不可太垂，要表示出头和颈子还是连着的，扶着两个煞费苦心才寻到的不比自己美的傧相，随着一派乐声，在众目睽睽之下，由大家尽量端详。礼毕，新娘要准备迎接一阵“天雨粟”，也有羼杂粮的，也有带干果的，像冰雹似的没头没脸地打过来。有在额角上被命中一颗核桃的，登时皮肉隆起如舍利子。如果有人扫拢来，无疑地可以熬一大锅“腊八粥”。还有人抛掷彩色纸条。想把新娘做成一个茧子。客人对于新娘的种种行为，由评头论足以至大闹新房，其实在刑法上都可以构成诽谤、侮辱、伤害、侵入私宅和有伤风化等罪名的，但是在隆重的结婚典礼里，这些丑态是属于“撑场面”一类，应该容许！

曾有人把结婚比作“蛤蟆跳井”——可以得水，但是永世不得出来。现代人不把婚姻看得如此严重，法律也给现代人预先开了方便的后门或太平梯之类，所以典礼的隆重并不发生任何担保的价值。没有结过婚的人，把结婚后幻想成为神仙的乐境，因此便以结婚为得意事，甘愿铺张，唯恐人家不知，更恐人家不来，所以往往一面登报“一切从简”，一面却是倾家荡产地“敬治喜筵”，以为诱饵。来观婚礼的客人，除了真有友谊的外，是来签到，出钱看戏，或真是双肩承一喙地前来就食！

我们能否有一种简便的节俭的合理的愉快的结婚仪式呢？这件事需要未婚者来细想一下，已婚者就不必多费心了。

哀挡

昨日报载："近有一种骗匪肩一破馄饨担，满装破瓶破碗，行至弄内人丛中，做误踏香蕉皮状。咔唧一声，连人带担，打得粉碎，伏地呜咽，其惨不可名状。同时必有一人出，向众大发其慈悲心，创议捐资助之……果然银元铜元满握，乃即收拾破担称谢而去。……个中人谓之哀挡。"这样新颖的骗法，果然令人惊异，然而既发生在上海，便又无足怪了。假如有一种骗法，在别处发生，而在上海独付阙如，那才是怪事。

这哀挡的骗法，是根据孟子人性善的哲学而来的。假如人性不善，你卖馄饨的真个"连人带担打得粉碎"，与我何干？然而天下还是善人多，情愿把无限制的同情心拿出来凑成一件骗案。那骗匪对于人性也真抱乐观，并且自己也真肯牺牲，不惜做误踏香蕉皮状，以凑成仁君子的慈善事业！

谦让

谦让仿佛是一种美德，若想在眼前的实际生活里寻一个具体的例证，却不容易。类似谦让的事情近来似很难得发生一次。就我个人的经验说，在一般宴会里，客人入席之际，我们最容易看见类似谦让的事情。

一群客人挤在客厅里，谁也不肯先坐，谁也不肯坐首座，好像“常常登上座，渐渐入祠堂”的道理是人人所不能忘的。于是你推我让，人声鼎沸。辈分小的，官职低的，垂着手远远地立在屋角，听候调遣。自以为有占首座或次座资格的人，无不攘臂而前，拉拉扯扯，不肯放过他们表现谦让的美德的机会。有的说：“我们叙齿，你年长！”有的说：“我常来，你是稀客！”有的说：“今天非你上座不可！”事实固然是为让座，但是当时的声浪和唾沫星子却都表示像在争座。主人觍着一张笑脸，偶然插一两句嘴，作鹭鸶笑。这场纷扰，要直到大家的兴致均已低落，该说的话差不多都已说完，然后急转直下，突然平息，本就该坐上座的人便去就了上座，并无苦恼之相，而往往是显着踌躇满志顾盼自雄的样子。

我每次遇到这样谦让的场合，便首先想起《聊斋》上的一个故事：一伙人在热烈地让座，有一位扯着另一位的袖子，硬往上拉，被拉的人硬往后躲，双方势均力敌，突然间拉着袖子的手一松，被拉的那只胳臂猛然向后一缩，胳臂肘尖正撞在后面站着的一位驼背朋友的两只特别凸出的大门牙上，咔嚓一声，双牙落地！我每忆起这个乐极生悲的故事，为明哲保身起见，在让座时我总躲得远远的。等风波过后，剩下的位置是我的，首座也可以，坐上去并不头晕，末座亦无妨，我也并不因此少吃一嘴。我不谦让。

考让座之风之所以如此地盛行，其故有二。第一，让来让去，每人总有一个位置，所以一面谦让，一面稳有把握。假如主人宣布，位置只有十二个，客人却十四位，那便没有让座之事了。第二，所让者是个虚荣，本来无关宏旨，凡是半径都是一般长，所以坐在任何位置（假如是圆桌）都可以享受同样的利益。假如明文规定，凡坐过首席若干次者，在铨叙上特别有利，我想让座的事情也就少了。我从不曾看见，在长途公共汽车车站售票的地方，如果没有木制的长栅栏，而还能够保留一点谦让之风！因此我发现了一般人处世的一条道理，那便是：可以无须让的时候，则无妨谦让一番，于人无利，于己无损；在该让的时候，则不谦让，以免损己；在应该不让的时候，则必定谦让，于己有利，于人无损。

小时候读到孔融让梨的故事，觉得实在难能可贵，自愧弗如。一只梨的大小，虽然是微不足道，但对于一个四五岁的孩子，其重要或者并不下于一个公务员之心理盘算简、荐、委。有人猜想，孔融那几天也许肚皮不好，怕吃生冷，乐得谦让一番。我不敢这样妄加揣测。不过我们要承认，利之所在，可以使人忘形，谦让不是一件容易的事。孔融让梨的故事，发扬光大起来，确有教育价值，可惜并未发生多少实际的效果：今之孔融，并不多见。

谦让作为一种仪式，并不是坏事，像天主教会选任主教时所举行的仪式就蛮有趣。就职的主教照例地当众谦逊三回，口说“nolo episcopari”[①]，意即“我不要当主教”，然后照例地敦促三回终于勉为其难了。我觉得这样的仪式比宣誓就职之后再打通电话声明固辞不获要好得多。谦让的仪式行久了之后，也许对于人心有潜移默化之功，使人在争权夺利奋不顾身之际，不知不觉地也举行起谦让的仪式。可惜我们人类的文明史尚短，潜移默化尚未能奏大效，露出原始人的狰狞面目的时候要比雍雍穆穆地举行谦让仪式的时候多些。我每次从公共汽车售票处杀进杀出，心里就想先王以礼治天下，实在有理。

① 此处为拉丁文。天主教传统上以拉丁语作为正式会议用语。

乐户捐

昨日北京电："警厅通令严禁妓女退捐歇业，免影响乐户捐。"这一段电文翻成我们日常通用的语言，就是："当妓女的，无论在身体上、精神上、经济上受什么压迫，也不准停止营业，以免影响北京警厅的收入。"再干脆些："北京警厅逼迫妓女继续卖淫。"

妓女通常被叫作摇钱树，北京摇钱树的大老板便是警厅，因为乐户捐是警厅最大的收入的一项。所以近年来妓女生意萧条，纷纷歇业，警厅收入大受打击，为维持薪饷来源计，不得不勒令禁止。妓女与警厅的关系之深，有若是者。真可以说，警厅与妓女，相依为命。

"有饭大家吃"这句话，只是说说而已。即如北京警厅的人要吃饭，便管不得妓女有没有饭吃了。其实北方人还是太忠厚，禁止妓女歇业，大可不必说明是为乐户捐的缘故，至少也可以想出几条冠冕堂皇的理由，例如，（一）妓寮里面服务的男女人员甚多，一旦歇业，生计断绝，影响地方治安；（二）妓寮是娱乐场所，也是文化机关，北京中外观瞻所系，须臾不可离。这样讲来，多么体面，多么好听！

厌恶女性者

不要以为男人都是好色之徒，也有厌恶女性者。

《周书·列传》第四十，萧统三子萧詧，曾在江陵称帝八载，据说他“少有大志，不拘小节……性不饮酒，安于俭素……尤恶见妇人，虽相去数步，遥闻其臭。经御妇人之衣，不复更著”。

一个曾临九五的人，无论在位如何短暂，疆土如何狭小，我们可以想象内宫粉黛，必极其妍。而萧詧恶见妇人，事属不经，似难索解。女人离他数步之遥，他就闻到她的臭味，更是离奇，难道他遇到的妇人个个都患狐臭？因思古时淳于髡一斗亦醉，一石亦醉，最欢畅的时候是“州闾之会，男女杂坐……前有堕珥，后有遗簪”“男女同席，履舄交错……主人留髡而送客，罗襦襟解，微闻芗泽”。芗泽就是指女人身上散发出来的一股特殊的香气。淳于髡说的大概是实话。这种香气须在相当亲近肌肤的时候才能闻到。《红楼梦》里宝玉不是就曾一再勉强地要闻黛玉的袖口么？只因袖口里有芗泽。这种香气，萧詧大概是无缘消受。不过萧詧雅好佛理，曾有“内典华严般若法华金光明义疏四十六卷”的著作行世，也许因潜心佛理而厌恶女色，亦未可知。可是事实上他生了八个儿子，死时才四十四岁，这又怎么说？

厌恶女性者，英文叫作misogynist，在文学作品中有时也有很率直的描述。例如，十六世纪作家约翰·黎里（John Lyly）所作《优浮绮斯》（*Euphues*）[①]，其中有一封长信，是优浮绮斯在离开那不勒斯返回雅典时写给他的一位朋友及一般痴情男子的。这封信号称为“戒色指南”（The Cooling Card）。其言曰：

> 她如果贞洁，必定拘谨；如果轻佻，必定淫荡；如是严肃的婆娘，谁肯爱她？如是放浪的泼妇，谁愿娶她？如是侍奉灶神的处女，她们是誓不嫁人的；如是追随爱神的信徒，她们是势必荒淫的。如果我爱一个美貌的，势必引起嫉妒；如果我爱一个貌寝的，会要使我疯狂。如果生育频繁，则负担有增无已；如果不能生育，则我的罪孽愈发深重；如果贤淑，我会担心她早死；如果不淑，我会厌恶她长寿。

把女人说得一无是处，其结论是“避免接近女人”。优浮绮斯的私行并不谨饬，被蛇咬过一回，以后见了绳子也怕。所以他的厌恶女性的论调实是有感而发。

异性相吸，男女相悦，乃是常情。至于溺于女色者，如纣王之

① 今一般译作《尤弗伊斯》。约翰·黎里是文艺复兴时期欧洲作家、剧作家，《尤弗伊斯》是其代表作，并且因此产生了“尤弗伊斯体”，也称作“绮丽体”。这种文体追求高雅，以头韵、对句和明喻为特点。

宠妲己，幽王之宠褒姒，以至于亡国，则罪不全在妲己与褒姒，纣王、幽王须负更大之责任。只因佳人难再得，遂任其倾城倾国，昏君本人之罪责岂容推诿？赵飞燕的女弟刚接进宫，就有人在背后议论："此祸水也，必将灭火。"汉得火德而兴，是否因此一女子而澌灭，且不去管它，"祸水"一词从此成了某些女性的代名词。西谚有云："任何事故，追根问底，必定有个女人。"话并不错，不过要看怎样解释。一个人在事业上有所成就，很大部分是因为家有贤妻，一个人一生中不闯大祸，也很大部分是因为家有贤妻。"女人是水做的，男人是泥做的"，是女性崇拜的说法，指女人为祸水，是厌恶女性者的口头禅。

虐待动物

一八二四年英国人成立了一个“防止虐待动物协会”。四十二年后美国也成立了这样的一个协会，目前美国约有六百个这样的组织。全世界现在都有类似的会社。其宗旨是防止有意地把不必要的痛苦加在动物身上。蔼然仁者之所用心，泽及禽兽。香港禁止鸡鸭贩子把几只鸡鸭系在一起倒挂在脚踏车的把手上，或是把过多的鸡鸭塞在小小的笼子里，那意思是要那些扁毛畜牲在那最后血光之灾以前能活得舒适一点，不能不说是菩萨心肠。我看见过广州的菜市里的鱼贩，指着盆里二尺来长的一条活鱼问你要买哪一块，你说要背上那一块，他便嗖地抽出一把牛耳尖刀，在鱼背上血淋淋地切下一块给你，那条缺了半个背的鱼依旧还放到水盆里去，等到别的主顾来再零刀碎剐。许多地方的市场里，卖鱼的都是不先开膛就生批逆鳞，只见鳞片乱飞，鱼不住地打挺。卖田鸡的更绝，刷的一下子把整张的皮剥下来，剥出白生生的田鸡乱蹦乱跳。站在旁边看着都心惊胆战。

我小时候，家里有两辆轿车，其中一辆交由小张驾驭，骡子的草料及一应给养都由他包办。小张深谙官场习惯，经手三分肥，克扣草料。骡子吃不饱，就跑不动，瘦骨嶙峋的，真正的是驽蹇之乘，但是到了通衢大道之上又非腾骧一阵不可，小张就从袖里取出一把锥子，仿照苏秦引锥刺股的故事，在骡子的臀部上猛攮一下，骡子一惊，飞驰而前，鲜血顺着大腿滴流而下。这事不久就被发现，小张当然也立即另寻高就去了。我从小就很诧异一个人心肠何以硬得这样可怕，但是当时以为世界上仅有小张一个人是这样的狠。

一个人不可以有意地把“不必要的”痛苦加在动物身上，想来“必要的”痛苦则不在此限。北平烤鸭是中外驰名的美味，它的制法特殊——这是濒临运河的通州人的拿手，用特备的拌好的食粮搓成一根根的橛子，比香肠还要粗长一些，劈开鸭子的嘴巴硬往里塞，然后用手顺着鸭脖往下一捋，再塞一根，再捋一下。接连七八根塞下去了，鸭子连叫唤的力气都没有了，只剩下奄奄一息。这时候不能放它回到河里去，要丢到特建的一间小屋里，百八十只挤在里面绝对没有动弹的余地，只喝水，只准养尊处优地在里面安息，慢慢地蹲膘。每天这样饱餐两次，过个把月便可出而问世，在焖炉里一吊，香、肥、脆、嫩，此之谓“填鸭”。这过程颇为痛苦，可是有此必要，否则饕餮之士便无法大快朵颐。现在回想起来，小张椎攮骡臀，也不是没有必要，因为不如此他无法一面克扣粮食一面交代差事。为了自私的享受而不惜制造痛苦，这只是显示人性之恶的一面，“必要”云乎哉。

最残酷的事莫过于屠杀。所以说：“仁者不杀。”真要不使动物不受不必要的痛苦，则人曷不蔬食，在植物方面寻求蛋白质。半世纪前我参观过芝加哥的屠宰场，千百头的牛猪羊，不是头上捶一钉，便是胸口挨一刀，不大工夫而拔毛剥皮去骨切块之事毕，如今技术当更进步。那么多的生命毁于一旦，实在惊心动魄。我最不能了解的是，人类文明演进，何以如今还有人自命绅士而返回到渔猎时代？兔、狐、鹿、凫雁、野猪、鱼鳖，无害于人，而如莲池大师所谓：“网于山，罟于渊，多方掩取，曲而钩，直而矢，百计搜罗？”可笑的是，枪杀禽兽，电毙鳞鱼，挟科学利器屠害生灵，恃强凌弱，而得意扬扬。禽兽放在动物园里，等于是无期徒刑，比死刑稍次一等。有些动物学家说，不要以为栏里的动物如处囹圄，实际是它在栏后饶有安全之感，觉得你在栏外不会骚扰到它。我看见过巨熊在栏里晃来晃去，它还是想出来。又有人说，狩猎是必需的，因为动物没有家庭计划，繁殖得太快，食物供给不足，将有饿死之虞。假使你的邻人一家食指浩繁，无以为生，你是不是也可以走过去杀掉他的三男两女以减少他的负担？

动物含义甚广，应该把人类也包括进去。防止虐待动物，曷不亲亲而仁仁，先从防止虐待人类始？有时候人虐待人，无所不用其极，我们古时刑法就有许多是不必要的令人痛苦。《周礼·秋官·五刑之法》：“墨罪五百，劓罪五百，宫罪五百，刖罪五百，杀罪五百。”究竟还是明文规定的法则，像纣所作的炮烙之刑，是以酷刑兼为取乐之资。肥胖的董卓死后，守尸的人在他肚脐里面插上灯捻，点燃起来，光照数日，幸而这是死后，生前若是落在人手里必定有更难堪的处置。外国人的残虐，也不让人。加尔各答的威廉堡有一间小室，十八尺宽，十四尺长，仅有两个小窗，东印度公司的守军一百四十六人被叛军禁闭在里面，一夜之间渴热难当，仅有二十三人幸免于死，时在一七五六年六月，是历史上有名的所谓“黑洞”事件。

没有什么事情比战争更残酷更不必要，偏偏有那么许多人好战，所求不遂，便挥动干戈，使得爱和平的也不能不起来自卫。约翰孙博士有一篇文章（《闲游者》第二十二期）借兀鹰的对话写人类的愚蠢，人类是唯一的一种动物大规模地互相残杀并不把对方的肉吃下去，只是抛在战场上白白地喂兀鹰，不知那是所为何来。防止虐待动物，而不防止人类的互相厮杀，不晓得为什么要这样地厚于彼而薄于此！

幸灾乐祸

有人问“幸灾乐祸”一语，如何英译。英语中好像没有现成的字词可用，只好累赘一些译其大意。德文里有一个字，schadenfreud，似尚妥切，schaden，是灾祸，freud是乐，看到别人的灾祸而引以为乐。

“幸灾乐祸”一语出自《左传·僖公十四年》：“背施无亲，幸灾不仁。”及庄公二十：“歌舞不倦，是乐祸也。”原说的是国与国之间的关系，现在人与人之间也常使用这个成语，表示同情心之缺乏，甚至冷酷自私的态度。

其实，幸灾乐祸不一定是某个人品行上的缺点，实在是人性某方面的通性之一。人在内心上很少不幸灾乐祸的。有人明白地表示了出来，有人把它藏在心里，秘而不宣，有人很快地消除这种心理，进而表示出悲天悯人慷慨大方的态度。

最近报上有这样一段新闻：

……违建户大火，烈焰映红了半边天，也映出了两种截然不同的心态。

在火场邻近的屋顶上，挤满了人。左边的消防人员手拿送水带，卖力地想要将火尽速扑灭。一名队员还从屋顶上摔下来，幸而只受轻伤。

右边的一群人却“隔岸观火”，有几个还悠闲地蹲坐下来。别人的灾难竟被他们当成热闹好戏。

旁边附刊了照片，可惜模糊了一点，没有显示出那几位“悠闲地蹲坐下来”的先生们的面目。助纣为虐，照例有人看热闹，除非那一火起自或烧到你自己的家宅，那时候那一场热闹就只好留给别人看。不过我有一点疑问：假使离府上相当远的地方发生火警，不论是违章建筑还是高楼大厦，浓烟直冒，火舌四伸，消防队的救火车纷纷到来施救，居民忙着抢搬家私，现场一片混乱，这时节，你怎么办？当然你不会去趁火打劫。你也不会若无其事地闭门家中坐。你是否要提着一铅铁桶水前去帮着施救呢？你不会这样做，人家也不准你这样做，这样做只有越帮越忙，而且无济于事。遇到此等事，只好交给消防队去处理，闲杂人等请站开。站开了看是可以，爬到屋顶上看也可以，如果你不怕摔下来。千万不可站累了蹲下来坐着看，因为蹲坐表示“悠闲”，人家有灾难，你怎么可以悠闲看热闹？悠闲地看热闹便至少有隔岸观火之嫌。如果你心里想“这火势怎么这样小”，或“这场火怎么这样就扑灭了”，那你就是十足的幸灾乐祸了。

我看过几场大火。第一次是在民元，北京兵变火烧东安市场。市场离我家不远，隔一条大街，火势映红了半边天，那时候我还小，童子何知，躬逢巨劫。我当时只觉得恐怖，只觉得那么多好吃好玩的物资付之一炬，太可惜了。第二次看到大火是在重庆遭遇五四大轰炸，我逃难到海棠溪沙洲上，坐卧在沙滩上仰观重庆闹区火光冲天，还听得一阵阵爆竹响（因为房屋多为竹制），真个的是隔岸观火，心里充满了悲愤。又一次观火是在北碚的一个夏天，晚饭后照例搬出两张沙发放在门前平台上，啜茗乘凉。忽然看见对面半山腰上有房屋起火，先是一缕炊烟似的慢慢升起，俄而变成黑黑的一股烽燧狼烟，终乃演成焰焰大火。我坐下来，一面品茗，一面隔着一个山谷观火。非观不可，难道闭起眼睛非礼勿视？而且非悠闲不可，难道要顿足太息，或是双手合十，口呼："善哉！善哉！"

有时候听说舟车飞机发生意外，多人殉亡，而自己阴差阳错偏偏临时因故改变行程，没有参加那一班要命的行旅，不免私下庆幸。这不是幸灾乐祸。对于那些在劫难逃的人，纵不恫伤，至少总有一些同情。对于自己的侥幸，当然大为高兴，但是这一团高兴并非建立在别人的痛苦之上。法国十七世纪的作家拉饶施福谷（La Rochefoucauld）[1]的《箴言集》里有这样的一句名言："在我们的至交的灾难中，我们会发现一点点并不使我们不高兴的东西。"（Dans L'adversité de nos meilleurs amis nous trouvons quelque chose, qui nenous deplaist pas.）这一点点并不使我们不高兴的东西，就是我

① 今译"拉罗什福科"，法国思想家、箴言作家，也是家世显赫的巴黎贵族。早年热衷于政治，后将生活重心转向文艺沙龙。《道德箴言录》是其代表作。

们才说到的那种侥幸心理吧?

灾难如果发生在我们的敌人头上，我们很难不幸灾乐祸。民国三十四年两颗原子弹投落在广岛、长崎，造成很大的伤害，当时饱尝日寇荼毒的我国民众几乎没有不欢欣鼓舞的，认为那是天公地道的膺惩。想想日军在南京的大屠杀，在珍珠港的偷袭，他们不该付出一点代价么?此之谓自作孽，不可活。也许有人以为我们应该如曾子所说的“哀矜而勿喜”，可是那种修养是很难得的。

谈考试

少年读书而要考试，中年做事而要谋生，老年悠闲而要衰病，这都是人生苦事。

考试已经是苦事，而大都是在炎热的夏天举行，苦上加苦。我清晨起身，常见三面邻家都开着灯弦歌不辍；我出门散步，河畔田埂上也常见有三三两两的孩子们手不释卷。这都是一些好学之士么？也不尽然。我想其中有很大一部分是在临阵磨枪。尝闻有“读书乐”之说，而在考试之前把若干知识填进脑壳的那一段苦修，怕没有什么乐趣可言。

其实考试只是一种测验的性质，和量身高体重的意思差不多，事前无须恐惧，临事更无须张皇。考的时候，把你知道的写出来，不知道的只好阙疑，如是而已。但是考试的后果太大了。万一名在孙山之外，那一份落第的滋味好生难受，其中有惭恧，有怨愤，有沮丧，有悔恨，见了人羞答答，而偏有人当面谈论这回事。这时节，人的笑脸都好像是含着讥讽，枝头鸟啭都好像是在嘲弄，很少人能不顿觉人生乏味，其后果犹不止于此，这可能是生活上一大关键，眼看着别人春风得意，自己从此走向下坡。考试的后果太重大，所以大家都把考试看得很认真。其实考试的成绩，老早的就由自己平时读书时所决定了。

人苦于不自知。有些人根本无须去受考试的煎熬，但存一种侥幸心理，希望时来运转，一试得售。上焉者临阵磨枪，苦苦准备；中焉者揣摩试题，从中取巧；下焉者关节舞弊，浑水摸鱼。用心良苦，而希望不大。现代考试方法，相当公正，甚少侥幸可能。虽然也常闻有护航顶替之类的情形，究竟是少数的例外。如果自知仅有三五十斤的体重，根本就不必去攀到千斤大秤的钩子上去上吊。贸贸然去应试，只是凑热闹，劳民伤财，为别人做垫脚石而已。

对于身受考试之苦的人，我是很同情的。考试的项目多，时间久，一关一关地闯下来，身上的红血球不知要死去多少千万。从前科举考场里，听说还有人在夜里高喊："有恩的报恩，有怨的报怨！"那一股阴森恐怖的气氛是够怕人的。真有当场昏厥、疯狂、自杀的！现代的考场光明多了，不再是鬼影幢幢，可是考场如战场，还是够紧张的。我有一位同学，最怕考数学，一看题目纸，立刻脸上变色，浑身寒战，草草考完之后便佝偻着身子回到寝室去换裤子！其神经系统所受的打击是可以想象的！

受苦难的不只是考生。主持考试的人也是在受考验。先说命题，出这题目来难人，好像是最轻松不过，但亦不然。千目所视，千手所指，是不能掉以轻心的。我记得我的表弟在二十几年前投考一个北平的著名的医学院，国文题目是"卞壹不苟时好论"。全体交了白卷。考医学院的学生，谁又读过《晋书》呢？甚至可能还把"卞壹"读作"便壶"了呢。出题目的是谁，我不知道，他此后是否仍然心安理得地继续活下去，我亦不知道。大概出题目不能太僻，亦不能太泛。假使考留学生，作文题目是“我出国留学的计划”，固然人人都可以诌出一篇来，但很可能有人早预备好一篇成稿，这样便很难评分而不失公道。出题目而要恰如分际，不刁钻，不炫弄，不空泛，不含糊，实在很难。在考生挥汗应考之前，命题的先生早已汗流浃背好几次了。再说阅卷，那也可以说是一种灾难。真的，曾有人于接连十二天阅卷之后，吐血而亡，这实在应该比照阵亡例议恤。阅卷百苦，尚有一乐，荒谬而可笑的试卷常常可以使人绝倒，四座传观，粲然皆笑，精神为之一振。我们不能不叹服，考生中真有富于想象力的奇才。最令人不愉快的卷子是字迹潦草的那一类，喻为涂鸦，还嫌太雅，简直是墨盒里的蜘蛛满纸爬！有人在宽宽的格子中写蝇头小字，也有人写一行字要占两行，有人全页涂抹，也有人曳白。像这种不规则的试卷，在饭前阅览，犹不过令人蹙眉，在饭后阅览，则不免令人恶心。

有人颇艳羡美国大学之不用入学考试。那种免试升学的办法是否适合我们的国情，是一个问题。据说考试是我们的国粹，我们中国人好像自古以来就是“考省不倦”的。考试而至于科举可谓登峰造极，三榜出身仍是唯一的正规的出路。至于今，考试在我们的生活当中已形成为不可少的一部分。英国的卡赖尔在他的《英雄与英雄崇拜》里曾特别指出，中国的考试制度，作为选拔人才的方法，实在太高明了。所谓政治学，其要义之一即是如何把优秀的分子选拔出来放在社会的上层。中国的考试方法，由他看来，是最聪明的方法。照例，外国人说我们的好话，听来特别顺耳，不妨引来自我陶醉一下。平心而论，考试就和选举一样，属于“必需的罪恶”一类，在想不出更好的办法之前，考试还是不可废的。我们现在所能做的，是如何改善考试的方法，要求其简化，要求其合理，不要令大家把考试看作为戕贼身心的酷刑！

听，考场上战鼓又响了，由远而近！

谈时间

希腊哲学家Diogenes[①]经常睡在一只瓦缸里，有一天亚历山大皇帝走去看他，以皇帝的惯用的口吻问他："你对我有什么请求吗？"这位玩世不恭的哲人翻了翻白眼，答道："我请求你走开一点，不要遮住我的阳光。"

这个家喻户晓的小故事，究竟含义何在，恐怕见仁见智，各有不同的看法。我们通常总是觉得那位哲人视尊荣犹敝屣，富贵如浮云，虽然皇帝驾到，殊无异于等闲之辈，不但对他无所希冀，而且亦不必特别的假以颜色。可是约翰逊博士另有一种看法，他认为应该注意的是那阳光，阳光不是皇帝所能赐予的，所以请求他不要把他所不能赐予的夺了去。这个请求不能算奢，却是用意深刻。因此约翰逊博士由"光阴"悟到"时间"，时间也者虽然也是极为宝贵，而也是常常被人劫夺的。

"人生不满百"，大致是不错的。当然，老而不死的人，不是没有，不过期颐以上不是一般人所敢想望的。数十寒暑当中，睡眠

① 即第欧根尼，古希腊哲学家，"犬儒学派"的代表人物。

去了很大一部分。苏东坡所谓“睡眠去其半”，稍嫌有点夸张，大约三分之一总是有的。童蒙一段时期，说它是天真未凿也好，说它是昏昧无知也好，反正是浑浑噩噩，不知不觉；及至寿登耄耋，老悖聋瞑，甚至“佳丽当前，未能缱绻”，比死人多一口气，也没有多少生趣可言。掐头去尾，人生所余无几。就是这短暂的一生，时间亦不见得能由我们自己支配。约翰逊博士所抱怨的那些不速之客，动辄登门拜访，不管你正在怎样忙碌，他觉得宾至如归，这种情形固然令人啼笑皆非，我觉得究竟不能算是怎样严重的“时间之贼”。他只是在我们的有限的资本上抽取一点捐税而已。我们的时间之大宗的消耗，怕还是要由我们自己负责。

有人说：“时间即生命。”也有人说：“时间即金钱。”二说均是，因为有人根本认为金钱即生命。不过细想一下，有命斯有财，命之不存，财于何有？要钱不要命者，固然实繁有徒，但是舍财不舍命，仍然是较聪明的办法。所以《淮南子》说：“圣人不贵尺之璧而重寸之阴，时难得而易失也。”我们幼时，谁没有作过“惜阴说”之类的课艺？可是谁又能趁早体会到时间之“难得而易失”？我小的时候，家里请了一位教师，书房桌上有一座钟，我和我的姐姐常趁教师不注意的时候把时针往前拨快半个钟头，以便提早放学，后来被老师觉察了，他用朱笔在窗户纸上的太阳阴影画一痕记，作为放学的时刻，这才息了逃学的念头。

时光不断地在流转，任谁也不能攀住它停留片刻。“逝者如斯夫，不舍昼夜！”我们每天撕一张日历，日历越来越薄，快要撕完的时候便不免瞿然以惊，惊的是又临岁晚，假使我们把几十册日历装为合订本，那便象征我们的全部的生命，我们一页一页地往下扯，该是什么样的滋味呢？“冬天一到，春天还会远吗？”可是你一共能看见几次冬尽春来呢？

不可挽住的就让它去罢！问题在，我们所能掌握的尚未逝去的时间，如何去打发它。梁任公先生最恶闻“消遣”二字，只有活得不耐烦的人才忍心地去“杀时间”。他认为一个人要做的事太多，时间根本不够用，哪里还有时间，可供消遣？不过打发时间的方法，亦人各不同，士各有志。乾隆皇帝下江南，看见运河上舟楫往来，熙熙攘攘，顾问左右：“他们都在忙些什么？”和珅侍卫在侧，脱口而出：“无非名利二字。”这答案相当正确，我们不可以人废言。不过三代以下唯恐其不好名，大概名利二字当中还是利的成分大些。“人为财死，鸟为食亡。”时间即金钱之说仍属不诬。诗人渥资华斯①有句：

> 尘世耗用我们的时间太多了，夙兴夜寐，
> 赚钱挥霍，把我们的精力都浪费掉了。

所以有人宁可遁迹山林，享受那清风明月，“侣鱼虾而友麋鹿”，过那高蹈隐逸的生活。诗人济慈宁愿长时间地守着一株花，看那花苞徐徐展瓣，以为那是人间至乐。嵇康在大树底下扬槌打铁，“浊酒一杯，弹琴一曲”；刘伶“止则操卮执觚，动则挈植提

① 今译“华兹华斯”（William Wordsworth），英国浪漫主义诗人。

壶”，一生中无思无虑其乐陶陶。这又是一种颇不寻常的方式。最彻底的超然的例子是《传灯录》所记载的：“南泉和尚问陆亘曰：‘大夫十二时中作么生？’陆云：‘寸丝不挂！’”寸丝不挂即是了无挂碍之谓，“原来无一物，何处染尘埃？”这境界高超极了，可以说是“以天地为一朝，万期为须臾”，根本不发生什么时间问题。

人，诚如波斯诗人莪谟伽耶玛[①]所说，来不知从何处来，去不知向何处去，来时并非本愿，去时亦未征得同意，糊里糊涂地在世间逗留一段时间。在此期间内，我们是以心为形役呢？还是立德立功立言以求不朽呢？还是参究生死直超三界呢？这大主意需要自己拿。

---

① 今译“奥玛·海亚姆”（Omar Khayyám），波斯诗人、天文学家、数学家，著有诗集《鲁拜集》等。

甚有心得

从前人心还有几分古的时候，把留学生看作很有价值的一种人。那时候的人，总觉得一个人远渡重洋，然后学成归国，一定多少有点本领。至于留学生既留之后，究竟是给外国人洗碗还是给外国人当听差，那都不成问题。

所以在留学生归国之际，就有一种牢不可破的公式，一定要设法在报上登一段新闻，内容大致是这样：

“某某君，少有大志，肄业于某校时，每试辄列前茅，某年出洋，卒业于某校，得某项学位，闻将于某日搭某轮返国。君专习某科，甚有心得。”底下还有一个“云”字。

再漂亮一些，或者就要印上一张玉照。无论那一位留学生归国，报纸似乎都很愿尽登这样一段新闻的义务。并且最奇怪的，就是，无论那一位留学生，都是“甚有心得”。究竟心得的是什么东西，那不必管，不过“甚有心得”四字不算是顶厉害的骂人的话，却可以相当的承认的。

听说现在有尚未出洋正在候补的留学生，也把履历连同四寸半身的玉照，送到报馆。这样的人是将要“甚有心得”，当然也要照登了。

住一楼一底房者的悲哀

小时候听人说，衣食住是人生三大要素。可是小的时候只觉得“吃”是要紧的，只消嘴里有东西嚼，便觉天地之大，唯我独尊，逍遥自在，万事皆休。稍微长大一点，才觉得身上的衣服，观瞻所系，殊有讲究的必要，渐渐地觉悟一件竹布大褂似乎有些寒碜。后来长大成人，开门立户，浸假而生儿育女，子孙繁殖，于是“住”的一件事，也成了一个很大的问题。我现在要谈的就是这成人所感觉得很迫切的“住”的问题。

我住过有前廊后厦上支下摘的北方的四合房，也住过江南的窄小湿霉才可容膝的土房，也住过繁华世界的不见天日的监牢一般的洋房，但是我们这个“上海特别市”的所谓“一楼一底”房者，我自从瞻仰，以至下榻，再而至于卜居很久了的今天，我实在不敢说对它有什么好感。

当然，上海这个地方并不曾请我来，是我自己愿意来的；上海的所谓“一楼一底”的房东也并不曾请我来住，是我自己愿意来住的。所以假若我对于“一楼一底”房有什么不十分恭维的话语，那只是我气闷不过时的一种呻吟，并不是对谁有什么抱怨。

初见面的朋友，常常问我："府上住在哪里？"我立刻回想到我这一楼一底的"府"，好生惭愧。熟识的朋友，若向我说起"府上"，我的下意识就要认为这是一种侮辱了。

一楼一底的房没有孤零零的一所矗立着的，差不多都像鸽子窝似的，一大排，一所一所的构造的式样大小完全一律，就好像从一个模型里铸出来的一般。我顶佩服的就是当初打图样的土著工程师，真能相度地势，节工省料，譬如一垛五分厚的山墙就好两家合用。王公馆的右面一垛山墙，同时就是李公馆的左面的山墙，并且王公馆若是爱好美术，在右面山墙上钉一个铁钉子，挂一张美女月份牌，那么李公馆在挂月份牌的时候，就不必再钉钉子了，因为这边钉一个钉子，那边就自然而然地会钻出一个钉头儿！

房子虽然以一楼一底为限，而两扇大门却是方方正正的，冠冕堂皇，望上去总不像是我所能租赁得起的房子的大门。门上两个铁环是少不得的，并且还是小不得的。因为门环若大，敲起来当然声音就大，敲门而欲其声大，这显然是表示门里面的人离门甚远，而其身份又甚高也。放老实些，门里面的人，比门外的人，离门的距离，相差不多！这门环做得那样大，可有什么道理呢？原来这里面有一点讲究。建筑一楼一底房的人，把砖石灰土看作自己的骨头血肉一般的宝贵，所以两家天井中间的那垛墙只能起半垛，所以空气和附属于空气的种种东西，可以不分畛域地从这一家飞到那一家。门环敲得啪啪地响的时候，声浪在周围一二十丈以内的范围，都可以很清晰地播送得到。一家敲门，至少有两家拔闩启锁，至少有三家应声"啥人"，至少有五家有人从楼窗中探出头来。

“君子远庖厨”，住一楼一底的人，简直没有方法可以上跻于君子之伦。厨房里杀鸡，我无论躲在哪一个墙角，都可以听得见鸡叫（当然这是极不常有的事），厨房里烹鱼，我可以嗅到鱼腥，厨房里生火，我可以看见一朵一朵乌云似的柴烟在我眼前飞过。自家的庖厨既没法可以远，而隔着半垛墙的人家的庖厨，离我还是差不多的近。人家今天炒什么菜，我先嗅着油味，人家今天淘米，我先听见水声。

厨房之上，楼房之后，有所谓亭子间者，住在里面，真可说是冬暖夏热，厨房烧柴的时候，一缕一缕的青烟从地板缝中冉冉上升。亭子间上面又有所谓晒台者，名义上是作为晾晒衣服之用，但是实际上是人们乘凉的地方，打牌的地方，开演留声机的地方，还有另搭一间做堆杂物的地方。别看一楼一底，其间还有不少的曲折。

天热了我不免要犯昼寝的毛病。楼上热烘烘的可以蒸包子，我只好在楼下下榻，假如我的四邻这时候都能够不打架似的说话或说话似的打架，那么我也能居然入睡。猛然间门环响处，来了一位客人，甚至于来了一位女客，这时节我只得一骨碌爬起来，倒提着鞋，不逃到楼上，就避到厨房。这完全是地理上的关系，不得不尔。

客人有时候腹内积蓄的水分过多，附着我的耳朵咕咕哝哝说要如此如此，这一来我就窘了。朱漆金箍的器皿，搬来搬去，不成体统。我若在小小的天井中间随意用手一指，客人又觉得不惯，并且耳目众多，彼此都窘了。

还有一点苦衷，我忘不了。一楼一底的房，附带着有一个楼梯，这是上下交通唯一的孔道。然而这楼梯的构造，却也别致。上楼的时候，把脚往上提起一尺，往前只能进展五寸。下楼的时候，把脚伸出五寸，就可以跌下一尺。吃饭以前，楼上的人要扶着楼杆下来；吃饭以后，楼下的人要捧着肚子上去。穿高跟皮鞋的太太小姐，上下楼只有脚尖能够踏在楼梯板上。

话又说回来了。一楼一底的房即或有天大的不好，你度德量力，一时还是不能乔迁。所以一楼一底的房多少是有一点慈善性质的。

不亦快哉

金圣叹作“三十三不亦快哉”，快人快语，读来亦觉快意。不过快意之事未必人人尽同，因为观点不同时势有异。就观察所及，试编列若干则如下：

其一，晨光熹微之际，人牵犬（或犬牵人），徐步红砖道上，呼吸新鲜空气，纵犬奔驰，任其在电线杆上或新栽树上便溺留念，或是在红砖上排出一摊狗屎以为点缀。庄子曰：道在屎溺。大道无所不在，不简秽贱，当然人犬亦应无所差别。人因散步而精神爽，犬因排泄而一身轻，而且可以保持自己家门以内之环境清洁，不亦快哉！

其一，烈日下行道上，口燥舌干，忽见路边有卖甘蔗者，急忙买得两根，一手挥舞，一手持就口边，才咬一口即入佳境，随走随嚼，旁若无人，蔗滓随嚼随吐。人生贵适意，兼可为“你丢我捡”者制造工作机会，潇洒自如，不亦快哉！

其一，早起，穿着有条纹的睡衣裤，趿着凉鞋，抱红泥小火炉置街门外，手持破蒲扇，对着火炉徐徐扇之，俄而浓烟上腾，火星四射，直到天地细缊，一片模糊。烟火中人，谁能不事炊爨？这是表示国泰民安，有米下锅，不亦快哉！

其一，天近黎明，牌局甫散，匆匆登车回府。车进巷口距家门尚有三五十码之处，任司机狂按喇叭，其声呜呜然，一声比一声近，一声比一声急，门房里有人竖着耳朵等候这听惯了的喇叭声已久，于是在车刚刚开到之际，两扇黑漆大铁门呀然而开，然后又訇的一声关闭。不费吹灰之力就使得街坊四邻矍然惊醒，翻个身再也不能入睡，只好瞪着大眼等待天明。轻而易举地执行了鸡司晨的事务，不亦快哉！

其一，放学回家，精神愉快，一路上和伙伴们打打闹闹，说说笑笑，尚不足以畅叙幽情，忽见左右住宅门前都装有电铃，铃虽设而常不响，岂不形同虚设，于是举臂舒腕，伸出食指，在每个纽上按戳一下。随后，就有人仓皇应门，有人倒屣而出，有人厉声叱问，有人伸头探问而瞠目结舌。躲在暗处把这些现象尽收眼底，略施小技，无伤大雅，不亦快哉！

其一，隔着墙头看见人家院内有葡萄架，结实累累，虽然不及“草龙珠”那样圆，“马乳”那样长，“水晶”那样白，看着纵不流涎三尺，亦觉手痒。爬上墙头，用竹竿横扫之，狼藉满地，损人而不利己，索性呼朋引类乘昏夜越墙而入，放心大胆，各尽所能，各取所需，饱餐一顿。松鼠偷葡萄，何须问主人，不亦快哉！

其一，通衢大道，十字路口，不许人行。行人必须上天桥，下地道，岂有此理！豪杰之士不理会这一套，直入虎口，左躲右闪，居然波罗蜜多达彼岸，回头一看天桥上黑压压的人群犹在蠕动，路边的警察戟指大骂，暴躁如雷，而无可奈我何。这时节颔首示意，报以微笑，扬长而去，不亦快哉！

其一，宋周紫芝《竹坡诗话》：“……有一人，极廉介，一日有家问，即令灭官烛，取私烛阅书，阅毕，命秉官烛如初。”做官的人迂腐若是，岂不可嗤！衙门机关皆有公用之信纸信封，任人领用，便中抓起一叠塞入公事包里，带回家去，可供写私信、发请柬、寄谢帖之用，顺手牵羊，取不伤廉，不亦快哉！

其一，逛书肆，看书展，琳琅满目，真是到了嫏嬛福地。趁人潮拥挤看守者穷于肆应之际，纳书入怀，携归细赏，虽蒙贼名，不失为雅，不亦快哉！

其一，电话铃响，错误常居十之二三，且常于高枕而眠之时发生，而其人声势汹汹，了无歉意，可恼可恼。在临睡之前或任何不欲遭受干扰的时间，把电话机翻转过来，打开底部，略做手脚，使铃变得喑哑。如是则电话可以随时打出去，而外面无法随时打进来，主动操之于我，不亦快哉！

其一，生儿育女，成凤成龙，由大学卒业，而漂洋过海，而学业有成，而落户定居，而缔结良缘。从此螽斯衍庆，大事已毕，允宜在报端大刊广告，红色套印，敬告诸亲友，兼令天下人闻知，光耀门楣，不亦快哉！

图书在版编目（C I P）数据

生活不曾辜负我：梁实秋精选集 / 梁实秋著. --
贵阳：贵州人民出版社, 2020.11
ISBN 978-7-221-16216-8

Ⅰ. ①生… Ⅱ. ①梁… Ⅲ. ①散文集－中国－现代
Ⅳ. ①I266

中国版本图书馆CIP数据核字（2020）第163936号

书　　名	生活不曾辜负我：梁实秋精选集 Shenghuo Buceng Gufu Wo：Liangshiqiu Jingxuanji
著　　者	梁实秋
出 版 人	王　旭
责任编辑	郭予恒
封面设计	几何设计
出版发行	贵州出版集团　贵州人民出版社
社　　址	贵州省贵阳市观山湖区中天会展城会展东路 SOHO 办公区 贵州出版集团大楼（邮编：550081）
印　　刷	天津旭丰源印刷有限公司
开　　本	840 毫米 ×1194 毫米　32 开
印　　张	12.25 印张
字　　数	252 千字
版　　次	2020 年 11 月第 1 版
印　　次	2020 年 11 月第 1 次印刷
书　　号	ISBN 978-7-221-16216-8
定　　价	55.00 元